ESCAPE FROM

LOVE

Ich sah ihn erschrocken an. Was dachte er, wer er war? Ich sollte einfach gehen. Dann fiel mir eine Möglichkeit ein, es ihm heimzuzahlen.

Lilian hat genug von ihrem aktuellen Leben und wagt einen Neuanfang in Hamburg. Ihr Ziel: allen beweisen, dass sie es allein schafft. Sie landet in einer WG und ergattert einen Job bei der Reederei Watson.

Doch schon nach kurzer Zeit gerät ihr Entschluss, es allein zu schaffen und sich ja nicht zu verlieben, ins Wanken. Die Verlockungen in der Firma sind groß und vielfältig.

Außerdem fällt sie James, dem Sohn des Inhabers auf, und alles wird noch schwieriger. Und nicht nur ihm, sondern auch seinem Bruder Cole.

Wird Lilian es schaffen, sich treu zu bleiben, oder muss sie einsehen, dass sie auf dem falschen Weg ist?

Band 1 der „Escape from"-Reihe von K.I.M. SOMMAR

K.I.M. SOMMAR

ESCAPE *from* LOVE

Herstellung und Verlag: BoD – Books on Demand, Norderstedt

Umschlaggestaltung und Buchgestaltung: K.I.M. SOMMAR

ISBN: 9783759770172

KAPITEL 1

Ich atmete tief durch und versuchte, cool zu bleiben. Das war gar nicht so einfach, denn mein Herz klopfte laut, meine Hände waren feucht und ich hatte einen Kloß im Hals.

›Es ist nur ein Gespräch. Mit deinen Eltern‹, redete ich mir ein. ›Es ist nur eine Frage. Eine einzige Frage, die mit Ja oder Nein beantwortet werden kann. Das packst du. Es wird schnell gehen. Sei mutig und zieh durch.‹

Endlich drückte ich die Türklinke hinunter und betrat das Wohnzimmer meiner Eltern. Wie immer kamen Erinnerungen an meine Kindheit hoch, wenn ich diesen Raum betrat. Es roch noch wie damals: nach dem Potpourri, das meine Mutter selbst aus Nelken und Teerosen herstellte, und nach der Asche im Kamin.

Ich hatte eine schöne Kindheit. Ich war gern hier.

Zumindest, bis ich erwachsen wurde. Gerade heute war mein Gefühl nicht gut.

›Trau dich! Du hast es schon fast geschafft!‹

Sie saßen auf dem Sofa und sahen mich irritiert an.

»Lilian, was machst du denn hier?«, fragte mein Vater und stellte den Fernseher leiser. Nicht aus, nur leiser. Das war so typisch.

»Ich habe doch gesagt, dass ich heute vorbeikomme«, sagte ich und spürte Frust aufsteigen. »Wisst ihr noch? Wir wollten miteinander sprechen, deswegen bin ich extra aus Bremen hergefahren. Ich habe ein wichtiges Thema, über das ich gern mit euch reden möchte.«

Jetzt machte mein Vater den Fernseher noch etwas leiser, doch der riesige Flatscreen forderte nach wie vor den Großteil seiner Aufmerksamkeit.

Meine Mutter stand auf und ging in die Küche. »Ich hole etwas zu trinken. Was möchtest du? Nach der langen Fahrt hast du doch bestimmt Durst.«

»Nein, danke, vielleicht später. Können wir kurz in Ruhe reden?«, fragte ich laut.

»Lilian, schrei doch bitte nicht so«, sagte meine Mutter augenrollend. »Dein Vater hatte einen anstrengenden Tag in der Gärtnerei und ich hing bis eben am Telefon. Mach bitte nicht so ein Drama. Schön, dass du da bist, aber heute ist ein regulärer Arbeitstag. Für uns zumindest. Du weißt, wir müssen auch sonntags arbeiten.«

Ich schluckte meinen Ärger hinunter. »Deswegen bin ich ja hier«, sagte ich und redete weiter, weil es sowieso nicht besser wurde. Mehr Aufmerksamkeit bekam ich nicht, also sollte ich zur Sache kommen. »Ich wollte euch anbieten, dass ich in den Familienbetrieb einsteige.«

Mein Vater machte den Fernseher aus.

Meine Mutter sah mich stirnrunzelnd an. »Wie bitte? Wie kommst du denn jetzt auf diese Idee?«, fragte sie.

»Mein aktueller Arbeitsvertrag ist befristet, wie ihr wisst«, begann ich. »Und ihr sagt immer, dass es so viel Arbeit in der Firma gibt. Deswegen wollte ich euch anbieten, dass ich zurückkomme. Ich war lange genug in Bremen. Wenn ihr wollt, kann ich ins Geschäft miteinsteigen und euch entlasten. Mittelfristig können wir dann vielleicht sogar über die Nachfolge reden.«

Meine Eltern sahen mich sprachlos an, dann schüttelte mein Vater heftig den Kopf. »Nein.«

»Aber ...«, setzte ich an, doch meine Mutter unterbrach mich. »Wie kommst du darauf?«, fragte sie. »Nach deinem Abitur konntest du es gar nicht erwarten, endlich aus Peine wegzukommen. In Hannover zu studieren oder - Gott bewahre! - eine Ausbildung bei uns zu machen, war das Letzte, was du wolltest. Und jetzt, wo sie dich in Bremen nicht mehr haben wollen, sind wir plötzlich gut genug für dich?«

»Nein, so ist das gar nicht. Ich könnte weiter in der Firma arbeiten, aber ich will nicht«, beharrte ich. »Ja, es stimmt, ich wollte nicht hierbleiben, aber da war ich erst neunzehn! Ich wollte ein bisschen was von der Welt sehen und in einer Großstadt leben. Das ist doch verständlich, oder nicht?«

»Das hat deinen Bruder noch nie gestört«, sagte Papa laut. »Florian hat seine Gärtnerlehre bei uns gemacht und sein Studium so gewählt, dass es im Interesse der Firma ist. Er hat sich auch nie beschwert, weil du ihn hast hängenlassen. Und jetzt soll ich ihm sagen, dass er mit dir teilen soll, obwohl du dich die letzten acht Jahre kein Stück um die Firma gekümmert hast, während er sich den Arsch aufgerissen hat? Du bist doch schief gewickelt!«

»Papa, das ist unfair«, sagte ich und spürte, wie meine Wangen heiß wurden. »Ich habe auch nicht gesagt, dass ihr mir sofort fünfzig Prozent der Firma überschreiben sollt. Ich wollte euch anbieten, einzusteigen, um euch zu unterstützen. Und wenn wir alle dabei ein gutes Gefühl haben, können wir in zehn Jahren oder wann auch immer euch danach ist, darüber reden, ob Flo und ich es zusammen machen. Mehr wollte ich gar nicht.«

Mein Vater sah einen Moment verunsichert aus, dann brummte er: »Gut, denn alles andere wäre unverschämt.«

Er sah zu meiner Mutter. Sie lehnte an der Couch und sah nachdenklich aus. Ich hatte ein besseres Verhältnis zu ihr als zu meinem Vater, aber mein Studium in Münster und der anschließende Umzug nach Bremen hatte schon oft für Zoff gesorgt.

»Lilian, ich weiß nicht, ob das so eine gute Idee ist«, sagte sie jetzt langsam. »Papa hat recht: Florian hat in den letzten Jahren alles gegeben, um die Gärtnerei auf Vordermann zu bringen. Er verdient es momentan mehr als du, die Geschäftsführung zu übernehmen, wenn Papa und ich aufhören. Du müsstest dich enorm ins Zeug legen, um das wiedergutzumachen. Momentan wäre es unfair und ich könnte es verstehen, wenn er damit nicht einverstanden wäre.«

»Wieso muss ich etwas wiedergutmachen?«, fragte ich ärgerlich. »Ich habe doch die Familie nicht im Stich gelassen und den Kontakt zu euch abgebrochen, oder so. Ich bin hier doch nicht die verlorene Tochter, die vier Entzüge hinter sich und die Kohle durchgebracht hat.« Ich musste mich bremsen, sonst ging das in die Hose. Die Gesichter meiner Eltern wurden immer finsterer.

»Seht es doch mal so«, versuchte ich es noch einmal ruhiger. »Ich habe auch mal etwas anderes gesehen als Peine. Ich war in einer Großstadt und momentan arbeite ich für einen Konzern. Ich habe bestimmt einiges gelernt, das der Gärtnerei helfen kann.«

»Wir sind kein Konzern«, polterte mein Vater. »Wir sind ein mittelständisches Familienunternehmen. Uns liegt jeder am Herzen, der für uns arbeitet. Und wir brauchen auch keine Schickimicki-Konzernideen, um zu wissen, wie wir unsere Pflanzen verkaufen sollen. Mit so einem Ansatz machst du alles kaputt, Lilian.«

»Das will ich doch auch gar nicht«, beharrte ich, doch mittlerweile war ich trotzig. Mein Gott, warum machten mir meine Eltern das Leben immer so verdammt schwer?

Immer wenn wir redeten, musste ich mir anhören, wie viel sie zu tun hatten. Dass einiges modernisiert werden müsste, damit die Firma Schritthalten konnte.

Ich war Projektmanagerin für Change-Prozesse, das war mein verdammter Job! Ich verdiente mein Geld damit, Prozesse zu analysieren und Verbesserungsvorschläge auszuarbeiten. Und hier stand ich und bettelte darum, dass ich ihnen helfen durfte, und sie wollten mich nicht.

Mal wieder.

Ja, Florian hatte alles gegeben. Mein jüngerer Bruder wollte eigentlich Architekt werden, aber Papa zuliebe hatte er die Gärtnerlehre gemacht. Jetzt war er gerade mit seinem Studium in Landschaftsbau fertig geworden. Er arbeitete rund um die Uhr für die Gärtnerei und hatte schon einiges erreicht, das den Betrieb verbessert hatte. Ich wusste aber auch, dass er für meine Hilfe dankbar wäre, denn wir hatten schon darüber gesprochen. Er war nicht nachtragend. Im Gegensatz zu meinen Eltern.

»Ich wollte nur helfen«, versuchte ich es noch einmal. »Aber ich dränge mich nicht auf.«

»Willst du wegen der Trennung weg aus Bremen?«, fragte mein Vater. »Ist das der Grund?«

Ich schluckte die Galle, die mir hochkommen wollte, wieder hinunter. »Bremen ist groß genug«, sagte ich kühl. »Wir laufen uns schon nicht über den Weg. Und nein, die Trennung von Kolja ist nicht der Grund, aber ein Teil davon, denn mich hält nichts mehr dort. Ich kann gehen, wohin ich will, deswegen dachte ich, dass ich auch zurückkommen kann. Ich habe es aber verstanden: Ihr wollt nicht. Ist okay. Ich suche mir etwas anderes.«

»Und wird das noch weiter weg sein als Bremen?«, fragte mein Vater angefasst.

›Nach dieser Abfuhr kann es gar nicht weit genug weg sein‹, schoss mir durch den Kopf.

»Mal sehen«, sagte ich stattdessen. »Ich muss mich erstmal bewerben. Schönen Abend euch noch. Ich fahre dann mal wieder nach Hause. Sind ja nur eine Stunde vierzig pro Strecke.« Ich gab beiden einen furchtbar gestelzten Kuss auf die Wange, dann verließ ich mein Elternhaus.

Auf der Fahrt nach Hause schwankte ich zwischen Wut und Heulkrämpfen, bis ich eine halbe Stunde vor Ankunft entschied, dass ich die Gärtnerei nicht brauchte.

Meine Eltern hatten sich klar positioniert: Ich war raus.

So hart sich das im Moment anfühlte, gab es mir auf der anderen Seite endgültig die Freiheit, das zu tun, worauf ich Lust hatte. Das tat mir für meinen Bruder leid, denn wir verstanden uns gut, aber ich konnte es nicht ändern.

Zu Hause angekommen setzte ich mich auf die Couch und begann, die Jobportale zu durchforsten. Bis ich um halb elf ins Bett ging, hatte ich sechs Bewerbungen an Unternehmen in ganz Deutschland rausgeschickt.

Grimmig starrte ich an meine Zimmerdecke.

›Wollen wir mal sehen, ob mich Unternehmen genauso wenig haben wollen wie meine Eltern. Mal sehen, wohin das Schicksal mich führt.‹ Dann schlief ich ein.

Das Schicksal führte mich zu Vorstellungsgesprächen nach Berlin und Düsseldorf, doch aus Hamburg bekam ich die Zusage. Als mich die Personalabteilung von *Watson Shipping* anrief, um mir die frohe Botschaft zu verkünden, fiel ich beinahe in Ohnmacht.

»Ab ersten Mai können Sie starten, war das richtig?«, fragte mich die Mitarbeiterin geschäftig.

»Richtig.« Verdattert sah ich auf meinen Kalender. Heute war der vierzehnte April. Mein Herz rutschte in meine Hose. Das war verdammt wenig Zeit, um alles zu organisieren. Zwischen Bremen und Hamburg zu pendeln war zwar möglich, aber der reinste Albtraum, egal ob mit dem Auto oder dem Zug. Das wären anderthalb Stunden pro Strecke. Mindestens. Auf gar keinen Fall wollte ich mir das antun.

»Sehr gut. Ich schicke Ihnen den Vertrag heute noch digital zu. Willkommen an Bord, Lilian«, sagte meine neue Kollegin und ich beeilte mich, mich zu bedanken.

Ich legte auf und begann nach Wohnungen in Hamburg zu suchen.

»Moin, bist du Lilian?«, fragte der grinsende Studenten-Typ, der mir die Tür aufmachte. Er trug Joggers, einen Hoodie und Birkenstocks. Interessante Wahl, aber er sah nett aus.

Ich strich mein verschwitztes Haar zurück. Dritter Stock ohne Fahrstuhl, das konnte ja heiter werden, sowohl im Sommer als auch im Winter. »Ja, bin ich. Hallo.«

»Ich bin Kay, dann komm mal rein.« Er trat beiseite und ließ mich in die WG, die ich mir heute ansah.

Es war Donnerstag, der fünfundzwanzigste April.

Ich hatte alles versucht, aber es gab keine bezahlbaren Wohnungen in Hamburg, die auch noch kurzfristig verfügbar waren. Also war ich auf WGs übergegangen und stellte mich heute bei zwei Jungs in Hamburg-Wandsbek vor.

Für meine Wohnung in Bremen hatte ich schon eine Interessentin, die einzog, sobald ich etwas gefunden hatte. Nächste Woche startete ich bei *Watson Shipping* und das stresste mich unheimlich.

Im Wohnzimmer saß der zweite Bewohner auf der Couch und tippte auf seinem Tablet. Er hatte längeres Haar, das er zu einem Dutt gedreht hatte, einen Bart, mehrere Ohrringe und trug ein körperbetontes weißes Shirt. Dazu kreischend bunte Shorts und Tennissocken.

Gegen die beiden sehe ich aus wie die letzte Spießerin in meinen Jeans.

»Hey Pavel, das ist Lilian, Sie ist wegen der Wohnung hier, du weißt schon«, sagte Kay.

Pavel sah auf, lächelte freundlich, checkte mich mit einem Blick ab und wandte sich dann wieder seinem Bildschirm zu. Nett. Aber mit wortkargen Typen kam ich zurecht, dafür lebte ich lang genug in Norddeutschland.

Kay führte mich durch die Wohnung. Das Zimmer hatte eine akzeptable Größe und der Rest war sauber und gut eingerichtet. Kay war nett und sehr bemüht. Hier könnte ich es für den Übergang aushalten, entschied ich.

»Wann kannst du einziehen?« Pavel stand plötzlich hinter mir. Ich zuckte zusammen, weil ich ihn nicht gehört hatte.

»Wenn du versprichst, das nicht wieder zu machen, am Wochenende. Ich muss nur ein Umzugsunternehmen finden, das so schnell Zeit hat. Das wird nicht so leicht.«

Pavel holte sein Smartphone heraus. »Wo wohnst du?«

»In Bremen.«

»Gib mir zehn Minuten«, sagte er und rief jemanden an.

Ich sah Kay verwirrt an. Der zuckte mit den Schultern. »Pavel kennt für jede Lebenslage die passenden Leute. Darauf musst du dich übrigens einstellen: Diese Leute bleiben öfters über Nacht. Hast du einen Freund oder eine Freundin?«

»Nein, ich bin Single.«

»Okay, alles klar. Ich hab eine Freundin, die jedes zweite Wochenende hier ist. Das ist eine der wenigen Regeln, die wir haben: Wenn du Gäste hast, bist du dafür verantwortlich, dass ihr Dreck weggeräumt wird. Egal, wo er ist.« Er warf mir einen langen Blick zu. »Es hat sich übrigens bewährt, das Zimmer abzuschließen, wenn du woanders übernachtest. Sonst musst du dich darauf einstellen, dass neue Bettwäsche drauf ist, wenn du wieder da bist. Ich spreche aus Erfahrung.«

Die Informationen überforderten mich ein bisschen, aber ich nickte verdattert. »Heißt das, dass ich einziehen darf?«, fragte ich vorsichtshalber.

Kay strahlte mich an. »Wenn du willst, ja.«

Pavel kam zurück. »Ich brauche noch deine aktuelle Adresse, dann kommt das Umzugsunternehmen am Samstag und holt alles ab.«

Ich starrte ihn an und verstand nicht, was hier abging. »Okay, danke«, sagte ich langsam, obwohl ich mich völlig überfahren fühlte.

Damit war die Sache beschlossen.

Ich fuhr nach Hause und rief alle Freunde zusammen, die ich so schnell auftreiben konnte, um mir beim Packen zu helfen. Am Samstagmorgen um acht standen vier riesige Kerle vor meiner Tür und holten alles ab, um es nach Hamburg zu bringen. Der Preis war unschlagbar und ich bezahlte bar, als alles reibungslos über die Bühne gegangen war.

Ich sah mich in meinem neuen WG-Zimmer um, als sie abgedampft waren. Das alles ging so schnell, dass ich selbst keinen Handschlag gemacht hatte. Alles war fertig eingerichtet, sogar die Bilder hatten sie so aufgehängt, dass es gut aussah. Alle Möbel, die nicht untergebracht werden konnten, waren in einem Selfstorage um die Ecke, der Schlüssel lag auf meinem Schreibtisch.

»Krass«, murmelte ich und rief meine Nachmieterin an, um für den nächsten Tag einen Termin für die Schlüsselübergabe zu vereinbaren.

»Willkommen in Hamburg und in der WG. Lass uns anstoßen«, rief Kay und schwenkte eine Flasche Gin, als ich ins Wohnzimmer kam. Pavel hielt Gläser hoch.

»Ich weiß gar nicht, was ich sagen soll«, meinte ich. »Und wegen des Mietvertrages ...«

Pavel winkte ab. »Hab ich dir auf den Küchentisch gelegt, kein Stress. Ich kenne die Vermieterin, sie ist echt gechillt.« Ich hatte den Verdacht, dass er sie *sehr* gut kannte. Das schien sein Ding zu sein.

Kay grinste breit und schenkte ein. Ich setzte mich auf die Couch zu meinen neuen Mitbewohnern und stieß an.

Als ich abends in meinem Bett in meinem neuen Zimmer lag, kam ich das erste Mal dazu, über alles, was passiert war, nachzudenken. Es war so schnell gegangen, dass ich mich fühlte, als hätte ich ein Schleudertrauma.

Okay, hier war ich also, in Hamburg, in meinem WG-Zimmer. Am Donnerstag startete ich bei meinem neuen Job. *Watson Shipping* betrieb Werften in Hamburg und Liverpool, wo der Unternehmenssitz war. Sie bauten und modernisierten Jachten und andere luxuriöse Personenschiffe. Ich startete im Projektmanagement für interne Prozesse hier in Hamburg. *Watson Shipping* war so renommiert, dass ich danach wahrscheinlich überall einen Job bekam. Das war eine Riesenchance für mich. Meiner Familie hatte ich gestern gesagt, dass ich nach Hamburg zog. Keine Reaktion von meinem Vater, meine Mutter und Florian riefen an, weil sie viele Fragen hatten.

»Ich hab noch versucht, Papa umzustimmen«, sagte mein Bruder geknickt. »Aber momentan ist da nichts zu machen. Jetzt schon gar nicht. Aber, Lilly, das wird nicht für immer so sein. Sobald ich mehr entscheiden kann, kannst du jederzeit herkommen.« Er seufzte. »Genieß erstmal die Zeit in Hamburg. Du bist siebenundzwanzig, kein Mensch zwingt dich, in Peine abzuhängen, wenn du auch in einer Metropole leben kannst.«

»Du tust das«, erinnerte ich ihn. »Und du bist erst fünfundzwanzig.«

»Ja und weißt du, manchmal hätte ich gern ein paar Jahre woanders verbracht, aber das ist okay für mich.« Ich hörte ihn lächeln und musste mitmachen. Er war so aufgeräumt und geerdet, dass er mir immer ein gutes Gefühl gab.

»Irgendwann komme ich und unterstütze dich.«

»Von wegen Unterstützung«, erwiderte er entspannt. »Wir werden das zusammen machen. Als Partner. Hab eine gute erste Nacht in Hamburg, Lil. Und wenn du morgen Sightseeing machst, schick mal ein paar Fotos.«

Ich versprach es und legte auf. Jetzt konnte ich schlafen und mich auf meinen Neustart freuen.

Am Donnerstag startete ich bei *Watson Shipping*. Bei meinem Vorstellungsgespräch sahen alle schick aus, deswegen zog ich ein Kleid und einen Blazer an, dazu Pumps. Normalerweise trug ich lieber Jeans, aber ich wollte auf Nummer sicher gehen.

Um kurz vor acht war ich da und meldete mich am Empfang. Kurz darauf stand eine Frau Anfang dreißig in einem tollen Fifties-Style-Kleid vor mir und strahlte mich mit schneeweißen Zähnen an. Sie hatte ein Porzellan-Puppen-Gesicht und perfekt frisierte kinnlange Locken.

»Hi, bist du Lilian? Ich bin Miriam, du kannst mich aber Midge nennen. Möchtest du einen Kaffee?«, legte sie mit glockenheller Stimme los. Sie sprach unglaublich schnell und strahlte dabei übers ganze Gesicht.

»Ähm, ja gerne«, stammelte ich und folgte ihr zum Lift. Die Firma saß im Hamburger Hafen und während wir hochfuhren, konnte ich das Wasser und die Skyline der Hafenstadt betrachten. Michel, Elbphilharmonie, Elbbrücken ... Erst war ich enttäuscht, dass das Gebäude auf der anderen Seite war, aber jetzt freute ich mich darüber.

»Schön, dass du da bist«, redete Midge weiter. »Ich brauche dringend bei meinen Projekten Unterstützung. Wir verhandeln gerade mit einer Finanzberatung. Wenn das zum Abschluss kommt, haben wir einen Haufen zu tun. Wahrscheinlich müssen wir jeden einzelnen Prozess anfassen und schauen, ob er uns Geld kostet. Ich hoffe, du liebst Detektivarbeit.«

»Wenn ich das Gefühl habe, dass sie sinnvoll ist, auf jeden Fall«, meinte ich. Wir erreichten den vierten Stock. Midge führte mich durch das moderne Gebäude. Überall waren Bilder und Dekoartikel, die an Schiffe erinnerten, ich sah sogar eine Schiffsschraube als Skulptur. Das hatte mir schon bei meinem Vorstellungsgespräch gefallen.

»Wir sitzen in diesem Flügel. Leider recht nah an der Geschäftsleitung, aber meistens werden wir in Ruhe gelassen.« Midge deutete auf das andere Ende des Flurs. »Mal sehen, ob das so bleibt, wenn es um Kohle geht.«

»Der Sohn des Inhabers ist der Geschäftsführer, oder?«

Ich hatte mich über die Firma informiert. Auch ein Familienunternehmen, aber es könnte nicht weiter von der heimischen Gärtnerei entfernt sein.

Hier ging es um Milliarden.

Midge nickte. »James Watson, ja. Sein Vater ist aber auch öfters hier. Gerüchteweise sollen auch die anderen Kinder bald ins Unternehmen einsteigen. Dann wimmelt es hier, James hat vier Geschwister.«

»Trotzdem ist die Nachfolge anscheinend klar«, meinte ich und verdrängte die Bitterkeit wegen der Sache mit meinen Eltern. Das hatte hier nichts zu suchen. Wie eine schwerreiche Reederfamilie aus Liverpool ihr Unternehmen leitete, hatte nichts mit meiner Familie zu tun.

Midge führte mich zur Kaffeemaschine - ein Hightech-Teil, das aussah, als könnte es auch zum Mond fliegen. Danach zeigte sie mir unser gemeinsames Büro, das wir uns mit zwei Kollegen teilten. Eine von ihnen - Tina - war da. Sie reichte mir lächelnd ihre Hand. Ich fand sie gleich sympathisch, genau wie Midge.

»Dean ist auf Geschäftsreise in Liverpool«, erklärte sie. »Er ist nächste Woche wieder da. Okay, setz dich, wir haben heute viel vor.«

Midge war für meine Einarbeitung zuständig und betrieb diese sehr gewissenhaft. Ich ging mit ihr und Tina zum Mittagessen, danach machten wir einen Rundgang. Obwohl nicht alle Büros besetzt waren, schwirrte mir der Kopf und ich konnte mir kaum einen Namen merken. Trotzdem mochte ich die Atmosphäre. Die Leute waren gut gelaunt und es wurde viel gelacht.

Das war schön. Bei meinem bisherigen Job waren alle ernst und gesetzt. Ich hatte kurz befürchtet, dass es hier ähnlich war.

»Na ja, es läuft ja auch bei uns momentan«, meinte Midge wegwerfend, als ich das zu ihr sagte. »Wenn es kritisch wird, oder der alte Watson zum Kontrollbesuch kommt, sieht es anders aus. Dann kannst du ein Ballkleid rauslegen. Kleiner Witz. Aber so bist du sonst nicht angezogen, oder? Etwas legerer kannst du herkommen, wenn du willst. Es gibt hier keinen offiziellen Dresscode.«

Ich betrachtete gedankenverloren ihr schickes Kleid mit dem Petticoat, ihr perfektes Make-up und ihre tadellos sitzenden Locken. Wenn ich mich anzog wie sonst auch, sah ich neben Midge wie ein hässliches Entlein aus.

»Ich denke drüber nach«, meinte ich. Das bedeutete, dass ich mehr schicke Sachen brauchte.

Am Nachmittag hatte ich einen Termin mit Tran, meinem Teamleiter. Wir sprachen digital miteinander, weil er ebenfalls in Liverpool war. Ich kannte Tran bereits aus dem Vorstellungsgespräch und mochte ihn.

»Nächste Woche sind wir alle zurück« sagte er. »Dann gehen wir noch mal als Team Mittagessen. Ich freu mich, dass du da bist, Lilian.«

»Danke, ich mich auch«, sagte ich.

Nach dem Gespräch schickte Tran mich nach Hause, es reichte für den ersten Tag. Mir schwirrte der Kopf und ich fühlte mich erschossen. Trotzdem war ich glücklich.

Als ich in der WG ankam, entdeckte ich Frauenschuhe im Eingang. Neon-pinke Sneaker.

»Aufregende Wahl«, murmelte ich und hängte meinen Blazer an die Garderobe. Pavel saß mit seinem Tablet am Küchentisch und trank aus einer Kaffeetasse.

»Hey Pavel.«

»Hey Lilian.« Er griff nach einer Flasche Rum und einem zweiten Becher. Mit großen Augen beobachtete ich, wie er einschenkte und mir den Becher reichte. »Trink. Jana ist da. Und es gibt richtig Ärger.«

»Ärger? Wieso?«, fragte ich und betrachtete den Becher misstrauisch. Puren Rum trank ich eigentlich nicht.

»Deinetwegen. Kay hat ihr nicht gesagt, dass unsere neue Mitbewohnerin eine Frau ist. Dann hat sie vorhin deine Sachen gesehen und ist durchgedreht«, sagte Pavel lakonisch und trank einen Schluck.

»Und jetzt?«, fragte ich.

»Jetzt macht sie ihm eine Szene. Hörst du nicht das Geschrei?«, fragte er tiefenentspannt.

Jetzt, wo er es sagte, hörte ich sie. Ich hatte zuerst gedacht, dass der Fernseher lief. Dass jemand hier allen Ernstes herumschreien könnte, war mir nicht eingefallen.

»Ich werde nicht ausziehen«, stellte ich klar.

»Brauchst du auch nicht. Das ist Kays Problem.«

Eine Tür wurde geknallt und auf dem Flur waren hastige Schritte zu hören.

»Jana, warte doch bitte!«, rief Kay gestresst.

Eine blonde Frau mit Locken stand plötzlich hinter mir und schaute mich hasserfüllt an. Ihre Wangen waren knallrot und ihre braunen Augen sprühten Funken.

»Hallo, ich bin Lilian«, sagte ich verdattert.

Ohne mir zu antworten, drehte sie sich um und begann, Kay zu beschimpfen. »So hast du dir das also überlegt, ja? Denkst du, du kannst das mit mir machen, weil Wismar weit genug weg ist? Ich warne dich, das nehme ich so nicht hin! Entweder zieht sie wieder aus, oder das war's mit uns!«

»Jana, beruhige dich«, sagte Pavel und stand tatsächlich vom Küchentisch auf. Kurz rechnete ich damit, dass er ihr mit der Rumflasche eins überzog. Jana fuhr herum und funkelte ihn an. Pavel lächelte gelassen. »Es ist gar nichts los. Und Kay sieht sowieso keinen Stich bei der lieben Lilian. Ich war so schnell, dass er sie nicht mal abchecken konnte, da lag sie schon in meinem Bett. Ekstatisch schreiend, wohlbemerkt.«

Ich starrte ihn an und wusste nicht, was ich zu dieser Frechheit sagen sollte. Pavel erwiderte meinen Blick gelassen, doch seine Augen sagten mir deutlich, dass ich seine Geschichte bestätigen sollte, wenn ich meine Ruhe haben wollte.

Was war das denn bitte für ein Theater? Aber ich hatte keine Lust auf Stress. Jana fuckte mich dermaßen ab, dass ich mich nicht mehr darüber freuen konnte, wie gut mein erster Tag gelaufen war.

»Das musst du ja nicht allen erzählen«, meinte ich leise und setzte mich an den Küchentisch.

»Oh, aber du darfst gerne allen davon erzählen, wie du fast jede Nacht seit deinem Einzug das Haus zusammen schreist.« Pavel amüsierte sich köstlich.

Ich schüttelte den Kopf. »Das geht gar nicht, Pavel.«

Auf so vielen Ebenen, fügte ich gedanklich hinzu.

Er stieß seine Tasse grinsend gegen meine. Jetzt trank ich doch. Es ging einfach nicht anders. Wenigstens einer hatte Spaß an der Sache, denn Pavel grinste breit.

An der Tür stieß Jana einen genervten Seufzer aus, dann drehte sie um und stürmte zurück in Kays Zimmer und knallte die Tür hinter sich zu. Unser Mitbewohner sah ihr nach, sein Gesicht pure Verzweiflung. Ich hielt ihm meinen Becher hin. Kay machte ihn ohne zu zögern leer.

»Tut mir leid«, sagte er, seine Wangen röteten sich vom Alkohol. »Sie ist nicht immer so.« Er lief ihr hinterher.

»Ist sie doch«, sagte Pavel und bestätigte damit meine Befürchtung.

»Wie oft ist sie denn hier?«, fragte ich. »Und muss ich jetzt bei dir schlafen?«

Er grinste noch breiter. »Wenn du möchtest, halte ich dir gern jederzeit ein Plätzchen in meinem Bett frei. Ich bin mir sicher, wir hätten viel Spaß miteinander. Jana ist jedes zweite Wochenende hier, die anderen fährt Kay zu ihr nach Wismar. Also findet das Drama nur alle zwei Wochen statt.«

»Wenigstens etwas«, seufzte ich und schenkte mir nach. Dieses Mal in ein Glas und mit Cola. »Wie in der Oberstufe«, meinte ich und prostete Pavel zu.

»Wie war dein erster Tag?«, fragte er. Ich lächelte überrascht. Wie nett von ihm, dass er sich das gemerkt hatte. Manchmal wirkte er so abwesend, dass ich nicht sicher war, wie viel er mitbekam. Anscheinend tat ich ihm damit unrecht.

»Anstrengend aber schön, danke, dass du fragst. Ich glaube, ich bin bei einer guten Firma gelandet.«

Pavel zuckte mit den Schultern. »Wird sich zeigen, oder? So große Unternehmen haben meistens Leichen im Keller. Vor allem, wenn sie inhabergeführt sind.«

»Du hast recherchiert?« Jetzt war ich baff.

»Ich muss doch sehen, wo du untergekommen bist«, sagte er gelassen. »Du bist jetzt Teil der Familie.«

Das rührte mich und ich trank schnell einen Schluck Rum-Cola, damit er es nicht merkte. »Lieb von dir, danke.« Dabei fiel mir etwas auf. »Was machst du eigentlich? Das hast du noch gar nicht erzählt.«

»Ich studiere Zahnmedizin.«

Mir stand der Mund offen. »Das hätte ich im Leben nicht gedacht«, murmelte ich.

Pavel grinste wieder. »Warum? Sehe ich nicht seriös genug für einen Zahnarzt aus?«

Ich suchte nach Worten. Pavel trug ein Shirt mit Pin-up-Aufdruck und wildgemusterte Shorts. Seine Arme waren voller Tattoos mit unterschiedlichsten Motiven. Ich sah Avocados, chinesische Zeichen, Totenschädel, Tribals … je länger ich sie ansah, desto mehr entdeckte ich.

»Ich habe noch mehr«, informierte er mich und zupfte an seinem Shirtsaum. Ich musste grinsen.

»Das glaube ich. Und sorry, mein Zahnarzt Dr. Elwers in Peine ist über sechzig. Das ist wahrscheinlich mein Standardbild von Zahnärzten«, meinte ich.

»Ach so.« Pavel lehnte sich entspannt zurück. »Ich weiß auch noch nicht, ob ich es fertigmache.« Er strich über seine Arme. »Seit zwei Jahren arbeite ich nebenbei als Tätowierer. Das bringt mir mehr Spaß. Gut möglich, dass ich dabei bleibe. Ich habe übrigens alles hier. Falls du also mal Bedarf hast, sag Bescheid.«

»Danke. Ich plane momentan nichts, aber falls doch, sage ich es dir«, erwiderte ich.

»Hast du schon welche?«, fragte er.

»Hey, das solltest du wissen, oder? Wo du mich doch jede Nacht zum Schreien bringst.« Ich schnappte meinen Becher und stand auf. »Bis später.«

Auf dem Weg in mein Zimmer hörte ich ihn schallend lachen.

KAPITEL 2

Meine ersten drei Wochen in Hamburg und bei *Watson Shipping* vergingen wie im Flug.

Ich kam an, sowohl in meiner WG, wo es entspannt und lustig mit Pavel und Kay war (solange Jana nicht da war), als auch auf der Arbeit. Dabei merkte ich, dass ich meine innere Mitte wiederfand, die mir in den letzten Wochen verloren gegangen war. Jetzt wurde ich wieder ich selbst: Fröhlich, selbstsicher und unternehmungslustig.

Mit Midge und Tina verstand ich mich großartig und in Tran hatte ich einen tollen Teamleiter. Meinen Kollegen Dean hatte ich noch nicht kennengelernt, er musste seine Dienstreise erst verlängern und war jetzt im Urlaub.

»Kommt noch«, meinte Midge achselzuckend. »Ihr werdet euch mögen.«

»Ich freu mich, wenn er wieder da ist«, sagte Tina und zwirbelte ihre blonden Locken. An manchen Tagen sah sie aus wie die Leadsängerin einer Hair-Metal-Band aus den Achtzigern. Ich fand ihren Look unglaublich cool. »Dean, unser Pretty Face.«

»Ist er so hübsch?«, fragte ich. Mit hübschen Männern konnte ich nichts anfangen.

»Tina sagt ja, ich finde, er ist total normal«, erwiderte Midge. »Unsere Skalen sind da unterschiedlich geeicht.«

»Ist sowieso egal«, mischte sich Tina ein. »Er hat in England eine Freundin. Mach dir also keine Hoffnungen, Lilian. Du bist doch auch Single, oder?«

»Ähm, ja, aber momentan absolut nicht auf der Suche«, sagte ich verdattert. »Und mit einem Kollegen würde ich auch nichts anfangen.«

›Nicht wieder‹, fügte ich gedanklich hinzu, denn genau das war in meiner letzten Firma passiert: Ich hatte mich in einen Kollegen aus dem Marketing verliebt. Kolja.

Wir waren ein Jahr zusammen, bevor es schief ging und wir einen Riesenstreit hatten, in dem Sachen gesagt wurden, an denen ich immer noch knabberte. Danach waren wir Geschichte und es wurde unerträglich für mich in Bremen, obwohl wir uns nicht jeden Tag sahen. Er wechselte sogar den Job, aber das reichte mir nicht.

Deswegen musste ich weg aus Bremen, egal, was ich meinen Eltern gesagt hatte: Die Gefahr, ihn zu sehen, bestand einfach, und dann konnte ich für nichts mehr garantieren. Wenn ich an ihn dachte, kam alles wieder hoch. Schnell dachte ich an etwas anderes.

Hier in Hamburg war ich besser aufgehoben. Und wenn ich eins nicht wollte, dann eine neue Beziehung. Mit der Liebe war ich fürs Erste durch.

Tina und Midge aber gaben sich mit meiner Antwort zufrieden.

Am Montagmorgen erwartete Midge mich bereits, als ich ins Büro kam. »Es ist so weit«, sagte sie feierlich. »Das Projekt mit der Finanzberatung ist abgesegnet und ich habe Tran darum gebeten, dass du mich unterstützt. Tina hat andere Projekte, aber Dean steigt ein, wenn es notwendig wird. Das Kick-off ist schon morgen und wir müssen eine Übersicht der Zahlungsprozesse erstellen. James ist morgen bei dem Termin auch dabei, also muss die gut aussehen. Bock auf ne Nachtschicht?« Sie strahlte mich an, sodass ich lachen musste.

»Bin dabei«, erwiderte ich und hängte meine Jacke an die Garderobe. »Darf ich mir noch einen Kaffee holen oder schließt du gleich die Tür von innen ab?«

»Hol dir einen Kaffee, ich besorge einen Eimer, den wir als Klo benutzen können«, sagte sie todernst.

Ich flüchtete an die Kaffeemaschine.

Wir brauchten keine Nachtschicht, denn Midge und ich harmonierten hervorragend als Team und die Arbeit ging uns gut von der Hand. Und das, obwohl wir an einigen Stellen buddeln mussten, um zu verstehen, was los war.

Nach dem x-ten Gespräch mit dem Controlling hatten wir um sieben Uhr abends endlich den letzten großen blinden Fleck sichtbar gemacht,

Midge nickte zufrieden. »Das reicht fürs Erste. Sicher müssen wir das im Nachgang noch vertiefen, aber ich denke, dass es für ein Kick-off genug ist. Die Consultants sollen verstehen, wo die Kosten entstehen und welche Prozesse durchlaufen werden. Erfahrungsgemäß müssen sich alle bei einem solchen Termin erstmal produzieren und zeigen, wie toll sie sind. James wird vermutlich behaupten, wir wären der leichteste Mandant, den sie je betreut haben. Wir beide müssen nur gut aussehen und eventuell Fragen beantworten, deren Antwort noch niemanden interessiert.«

»Das macht Mut. Ich könnte die Übersicht momentan nicht erklären«, meinte ich und strich mein Haar zurück.

»Ich auch nicht, aber darauf kommt es nicht an. Wir zeigen auf, wo es nicht rund läuft. Die Abteilungen werden erklären, was los ist. Danach erarbeiten wir mit der Beratung ein Verbesserungs-konzept.«

»Das kostet bestimmt viel Geld, dafür, dass wir die Arbeit machen«, grummelte ich.

Midge zuckte mit den Schultern. »Du wirst auch dafür bezahlt, also passt es doch.«

Dagegen konnte ich nichts sagen.

Wir machten Feierabend und Midge fragte mich, ob ich mit ihr noch etwas trinken gehen wollte. Ich hatte nichts anderes vor, also gingen wir in eine Bar.

»Hast du eigentlich einen Partner?«, fragte ich sie.

Midge tastete nach ihrem Ringfinger. »Momentan nicht. Ich habe mich letztes Jahr scheiden lassen.« Ich riss die Augen auf. Sie winkte ab und rührte in ihrem Martini. Mit ihrem Fifties-Kleid sah der Drink adrett an ihr aus.

»Er war meine Jugendliebe«, begann sie. »Wir waren siebzehn Jahre zusammen. Ja, da guckst du erstaunt«, meinte sie grinsend. »Als zartes fünfzehnjähriges Pflänzchen bin ich mit ihm zusammen gekommen. Leider sind wir irgendwann nicht mehr in die gleiche Richtung gewachsen. Als wir dreißig wurden, haben wir gemerkt, dass wir völlig unterschiedliche Dinge wollen: Er wünschte sich Kinder, ein Haus und einen Hund, ich wollte Party machen und endlich raus aus der Kleinstadt. Wir haben es noch kurz versucht, aber es war zu krass. Also haben wir uns getrennt, ich bin nach Hamburg gezogen und habe die Scheidung eingereicht.«

»Tut mir leid, das zu hören«, sagte ich.

Midge lächelte. »Muss es nicht. Es war ein Schock, ja, aber die Entscheidung war richtig. Mittlerweile sind wir Freunde. Ich habe ihm seine neue Freundin vorgestellt. Sie ist schwanger, ich werde Patentante.«

»Das ist krass an der Grenze zu krank«, sagte ich.

Midge lachte laut. »Ja, das stimmt. Und du hattest also in deiner letzten Firma etwas mit einem Kollegen?«

Ich blinzelte. »Wie kommst du darauf?«

»Weil du gestern so betont hast, dass du nichts mit einem *Kollegen* anfangen würdest. Das sagt man nur, wenn man damit schon mal übel auf die Nase gefallen ist.« Midge nippte an ihrem Drink. »Weißt du, ich finde, man sollte die Dinge nehmen, wie sie kommen.«

»Ich habe gerade keine Lust, mich zu verlieben«, antwortete ich. »Ja, ich bin auf die Nase gefallen. Sehr übel. Die Trennung war hässlich und hat mich in eine Version von mir verwandelt, die mich selbst erschreckt hat. Davon muss ich mich erstmal erholen. Für Männer habe ich gerade keinen Kopf.«

Midge schien etwas sagen zu wollen, doch dann lächelte sie nur und stieß ihren Drink gegen meinen. »Dann trinken wir auf unsere Neuanfänge!«

Am nächsten Vormittag stand das Kick-off mit der Finanzberatung an. Tran war supernervös deswegen und raufte sich ständig die Haare. Er hatte sich die Übersicht von Midge und mir ewig angesehen und tausend Rückfragen gestellt, die wir ihm alle beantworten konnten.

»Tran, sieh es ein: Wir haben gute Arbeit geleistet«, sagte Midge lächelnd und schlug die Beine übereinander. Ich fand, dass ihr der Martini in der Hand fehlte. Und eine Zigarette auf einer Zigarettenspitze. Sie besaß so was, das hatte ich gesehen.

»Darum geht es gar nicht«, sagte Tran aufgekratzt und zerzauste sein schwarzes Haar erneut. »Ich weiß, dass du gut bist, Midge«, er nickte mir zu, »Und du offenbar auch, das freut mich sehr. Aber James ist heute dabei und wir müssen liefern, sonst ...«

Midge zog ihre Schreibtischschublade auf und holte eine kleine Flasche Martini bianco hervor. Ich verbiss mir ein Grinsen, als sie sie Tran hinhielt. »Hilft das?«

Tran ließ die Hände sinken. »Ich behalte es im Hinterkopf«, meinte er, da klopfte es an der Tür und eine aufgestylte junge Frau kam herein.

»Die Berater sind da«, sagte sie. »Kommt ihr?«

Tran sprang auf und folgte ihr. Ich warf Midge einen fragenden Blick zu. Die Kollegin kannte ich noch nicht.

»Das ist Pamela, James' Sekretärin. Schönes Klischee, oder? Sie hat aber echt was drauf, unterschätz sie nicht, nur weil sie gut angezogen und attraktiv ist.«

»Würde mir nie einfallen«, sagte ich und schnappte mir meinen Laptop.

Pamela führte uns in einen Konferenzraum gegenüber von James Watsons Büro. Im Raum waren bereits einige Kolleginnen und Kollegen, die ich vom Sehen kannte. Controlling, Buchhaltung, Einkauf ... Ich nickte ihnen zu.

Am Ende des Tisches sprach die Kollegin aus dem Finance-Bereich mit zwei Frauen, die ich nicht kannte: Eine Blondine ganz in Weiß, die aussah wie Elsa aus ›Frozen‹ und eine Dunkelhaarige mit energischem Blick.

›*Das sind die Consultants*‹, dachte ich überrascht. Mit zwei Frauen hatte ich nicht gerechnet. Die Dunkle war vielleicht dreißig, die Blonde etwas älter. Trotzdem blieb mein Blick an ihr hängen. Sie hatte etwas, das mich kurz gefangen hielt. Eine ganz besondere Ausstrahlung.

Tran ging zu ihnen, doch Midge hielt mich auf. »Wir werden noch vorgestellt«, sagte sie gelassen. »Und sie können sich unsere Namen eh nicht merken. Guck dich doch um. Die müssen denken, dass wir es nicht im Griff haben, wenn wir so viele Leute schicken, um am Kickoff teilzunehmen.«

»Oder sie denken, dass die Firma die Zusammenarbeit sehr ernst nimmt«, versetzte ich.

Midge schnaubte. »Nein, leider überwiegt das Gefühl der Inkompetenz. Unsere Leute werden uns aufrufen und tanzen lassen wie im Theater, hör auf meine Worte. Am Ende werden sie so tun, als hätten die Beraterinnen hier nichts zu tun.«

»Und wenn es tatsächlich so ist?«, fragte ich. »Unsere Übersicht hat kein Fiasko ans Licht gebracht. Die Konten sind gedeckt, die Zahlungsflüsse regelmäßig. Vielleicht ist das ganze hier einfach so ein Ding, um Liverpool zu zeigen, wie gut es läuft.«

Midge lächelte mich mitleidig an. »Wenn es so wäre, müssten wir keine externe Finanzberatung beauftragen und so ein Theater machen.« Tran kam zu uns zurück. »Tran, haben wir dieses Projekt eigentlich James oder Watson senior zu verdanken?«, fragte sie.

Tran zuckte zusammen. Ich sah, wie ein unheimliches Funkeln in Midges Augen trat, wie bei einem Jagdhund, der Beute witterte.

»Spuck es aus«, zischte sie.

»Midge, das spielt keine Rolle. Wir machen einfach unsere Jobs«, sagte unser Teamleiter steif.

»Entweder weiß er es selbst nicht oder ihm wird die Hand abgehackt, wenn er es uns sagt«, meinte Midge zu mir. Dann sah sie Tran wieder an, dessen Miene bei ihren Worten noch finsterer geworden war. »Lass mich raten«, sagte sie gedämpft. »Es ist etwas im Argen und der Senior hat seinem Sohn aufgetragen, es auf die Reihe zu kriegen. Und weil James keine Beratung wollte, die sein Vater aussucht, hat er diese Firma ausgewählt, um Daddy zu beweisen, dass er alles im Griff hat.« Trans Miene war wie versteinert. Midge lächelte schaudernd. »Volltreffer. Jetzt hätte ich gern eine Zigarette.«

»Du bist unmöglich«, sagte Tran unterdrückt.

Die gläserne Tür ging erneut auf und Pamela kam herein. Wann war sie rausgegangen?

Hinter ihr im Flur stand ein dunkelhaariger Mann, der gerade ein Telefonat beendete. Als er den Raum betrat, nahmen alle unwillkürlich Haltung an.

>James Watson<, begriff ich. *>Der Sohn.<*

James war Anfang dreißig, hatte dichtes schwarzes Haar und ein eckiges Gesicht. Der Blick seiner dunklen Augen war durchdringend, beinahe stechend. Ich hoffte, dass ich nicht viel mit ihm zu tun hatte, er war mir direkt unsympathisch. Er strahlte die Macht und das Geld unangenehm aus, die seiner Familie gehörten. Ein Mann, der es gewohnt war, zu bekommen, was er wollte.

Nein danke, solche Menschen lagen mir gar nicht.

»Danke, dass Sie heute alle für den Kick-off-Termin hier sind«, sagte James Watson in die Runde. Er sprach gut Deutsch, hatte aber einen ausgeprägten britischen Akzent, an den ich mich kurz gewöhnen musste. »Ich werde versuchen, das Meeting auf Deutsch zu machen, sehen Sie es mir nach, wenn ich dennoch zwischendurch auf Englisch switche.« Er wandte sich an die beiden Externen. »Frau Glaser und Frau Rossi, danke, dass Sie heute da sind. Wir haben einiges zusammen vor und mein Team hat diesen Termin so vorbereitet, dass Sie anschließend loslegen können.« Die Frauen nickten. »Frau Glaser und Frau Rossi von *Kellermann + Rosenberg Consulting* sind hier, um unsere Prozesse bezüglich unseres Geldflusses zu überprüfen«, fuhr James in die Runde fort. »Sie werden sich alles genau anschauen und Vorschläge erarbeiten, wie wir unsere finanziellen Mittel noch sinnvoller und gewinn-bringender einsetzen können. Sie werden durch alle in diesem Meeting vertretenen Abteilungen gehen und mit

Ihnen reden. Ich erwarte von Ihnen volle Kooperation. Hauptansprechpartnerin für Sie ist Miriam«, er nickte Midge zu, die den beiden huldvoll lächelnd wie Jackie O zuwinkte. Damit war auch klar, dass ich viel mit ihnen zu tun haben würde.

James' Blick glitt zu mir, verharrte kurz und ging dann zurück zu den beiden Consultants. »Auf gute Zusammenarbeit. Ich bin sehr auf Ihre Ergebnisse gespannt. Haben Sie ein gutes Meeting, ich schaue später noch einmal vorbei.« Damit gab er den beiden Frauen die Hand, nickte in die Runde und verließ, flankiert von Pamela, den Besprechungsraum.

»Das wird ein Spaß«, murmelte Midge und knuffte mich in die Seite. »Dann los, Neuling. Wir sind dran.«

Ich war von nun an mit nichts anderem beschäftigt als mit dem Finance-Projekt. Das Kick-off lief gut, doch nach unserer Präsentation, als die Fachabteilungen schon gegangen waren, hatten die beiden Beraterinnen viele Fragen und To-Dos für Midge und mich.

»Ich wusste nicht, dass wir auch alle Unterlagen zur Verfügung stellen müssen«, sagte ich mit ratlosem Blick auf die lange Liste, die wir bis zum nächsten Termin abarbeiten mussten. Zwei Wochen waren eine verdammt kurze Zeit dafür. Da kamen Nachtschichten auf uns zu. Und das Ärgerlichste war, dass wir komplett von den anderen Abteilungen abhängig waren. Wenn sie nicht lieferten, kamen wir nicht weiter.

Midge zuckte mit den Schultern und nahm mich mit auf die Dachterrasse. Sie zündete sich eine Mentholzigarette an und wedelte mit der Zigarettenspitze wie mit einem Zauberstab. »Naja, die beiden können ja schlecht mit allen Abteilungen gleichzeitig sprechen. Wir kriegen das hin. Deswegen habe ich dich ja gebeten, mich zu unterstützen. Und Tran sieht dann gleich, ob du was kannst.«

Ich zog die Augenbraue hoch. »Ist das meine Bewährungsprobe?«

Sie klopfte Asche ab. »Dazu ist das Projekt viel zu groß, kein Mensch erwartet von dir, dass du das allein rockst. Aber sagen wir es so: Du kannst nur eine gute Figur abgeben. Das ist doch nicht schlecht, oder?«

»Davon bin ich noch nicht überzeugt, aber na gut. Wird schon«, meinte ich und beobachtete den aufsteigenden Rauch. Midge lachte und drückte ihre Zigarette aus, dann machten wir uns an die Arbeit.

Am Donnerstag war ich lange im Büro und ging hinterher mit Midge etwas trinken. Ich mochte meine neue Kollegin immer mehr und wir waren auf dem besten Weg, uns anzufreunden. Außerdem war der Tag stressig und ich konnte einen Drink gut gebrauchen.

Als ich um halb zehn in die WG kam, stand Kay in der Küche, das Handy in der Hand. Er hielt es vom Kopf weg. Ich hörte Janas aufgebrachte Stimme bis in den Flur. Ich winkte Kay, der mir einen verzweifelten Blick zuwarf und dann versuchte, Jana zu beschwichtigen.

Ich ging schnell weiter, darauf hatte ich jetzt echt keinen Nerv. Es war Kays Sache, wie er seine Beziehung führen wollte, aber diese dauernden Dramen wären nichts für mich. Und ich glaubte auch nicht, dass die beiden sich damit wohlfühlten. Ich jedenfalls hätte keine Lust, ständig so aus der Haut zu fahren wie Jana.

Pavels Tür ging auf, als ich daran vorbeiging, und eine dunkelhaarige Frau kam heraus. »Ähm, hallo«, sagte ich verdattert, denn sie trug ein Shirt von Pavel. Nur das Shirt. Und es war zu kurz, um alles zu bedecken.

»Hola«, murmelte sie und huschte ins Bad.

»Hey Lil!«, rief Pavel durch den Türspalt. Ich sah flackerndes Kerzenlicht und entschied mich, dass ich meinen Mitbewohner heute nicht nackt im Bett liegen sehen wollte.

»Hey Pavel, weißt du, was bei Kay los ist?«, fragte ich und blickte konzentriert auf ein Bild an der Flurwand. Keine Ahnung, was es darstellte. Ich mochte es nicht.

»Jana hat angerufen, als ich gerade mit Ana nach Hause kam. Sie hat ihre Stimme gehört und dreht seitdem am Rad«, erwiderte Pavel. Ich hörte Kleidung rascheln, dann kam er an die Tür. In Boxershorts, zum Glück. Beinahe sein ganzer Oberkörper war mit Tattoos bedeckt, es wirkte, als würde er ein Shirt aus Tinte tragen.

»Müssen wir damit jetzt ständig leben?«, meinte ich.

Pavel zuckte mit den Schultern. »Wenn ich Männer mitbringe, macht sie weniger Theater.«

»Na, dann weißt du ja, was du zu tun hast.« Ich streckte mich müde. »Ich muss ins Bett.«

»Allein bringt das doch keinen Spaß«, sagte Pavel. Wie aufs Stichwort kam Ana aus dem Bad und drückte sich lächelnd an meinem Mitbewohner vorbei. »Ich mach mal weiter«, meinte er. »Gute Nacht, Lil!«

»Gute Nacht.«

Ich ging in mein Zimmer und hörte Ana lachen.

Später im Bett hörte ich die beiden, obwohl das Zimmer auf der anderen Seite des Flurs lag. Sie hatten viel Spaß, vor allem Ana. Und anscheinend war Pavel nicht nur ein Angeber, sondern wusste im Bett wirklich, was er tat. Sie war schon zweimal gekommen. Laut. Er arbeitete gerade am dritten Mal.

In der Dunkelheit taste ich zwischen meine Schenkel und seufzte. Ich bräuchte auch mal wieder Sex.

Meine Finger glitten unter das Bündchen meines Slips und ich blendete die Geräusche von nebenan zu einem Hintergrundrauschen aus. Anas Stöhnen begleitete mich, als ich begann, mich zu streicheln.

Ich befeuchtete meine Lippen mit der Zungenspitze und gab mich meinen Berührungen hin. Langsam kam ich in Fahrt, doch ich war nicht bereit, jemand anderen daran teilhaben zu lassen, also blieb ich leise. Ich streichelte meine Klit erst langsam, dann immer schneller. Mit der anderen Hand zog ich mein Shirt hoch und rieb mit dem Daumen über meine Nippel, bis sie hart wurden.

›*Ich brauche Sex*‹, dachte ich. Nebenan kam Ana mit einem Schrei ein weiteres Mal. Ich kippte mein Becken und machte schneller. Genau das wollte ich auch: Einen harten Schwanz, der es mir besorgte, und eine nachdrückliche Zunge, die mich leckte, bis ich nicht mehr klarkam. Mein letzter Sex war viel zu lange her. Ich dachte, ich müsse mich erstmal auf meinen Neustart in Hamburg konzentrieren, aber das änderte nichts daran, dass ich auch Bedürfnisse hatte.

Ich rollte mich auf die Knie und machte weiter, dabei presste ich mein Gesicht ins Kissen. Funken schlugen zwischen meinen Schenkeln und mein Atem ging heftig.

Ich sollte mir bald jemanden suchen, der es mir richtig besorgte. Ganz zur Not musste ich auf Pavels Angebot zurückkommen.

Endlich war ich soweit und stöhnte heiser in mein Kissen. Meine Beine zuckten und ich spürte, wie meine Muskeln unter meinen Fingern lustvoll pulsierten, als der Orgasmus meinen Körper flutete.

Mit wild klopfendem Herzen rollte ich mich auf den Rücken. Ich hatte noch nicht genug, also holte ich meinen Vibrator aus der Schublade.

Ich seufzte zufrieden, als er in mich glitt und die Vibrationen durch meinen Unterleib surrten. Das war nicht so gut wie echter Sex, aber es reichte.

Fürs erste.

Das Wochenende war ruhig. Kay fuhr nach Wismar zu Jana, sodass ich zumindest an dieser Stelle keinen Stress hatte. Pavels Freundin Ana blieb bis Sonntagabend bei uns. Ich mochte sie, beim Frühstück konnten wir uns nett unterhalten. Umso verwirrter war ich, als Pavel mir sagte, dass sie wahrscheinlich nicht wiederkam.

»Warum nicht?«, fragte ich.

»Sie hat einen Ehemann«, sagte er entspannt. »Der ist gerade auf Dienstreise. Guck nicht so, dein moralischer Kompass hat hier nichts zu suchen.«

»Ähm, okay.« Ich versuchte es.

Pavel lachte mich aus. »Zerbrich dir doch nicht anderer Leute Kopf«, riet er und grinste Ana an, die gerade aus dem Bad zurückkam. »Schlussendlich müssen sie ihren eigenen Anblick im Spiegel ertragen, nicht du.«

Ich nickte und fand es erschreckend, wie recht er hatte. Ich war von meinen Eltern und der Kleinstadt geprägt. Zu Hause war das wichtigste, dass ›die Leute‹ nicht schlecht über einen dachten. Das trug ich immer noch mit mir herum, obwohl ich es längst besser wissen sollte.

Am Montag erwartete Midge mich bereits im Büro. »Wir haben viel zu tun«, sagte sie. »Aber das gute ist, dass Dean endlich zurück ist. Wir haben also Unterstützung bei diesem Wust an Aufgaben.«

»Sollen wir auf ihn warten?«, fragte ich. Midge schüttelte den Kopf. Ihre Locken hielten bombenfest und bewegten sich kein Stück. Da mussten Tonnen Haarspray drin sein.

»Er hat über den Sharepoint schon alle Infos und ich habe ihm ein paar Aufgaben zugewiesen. Wir können starten«, meinte sie gelassen und rief die entsprechenden Seiten auf.

Wir hatten schon drei Punkte von der To-do-Liste erledigt, als Dean ins Büro kam. Die Tür ging auf und ein gut gelaunter Mann um die dreißig kam herein.

»Myladies, I'm back! Habt ihr mich vermisst?«, rief er fröhlich und kam zu mir. »Lilian, oder? Schön, dich persönlich kennenzulernen. Ich bin Dean.«

»Hi. Danke gleichfalls.« Ich schüttelte seine Hand und lächelte. Ich mochte ihn auf Anhieb, er hatte eine positive Ausstrahlung und ein offenes Lächeln. Er war wirklich pretty, wie Tina gesagt hatte, wenn auch nicht so offensichtlich wie erwartet. Dean war groß und schlank, hatte modisch gestyltes braunes Haar, das mit Locken gegen die Frisur protestierte. Grüne Augen funkelten mich schelmisch an und er hatte Grübchen. Ihm stand sogar das karierte Sakko gut. Als wir nah beieinander standen, roch ich sein Aftershave.

Mein Lächeln wurde noch etwas breiter. Er roch gut und ich mochte seinen britischen Akzent. Anders als bei unserem Boss wirkte er bei Dean nicht herrisch, sondern sympathisch. Und sexy, wenn ich ehrlich war.

Dann fiel mir wieder ein, dass er eine Freundin hatte. Pavels moralischem Kompass mochte das egal sein, meinem aber nicht. Also machte ich einen Schritt zurück und wandte mich Midge zu. Sie hatte eine Augenbraue hochgezogen und amüsierte sich.

»Ich hole mir einen Kaffee, dann starte ich«, sagte er und legte seine Tasche auf seinen Tisch. »Darf ich euch etwas mitbringen?«

»Wenn du so fragst: Zwei Latte Macchiato, bitte«, zwitscherte Midge. »Bist der Beste, Dean.«

»Warts ab. Ich versuche, kleine Herzen in den Schaum zu zeichnen«, versprach er und verließ den Raum.

Sofort drehte sie sich zu mir um. »Heiß, ihr zwei.«

Ich blinzelte. »Bitte?«

Darüber hatte sie sich also amüsiert.

»Er hatte ja quasi einen tausend Watt Strahler auf dich gerichtet. Du gefällst ihm. ›Kleine Herzen im Schaum‹ höre ich zum ersten Mal«, informierte sie mich.

»Ich finde ihn auch nett, aber das ist doch egal, er hat eine Freundin«, sagte ich.

Midge lächelte lieblich. »Sei dir da nicht so sicher. Erstens hat er es nie bestätigt und zweitens habe ich das Gefühl, dass er die Andeutungen macht, um Tina auf Abstand zu halten, ohne ihr sagen zu müssen, dass er nicht auf sie steht. Aber dich«, sie pfiff zwischen den Vorderzähnen, »dich findet er richtig gut.«

»Selbst wenn du recht hast, kommt das nicht in Frage. Solche Verstrickungen und dass Tina auf ihn steht, das ist mir viel zu kompliziert«, sagte ich. »Und du weißt ja: Keine Kollegen. Ich werde mich dran halten.«

Midge lächelte so lieblich, dass ich beinahe Zahnschmerzen bekam. »Das war deutlich.« In ihrem Tonfall schwang genauso deutlich mit, dass sie davon ausging, dass ich diesen Vorsatz in Windeseile vergaß.

Ich konzentrierte mich wieder auf unsere Aufgabe und schwor mir, ihr das Gegenteil zu beweisen.

Und trotzdem ertappte ich mich mehrmals an diesem Tag dabei, wie ich zu Dean hinübersah. Wenn er es bemerkte, strahlte er zurück. Tina war heute im Home-Office, deswegen hatte ich keinen Vergleich, aber ja, die anderen Kolleginnen, Midge eingeschlossen, lächelte er nicht so breit an. Jedes Mal, wenn sie es mitbekam, warf Midge mir einen wissenden Blick zu.

Ich beschloss, das zu ignorieren.

Und dass ich abends an ihn dachte, als ich nach meinem Vibrator griff, war eine nachvollziehbare Reaktion auf einen attraktiven Mann in meiner Nähe.

Ich blieb dabei: Mit vergebenen Männern würde ich nichts anfangen, egal, was Pavel zu meinem moralischen Kompass sagen würde. Und der protestierte energisch dagegen. Und, was noch dazu kam: Ich hatte keine Lust auf Stress mit Tina.

Ich stellte mir vor, wie wir es trieben und biss mir auf die Lippe, als ich kam. Das war gut. Noch ein, zwei Mal, dann war ich mit Dean durch und konnte mich der nächsten Fantasie widmen.

Und bis dahin ... ich veränderte die Vibrationsstufe und genoss es, wie gut es sich anfühlte.

Am Freitagmittag kam Pamela ins Büro gerauscht. »Leute, ich brauche eure Hilfe!«

»Setz dich und rede mit uns«, meinte Midge. »Und bitte nicht so aufgeregt.«

»Wir haben gerade eine Anforderungsliste von K+R bekommen«, stöhnte Pamela und ließ sich auf unseren Besucherstuhl fallen. »Sie brauchen noch etliche Infos, um eine erste Prognose erstellen zu können. Das wäre normalerweise kein Problem, aber James hat am Montagnachmittag einen Termin mit seinem Vater und soll diese Prognose vorstellen.« Sie strich ihr Haar zurück. »Ich muss euch nicht sagen, was hier los ist, wenn er den Bericht dann nicht hat, oder? Ich habe schon mit Frau Glaser telefoniert. K+R haben sich bereit erklärt, den Bericht übers Wochenende zu schreiben, wenn wir alle Infos bereitstellen können. Allerdings müssen die Unterlagen aufbereitet werden, damit Frau Glaser und ihr Team sie verstehen.«

»Lass mich raten: Das wird unsere Aufgabe«, meinte Midge trocken.

Dean zog die Augenbrauen hoch und griff nach seinem Smartphone. »Ich sage dann mal alle Termine ab.«

Midge checkte ihren Kalender und fluchte. »Ich kann heute nur bis neunzehn Uhr, es sei denn, ich lasse meine Konzertkarten für zweihundert Euro verfallen.«

»Wie sieht's bei dir aus, Lilian?«, fragte Dean.

»Ich habe nichts vor«, erwiderte ich.

»Gut, dann machen wir jetzt zu dritt so viel wie wir schaffen und Lilian und ich ziehen durch, bis wir fertig sind, okay?«, fragte er. Ich nickte.

Midge warf mir einen langen Blick zu, dann seufzte sie. »Okay, dann mal los. Vielleicht schaffen wir es ja bis neunzehn Uhr.«

Wir schafften es nicht und Midge zog mit betroffener Miene ihren Mantel an, als es viertel nach sieben war.

»Mach dir bitte keinen Kopf«, sagte ich zum dritten Mal. »Wir kommen gut voran und du solltest dich jetzt beeilen, damit du nicht zu spät kommst. Wenn du willst, schicke ich dir zwischendurch ein Update.«

»Ja, tu das bitte«, seufzte sie. »Zur Not komme ich nach dem Konzert wieder her.«

»Das sehen wir dann«, meinte Dean. »Aber ich hätte gern etwas mehr Vertrauen in unsere Fähigkeiten, wenn ich bitten darf.«

Das fiel Midge nicht leicht, aber sie verließ endlich das Büro. Pamela war vor einer halben Stunde noch einmal hier, doch es gab nichts, was sie tun konnte.

Wir hatten mittlerweile etwa siebzig Prozent der Unterlagen gesichtet und vorbereitet. Es war mühsam, weil es so viel war, aber wir kamen voran. Natürlich waren wir zu zweit langsamer, aber ich hoffte, dass wir vor Mitternacht durch waren.

Wenigstens war ich nicht allein und mit Dean machte der Mist sogar Spaß.

Endlich hatten wir die letzte Unterlage durchgesehen und für K+R aufbereitet. Dean fasste alles in einem Ordner zusammen und lud ihn auf den Sharepoint. Dann schickte ich die Infomail an alle Beteiligten.

»Erledigt.«

Dean sah auf seine Uhr. »22:20 Uhr. Nicht schlecht. Hast du Lust auf ein Bier?«, fragte er. »Im Kühlschrank in der Küche ist immer welches für freitags. Es ist noch Freitag.«

»Klar«, meinte ich. »Das haben wir uns echt verdient.«

Dean grinste und zog los. Ich streckte mich. Durch das lange Sitzen war ich verspannt und meine Beine steif. Besser, ich stand auf und machte ein paar Schritte.

Dean suchte gerade nach dem Flaschenöffner, als ich in die Teeküche kam. Ich setzte mich auf den Tisch, an dem wir Mittagspause machten, und ließ mir die Bierflasche reichen.

»Auf gute Zusammenarbeit«, sagte er und stieß mit mir an. Ich hob die Flasche lächelnd an meine Lippen und genoss die Erfrischung.

»Wurde auch Zeit, dass wir fertig werden«, sagte ich und rollte mit den Schultern. »Es reicht jetzt.«

»Geht mir ähnlich. Hast du zu Hause Bescheid gesagt, dass wir durch sind?«, fragte er.

»Ist das eine verdrehte Art, mich zu fragen, ob ich Single bin?« Ich zuckte innerlich zusammen. Manchmal war mein Mund schneller als mein Gehirn.

Dean stutzte auch kurz, dann grinste er. »Erwischt.«

»Ich bin Single. Und du?« Gleich wusste ich mehr.

»Ich auch.«

Ich schluckte. Midge hatte also recht. Das war beinahe unheimlich. Ich sollte ihrem Urteil mehr vertrauen.

»Und was machen wir jetzt mit dieser Erkenntnis?«

Wieder war ich viel zu frech.

Dean zog die Augenbrauen hoch. »Gar nichts. Es sei denn, du hast eine andere Idee.«

›*Sag jetzt nichts, Lilian.*‹

»Na ja, wir könnten wilden Sex im Büro haben und uns dafür feiern, wie gut wir unseren Job gemacht haben«, sagte ich.

›*Klappe halten funktioniert nicht.*‹

Dean brauchte zwei Sekunden, dann stellte er seine Flasche weg. »Gute Idee.«

Ich verschluckte mich an meinem Bier. »Ernsthaft?«

»Also, wenn es dir ernst ist, bin ich dabei.« Er rutschte näher. »Du gefällst mir sehr gut.«

»Ich will keine Beziehung«, sagte ich.

»Einverstanden.«

»Und das sollte niemand erfahren.«

»Hier ist niemand außer uns.«

Ich zögerte einen kurzen Moment. Das war echt eine verquere Situation. Aber hatte ich es mir andererseits nicht seit Montag jeden Abend selbst gemacht und dabei an Dean gedacht? Und wenn uns beiden klar war, dass es eine einmalige Sache blieb, die nichts bedeutete, ging ich kein Risiko ein. Stattdessen konnte ich mich überzeugen, ob er so gut war wie in meiner Fantasie.

»Hast du ein Kondom?«

Seine Augen leuchteten. »Ich organisiere eins. Willst du hierbleiben?«

»Warum nicht?« Ich beobachtete, wie er zurück zu unserem Büro lief. Ich glaubte noch nicht daran, dass wir es gleich wirklich tun würden. Wahrscheinlich kamen wir nicht mal bis zu einem Kuss, dann würden wir anfangen zu lachen und das ganze als Witz abtun.

Dean kam zurück. Ich trank noch einen Schluck Bier und behielt ihn im Auge. Er verneigte sich etwas spöttisch und dimmte dann das Licht, sodass es nicht mehr so grell war.

»Romantisch«, meinte ich ironisch. »Hast du noch ein bisschen Musik, zu der du tanzen kannst?«

»Ich werde mich zum Takt deines Stöhnens und deiner Lustschreie bewegen«, sagte er verwegen.

»Ganz schön eingebildet«, meinte ich lächelnd. »Jetzt musst du auch liefern oder ich halte dich für einen großmäuligen Engländer.«

»Oh dear, jetzt muss ich die Ehre aller Engländer verteidigen und richtig abliefern.« Er stellte sich vor mich und schob meine Beine auseinander, sodass er zwischen meine Knie treten konnte. Mutig. Mal sehen, wie lang wir das Spiel treiben konnten.

»Dann zeig mal, was du kannst.« Ich hielt den Blickkontakt. Ich würde es nicht sein, die abbrach. Immerhin war der Sex mein Vorschlag.

Langsam legte ich meine Hand an seine Hüfte und zog ihn etwas näher. Er fühlte sich gut an. Unter dem Stoff seines Hemdes ertastete ich einen schlanken Körper, warm unter meinen Fingern. Wieder stieg mir sein

Geruch in die Nase. Er war elektrisierend. Ich spürte, wie mich das Spiel langsam erregte. Zwischen meinen Beinen pochte es.

Das war ein heißes Spiel, egal, wie weit wir gingen. Am liebsten hätte ich hinuntergesehen, um festzustellen, ob es ihn auch erregte, was wir machten. Ob er schon hart geworden war. Das würde perfekt zu der Hitze zwischen meinen Schenkeln passen.

Ich zog ihn noch näher. Mein Atem wurde schneller und ich spürte, wie mir immer heißer wurde.

›Und du, Dean? Lässt es dich kalt oder kommst du langsam in Fahrt?‹

Seine Augen blitzten, dann beugte er sich vor und küsste mich auf den Mund.

Die Erkenntnis traf mich wie ein Schlag: Das hier war kein Spaß. Nicht mal ansatzweise.

Ich fing sofort Feuer. Der Kuss war gut, ich spürte ihn, als wäre er tausend Grad heiß. Die aufgestaute sexuelle Energie, die ich seit Deans Auftauchen gesammelt hatte, explodierte förmlich, als unsere Münder sich berührten.

Ich zog ihn an mich und schlang die Arme um seine Taille. Seine Hände glitten über meinen Rücken und wir pressten uns aneinander.

Auf seinen Wangen hatten sich mittlerweile leichte Stoppeln gebildet, die über meine Haut kratzten. Oh Gott, ich wollte es unbedingt! Ich musste mit diesem Mann Sex haben, sonst drehte ich durch. Mein letztes Mal war viel zu lange her. Und Dean war einfach perfekt dafür.

Ich knöpfte fieberhaft sein Hemd auf und schob es ihm von den Schultern. Er zog mir mein Shirt über den Kopf. Seine Lippen wanderten von meinem Mund über mein Kinn zu meinem Hals. Seine Finger streichelten meine Rippen und stahlen sich dann langsam zu meinem BH.

Ich hielt es nicht mehr aus und glitt mit den Händen über seinen süßen festen Hintern, der schon in der Hose so gut ausgesehen hatte. Ich packte ihn fest und zog ihn noch näher.

Dean schob meine BH-Träger von den Schultern und rieb mit dem Daumen über meine Nippel. Ich seufzte laut und warf den Kopf zurück.

›Oh mein Gott, was passiert hier? Und warum fühlt es sich so verdammt gut an?‹, dachte ich und rieb mich an ihm. Durch meine Kleidung spürte ich seine Erektion auf meinem Venushügel. Jetzt gab es kein Halten mehr.

Ich suchte seinen Blick. Er wusste es auch. Er kam hoch und wir beeilten uns, unsere restlichen Klamotten los zu werden. Ich holte tief Luft, als er nackt vor mir stand. Genau so hatte ich ihn mir vorgestellt.

Ich betrachtete lächelnd seinen Schwanz und fuhr mit meiner Zungenspitze in meinen Mundwinkel. Das wurde richtig gut, ich spürte es.

»Ziehen wir durch?«, fragte er und küsste mich erneut.

»Auf jeden Fall«, sagte ich und schlang meine Beine um seine Hüften. Er packte mich und versenkte sich in mir. Ich stöhnte laut auf.

›Oh Gott, ja. Das hatte ich so vermisst!‹

Dean schlang seine Arme um meine Oberschenkel und legte los. Dabei sah er mir die ganze Zeit in die Augen. Es war intensiv, so sehr, dass ich Gänsehaut bekam und es noch mehr genießen konnte als sonst.

›Wer hätte gedacht, dass der Abend so fantastisch endet? Wenn er so weitermacht, habe ich sogar die Chance zu kommen.‹ Ich biss mir auf die Unterlippe und gab mich seinen Stößen hin. Sex auf dem Tisch im Pausenraum war nicht optimal, aber scheiß drauf. Ich hatte mir das nach dem ganzen Stress mehr als verdient.

Dean strich mein Haar zurück und küsste mich erneut. Es fühlte sich gut an, ihn zu küssen. Das Setting dieser Nummer war verboten heiß. An diesem Tisch aßen wir normalerweise. Wie sollte ich mich hier je wieder hinsetzen, ohne immer an heute Abend zu denken?

Der Gedanke machte mich dermaßen an, dass die ersten Zuckungen durch meinen Körper fuhren. Ich atmete heftig und versenkte meine Zunge tief in seinem Mund.

Es war perfekt.

Dean krümmte sich zusammen und kam. Ich presste mich fest an ihn und genoss dieses Gefühl. Nicht ganz geschafft, aber das machte nichts. Der Sex war gut, auch ohne Orgasmus.

Dean lehnte seine Stirn gegen meine Schulter und atmete tief durch. »Jeez«, murmelte er. »Das war der beste Sex, den ich je auf diesem Tisch hatte.«

Ich zog die Augenbrauen hoch. »Mit wie vielen stehe ich denn in Konkurrenz?«

»Ehrlichgesagt nur mit dir selbst, aber ich wollte cool klingen. Jetzt hast du mich mit deiner Frage enttarnt.« Er grinste schief. »Aber seitdem ich dich gesehen habe, hab ich mir genau das vorgestellt.« Er zog sich zurück und ließ das Kondom in Küchenrolle gewickelt im Müll verschwinden. Ich zog mich schnell an und wischte den Tisch feucht ab.

»Ich hab's mir auch vorgestellt«, gab ich zu. »Aber eine Sache interessiert mich: Warum denkt Tina, dass du eine Freundin in England hast?« Ich wartete mit klopfendem Herzen auf seine Antwort.

»Weil ich Andeutungen gemacht habe, die sie auf die Idee kommen lassen«, sagte er. »Ich bin Single, wie ich dir gesagt habe. Aber Tina war anfangs sehr aufdringlich und ich stehe nicht auf sie. So bin ich elegant drum herum gekommen, ihr das sagen zu müssen.« Er lächelte. »Das war die einfachere Variante, mit der wir beide gut leben konnten. Und das hier ...«

»Ist nichts, wofür wir irgendwem Rechenschaft schuldig sind«, beendete ich seinen Satz.

»Ganz genau.« Er trat hinter mich und küsste meinen Nacken. »Fändest du es sehr unverschämt, wenn ich dich frage, ob du mit zu mir kommst, damit wir es noch einmal richtig machen können?«

»Was bedeutet ›richtig‹ für dich?«, fragte ich.

Er streichelte meine Hüfte. »Dass du mindestens zweimal kommst und deine vornehme Zurückhaltung komplett vergisst.«

Ich lächelte und strich über seine Wange. »Bin dabei.«

KAPITEL 3

Wir fuhren zu ihm nach Hause. Dean wohnte in Altona, also war die Fahrt nicht lang, nachdem wir den Hafen überquert hatten. Währenddessen unterhielten wir uns, als wären wir Freunde.

Freunde, die gleich miteinander Sex hatten. Noch mal. Ich konnte es kaum erwarten.

An den Landungsbrücken stiegen wir in ein Taxi und standen wenig später vor seinem Wohnhaus. Schon im Fahrstuhl schob er seine Finger unter mein Shirt und öffnete meinen BH.

»Den hättest du nicht wieder anziehen müssen«, meinte er und zog ihn hinunter, sodass sich meine Brüste durch den Stoff abzeichneten. Dean beugte sich vor und zwickte meinen linken Nippel mit seinen Zähnen.

Ich stöhnte auf. »Und wie willst du gleich dafür sorgen, dass ich mindestens zweimal komme?« Ich zerrte an seinem Hemd.

Dean sah zu mir auf. Eine Locke war in seine Stirn gefallen. Ich strich sie beiseite. »Soll ich es dir erzählen, oder es lieber machen?« Wieder nahm er meinen Nippel zwischen seine Zähne.

»Beides«, hauchte ich.

»Ich werde dich ausziehen«, informierte er mich und öffnete meine Hose. Langsam schob er seine Finger unter das Bündchen und in meinen Slip, eine Hand vorn, eine Hand hinten. Ich bekam Gänsehaut. »Dann werde ich mir deinen hübschen Körper genau ansehen. Mit den Fingern und mit meiner Zunge. Das Licht wird gedimmt sein, deswegen brauche ich meine anderen Sinne, weißt du?«

Er erreichte meine Klit und rieb mit einer Fingerkuppe über sie. Ich holte zittrig Luft. »Das klingt schon gut.«

»Ich weiß. Und wenn ich dich so weit habe, verrätst du mir, welche Stellung dich besonders anmacht. Ich bin flexibel und wir finden sicher etwas schöneres als den Tisch-Missionar.«

Ich musste lachen, obwohl mir so heiß war und seine Finger kleine Blitze durch meinen Körper schickten. Er war so herrlich locker. Es war heiß, was er sagte, aber es kam ungestellt und natürlich rüber - nicht, als hätte ein Pornodarsteller einen Text auswendig gelernt.

»Und in dieser Stellung werde ich es dir besorgen«, versprach er mir und glitt mit mindestens einem Finger in meine Pussy. »Ganz langsam und sehr gründlich.« Er zwickte mich erneut in den Nippel, dann richtete er sich auf. »Wir haben nur ein Problem.«

Ich sah ihn erschrocken an. »Welches?«

»Wenn du nicht den Knopf für den dritten Stock drückst, kommen wir nie oben an. Du siehst, dass meine Hände indisponiert sind. Wärst du so freundlich?«

Ich verbiss mir ein Lachen und drückte den Knopf.

Jetzt setzte sich der Fahrstuhl in Bewegung. Dean küsste meinen Hals und schob seinen Finger tiefer in mich. Meine Hose rutschte bedenklich weit hinunter, gleich stand ich ohne da.

»Wie viele Leute leben hier? Und wie viele von ihnen könnten gleich hier aufkreuzen?«, fragte ich und spreizte die Beine, damit er mich besser fingern konnte.

»In meiner Etage nur noch einer und der hat Nachtschicht«, antwortete er. Die Tür ging auf und wir traten auf den Flur. Dean rutschte hinter mich und machte weiter. »Mein Schlüssel ist in der Hosentasche links«, flüsterte er in mein Ohr.

Ich tastete nach hinten. In seiner Hosentasche war kein Schlüssel, aber ich fühlte seinen harten Schwanz.

»Ups, doch die falsche Seite«, feixte er.

»Das war Absicht. Aber ich werde dich gleich auch genau anschauen«, versprach ich und zog den Schlüssel aus seiner anderen Hosentasche. Dean fuhr mit der Zungenspitze über meine Ohrmuschel und rieb über meine Klit. Ich schloss die Augen und stöhnte heiser.

Das hier war genau nach meinem Geschmack. Und je länger wir dieses Spiel spielten, desto schärfer wurde ich. Gut, dass wir uns schon einen Appetizer im Büro geholt hatten, jetzt konnten wir uns alle Zeit der Welt nehmen.

Ich riss mich zusammen und schloss die Haustür auf.

»Ich bin ziemlich durchgeschwitzt. Was hältst du von einer Dusche, bevor wir weitermachen?«, fragte er und schob meine Hose hinunter. Mein Slip folgte unmittelbar. Ich bekam Gänsehaut, als er meinen Nacken küsste und dabei einen zweiten Finger in meiner Pussy versenkte.

»Dazu müsstest du zumindest kurz aufhören«, sagte ich.

Dean lächelte und ließ von mir ab. Ich drehte mich um und knöpfte sein Hemd auf. Wieder küsste er mich.

Wir zerrten uns die Klamotten vom Leib und Dean zog mich ins Badezimmer. Er schob mich unter die Dusche und stellte das Wasser an. Ich schrie kurz auf, weil der erste Strahl kalt war, und schlug nach ihm.

Er drückte mich lachend gegen die Wand. »Sorry, das musste einfach sein. Dann wird dir gleich umso heißer«, versprach er.

Ich nahm einen Schwamm von der Armatur und stupste ihn an seine Nase. »Ich werde mich rächen«, versprach ich, doch ich kam gar nicht dazu, denn er schnappte sich den Schwamm und warf ihn hinter sich. Dann kniete er sich hin und schob meine Schenkel auseinander. Ich schrie erneut auf, dieses Mal vor Lust, als er seine Zunge über meine Klit gleiten ließ und seine Finger in meine Pussy eindrangen.

Ich klammerte mich an der Duscharmatur fest und schaute zu. Mir blieb auch gar nichts anderes übrig, der Wasserstrahl kam von oben. Und es sah verdammt scharf aus, wie Dean mich leckte. Er legte mein linkes Bein über seine Schulter und presste sein Gesicht zwischen meine Schenkel. Ich biss mir auf die Unterlippe und stöhnte. Es fühlte sich so gut an. Ich hatte schon viel zu lange auf dieses Gefühl verzichtet.

Seine Zunge auf meiner Klit, seine Finger, die er langsam, aber nachdrücklich immer wieder in mir versenkte - es war eigentlich zu einfach für ihn. Ich war schon so scharf von unserem Sex im Büro und seinen Berührungen im Fahrstuhl, dass ich nach viel zu kurzer Zeit kam. Meine Beine gaben unter mir nach, nur Dean hielt mich noch aufrecht. Meine Finger an der Armatur wurden taub.

»Oh Gott, so gut«, stammelte ich, doch er war noch nicht fertig mit mir. Stattdessen leckte er einfach immer weiter, reizte mich mit seinen Zähnen, wie er es vorher schon bei meinen Nippeln getan hatte.

Ich kam erneut. Mein Hinterkopf schlug gegen die Fliesen und ich bekam den Wasserstrahl ins Gesicht, aber egal, ich bekam eh keine Luft. Vor meinen Augen tanzen Sterne und ich verlor das Gefühl für meinen Körper. Ich stand lichterloh in Flammen und drehte beinahe durch.

Endlich bekam ich wieder Luft und drehte den Kopf zur Seite. »Oh mein Gott«, keuchte ich.

Dean ließ mich langsam auf den Boden rutschen, meine Beine trugen mich ohnehin nicht mehr.

Ich lehnte mich schweratmend an ihn. »Geht man so mit seiner neuen Kollegin um?«, murmelte ich und strich träge mit den Fingern über seinen harten Schwanz, der mir entgegen ragte. Wassertropfen perlten über seine Haut und ich genoss, wie hart er sich anfühlte.

»Ich würde sagen, so gehe ich nur mit meiner neuen Lieblingskollegin um«, sagte er lächelnd und legte meine Finger um seinen Schaft. »Komm, wir gehen nach nebenan, dann besorge ich es dir noch einmal richtig.«

»Mittlerweile bekomme ich eine Ahnung, was ›richtig‹ für dich bedeutet«, sagte ich und ließ mich hochziehen. Dabei konnte ich nicht anders, als mit der Zunge über seinen Schwanz zu gleiten und meine Brüste kurz an ihm zu reiben. Dean schauderte und seine Erektion schwoll noch etwas größer an. Ich konnte es kaum erwarten, ihn erneut in mir zu spüren.

Er gab mir ein Handtuch und ich wischte fahrig über meinen Körper, um mit ihm ins Schlafzimmer zu rennen.

Wir fielen auf sein Bett und trieben es die halbe Nacht, bis wir erschöpft und überglücklich einschliefen.

Ich wachte auf und sah in Deans Gesicht.

Was für ein seltsames Gefühl. Gestern um diese Zeit waren wir nur Kollegen. Und heute? Heute waren wir Kollegen, die es heftig getrieben hatten. Etwa viermal. Ich ließ meine Hände über meinen nackten Körper gleiten und erschauderte wohlig bei der Erinnerung.

Seine Hand hielt meine auf. »Willst du etwa ohne mich weitermachen?«, fragte er mit geschlossenen Augen. »Dann lass mich wenigstens zusehen. Da stehe ich sehr drauf.«

»Wundert mich gar nicht«, meinte ich. »Ich glaube, du stehst auf alles, was mit Sex zu tun hat.«

»Wenn es Sex mit dir ist«, erwiderte er und schob meine Hand zwischen meine Schenkel.

Ich schauderte unter der geführten Berührung und ließ ihn machen. »Was ist das hier?«, fragte ich dann.

»Wir haben Sex«, sagte er einfach. »Du und ich. Und er ist ziemlich gut, findest du nicht?«

»Doch«, stöhnte ich und rieb meine Klit mit meinem Daumen. »Aber wir sehen uns jeden Tag auf der Arbeit.«

Er küsste mich auf den Mund. Seine Zunge drang tief ein, genau wie seine Finger in meine Pussy.

Ich bearbeitete weiter meine Klit. So viel dazu, dass er gern zusah. Er machte noch viel lieber selbst mit.

»Ich bin nur noch bis Ende des Monats in Hamburg«, sagte er, als er seinen Mund von meinem löste. Dafür wurden seine Finger schneller. »Was hältst du davon: Wir haben die nächsten vier Wochen eine wirklich heiße Affäre mit Sex bei jeder sich bietenden Gelegenheit. Und danach sind wir frei zu tun, worauf wir Lust haben.«

Ich brauchte, bis ich verstand, was er meinte, dann lächelte ich. »Das klingt gut.«

Es war schade, dass er Hamburg verließ, aber hey: Eine bessere Möglichkeit, die verbleibende Zeit zu nutzen, gab es nicht. Und, oh mein Gott, ich kam gleich noch einmal.

»Okay, das machen wir so«, stöhnte ich und ergab mich unseren Berührungen.

Ich blieb bis Sonntagmorgen bei Dean. Wir kamen einfach nicht aus dem Bett, höchstens, um ins Bad zu gehen. Oder es an einem anderen Ort in der Wohnung zu treiben. Er orderte Essen und wir blieben zusammen, ohne das weiter abzusprechen.

Es war so einfach. Als würden wir uns ewig kennen. Wir redeten, wir vögelten, wir lachten. Wir hatten eine perfekte Zeit. Ich mochte ihn. Er war so unkompliziert, ehrlich und lustig. Wenn er nicht gehen würde, hätte Midge einen ernsthaften Konkurrenten für den Platz meines liebsten Kollegen oder Kollegin.

Aber so waren die Verhältnisse wunderbar klar. Der Deal war perfekt. Genau, was ich momentan brauchte: Sex mit jemandem, den ich mochte, ohne den Stress einer Beziehung. Keine emotionalen Verwicklungen, nur Sympathie. Und auf der Arbeit würde niemand etwas merken. Und falls doch, war es fast egal, denn es bleiben ja nur ein paar Wochen.

Als ich mich am Sonntagmorgen zum ersten Mal seit Freitagabend anzog, fiel es mir schwer, mich von ihm zu verabschieden.

»Wann hast du das nächste Mal Zeit?«, fragte er. »Wollen wir uns verabreden? So ist es schön einfach und das Warten wird zur Vorfreude.«

Ich lächelte. »Gute Idee. Was hältst du von Mittwoch?«

»Klingt gut.« Er begleitete mich zur Tür und küsste mich zum Abschied. »Dann bis morgen im Büro, Lilian.«

»Ich freu mich drauf«, sagte ich und ging zum Aufzug.

In der WG saß Pavel unvermeidlich mit seinem Tablet auf der Couch. Keine Ana heute.

»Gutes Wochenende gehabt?«, fragte er entspannt. Ich hatte ihm am Samstagmittag geschrieben, dass ich okay war, aber ich ging nicht davon aus, dass er das erwartete.

»Ziemlich gut«, sagte ich und setzte mich neben ihn. »Und hier so?«

Pavel zuckte mit den Schultern. »Das Übliche. Jana war hier - unangekündigt. Sie dachte wohl, sie erwischt Kay in flagranti. Stattdessen hat sie mich gestört. Und ein Riesentheater gemacht, weil sie niemals sehen wollte, wie zwei Männer Sex haben.« Er lachte.

»Du bist also bi?«, fragte ich, weil mir nichts Besseres einfiel. Was sollte ich zu Jana auch noch sagen?

Pavel zuckte mit den Schultern. »Wenn du es so nennen willst. Mir ist das Geschlecht völlig egal, der Mensch interessiert mich. Männlich, weiblich, nicht-binär, trans wen juckts?«

»Wahrscheinlich nur die eigenen Sinne«, meinte ich. »Aber ich war noch nie in einer Situation, in der das wichtig gewesen wäre. Sollte ich mal in eine kommen, denke ich an dich und mache, worauf ich Lust habe.«

Er nickte. »Und damit hast du verstanden, worum es im Leben gehen sollte. Du warst also bei einem Mann.«

»Ja. Ein Kollege. Hat sich am Freitagabend spontan ergeben. War gut«, meinte ich, weil ich wusste, dass ich das Pavel einfach sagen konnte.

»Muss ja, sonst wärst du nicht sechsunddreißig Stunden geblieben, oder?« Er streckte sich. »Und falls dir doch mal langweilig ist, steht meine Tür dir immer offen.«

»Und wenn schon jemand in deinem Bett drin liegt?«

»Leg dich dazu. Dann wirds umso interessanter und du bleibst deinem neuen Vorsatz, offen zu sein, treu.«

Ich musste grinsen. Er war echt so was von stumpf. Und ich wusste, dass er es ernst meinte. »Ich denke drüber nach«, versprach ich. »Und was war mit Jana?«

»Na ja, sie musste sich natürlich die Augen auswaschen und dann einsehen, dass Kay ihr nicht fremdgeht. Der kam nämlich zu Tode erschrocken dazu und hat sie gefragt, ob das ihr Ernst ist. Dazu fiel ihr nichts ein.«

»Mir auch nicht«, gab ich zu. »Warum tut Kay sich das bloß an? Das kann ihn doch nicht glücklich machen.«

»Keine Ahnung. Masochismus? Mit Glück kommt er selbst drauf«, meinte Pavel und ging pfeifend ins Bad.

Ich blieb noch einen Moment auf dem Sofa sitzen und dachte darüber nach, wie froh ich war, Single zu sein.

Single mit einer Freundschaft plus. Daran könnte ich mich echt gewöhnen.

Dean und ich hielten uns gut auf der Arbeit. Niemand merkte etwas. Das dachte ich zumindest, bis mich Midge darauf ansprach.

Es war Montag und die Sache mit uns lief seit anderthalb Wochen. Seitdem hatten wir uns dreimal gesehen. Ich war wieder fast das ganze Wochenende bei ihm und wir hatten unseren Deal ausgiebig gefeiert.

Midge sah mich forschend an, als Dean und ich uns am Montagmorgen grüßten, sagte aber nichts. Sie wartete, bis wir allein im Büro waren.

Mit festem Schritt ging sie zu Tür, schloss sie und drehte sich herum, dass ihr Petticoat flog. »Okay, spuck es aus«, sagte sie und verschränkte die Arme.

Ich starrte sie an. »Bitte?«

»Dean und du. Ihr habt Sex, oder? Lass mich raten: Es ist vorletzten Freitag passiert, als ich auf meinem Konzert war.« Ihre blauen Augen blitzten.

»Du erschreckst mich manchmal echt«, murmelte ich. »Wie kannst du das alles wissen?«

»Ich bin entsetzlich neugierig und habe einen Riecher für so etwas«, informierte sie mich. »Den habe ich von meiner Mutter. Sie weiß alles, was in der Nachbarschaft abgeht.« Sie zeigte auf ihr Gesicht. »So sieht die pure Vertrauenswürdigkeit aus, deswegen erzählt man mir alles. Stell dir vor, ich hätte Kinder und wäre an einer Schule oder in einer KiTa.«

»Das kann sich niemand wünschen«, murmelte ich. »Du würdest sie dir alle gefügig machen mit den Sachen, die du über sie herausgefunden hast.«

»Ja, würde ich«, gab sie zu und setzte sich auf die Kante meines Schreibtisches. »Also du und Dean. Ich habe ja gleich gesagt, dass er auf dich steht. Und du auch auf ihn. Es war fast ein bisschen zu offensichtlich.«

»Weiß Tina davon?«, fragte ich.

»Nein, aber sie datet auch jemanden. Mach dir ihretwegen keinen Kopf. Binde es ihr nicht auf die Nase, dann ist es okay. Dean geht ja eh zum Ende des Monats zurück nach Liverpool.«

»Weiß ich. Und so lange werden wir uns treffen«, sagte ich. Midge zog die Augenbrauen hoch. Wieder funkelten ihre Augen. »Es ist nur Sex«, informierte ich sie. »Ohne Verpflichtungen. Wir mögen uns und der Sex ist gut. Sehr gut«, schob ich hinterher, als sie die Brauen noch höher zog. »Aber es wird kein Drama und keinen Abschiedsschmerz geben, wenn er geht. Das ist die perfekte Lösung für mich. Genau das möchte ich.«

Midge dachte kurz darüber nach, dann tätschelte sie meine Hand. »Freut mich für dich, Lilian. Ich finde, nach der Sache mit deinem Ex hast du Spaß verdient. Gönn ihn dir. Und ja: Besser geht es nicht.« Sie sprang von meinem Tisch und setzte sich mit hochzufriedener Miene auf ihren Platz.

»Du liebst so was, oder?«, fragte ich.

»Und wie. Ich wäre auch die geborene Kupplerin, ist mir aber zu zeitaufwendig. Macht ihr zwei mal. Ich halte euch Tina vom Leib.«

Ich traute mich nicht, nachzufragen, wie sie das anstellen wollte. Midge hatte offensichtlich Methoden. Und für mich war es besser, sie nicht zu hinterfragen.

Eine Woche später stand ein Meilenstein-Meeting mit den beiden Beraterinnen von K+R an. Ich freute mich nicht darauf. Das Projekt war umfangreich und sie forderten ständig neue Unterlagen an. Midge, Dean und ich mussten diverse Abendschichten einlegen, um alles vorzubereiten.

Der erste Zwischenbericht hatte anscheinend auch in Liverpool Fragen aufgeworfen und Tran kam gestresst aus einem Meeting mit James Watson.

»Hat er Ärger mit Daddy?«, fragte Midge boshaft.

»So explizit hat er es mir nicht gesagt, aber anscheinend haben die Consultants schon einige Punkte gefunden, an die dringend rangegangen werden muss«, sagte Tran und wand sich sichtlich dabei. Mit uns darüber zu sprechen behagte ihm gar nicht. »Ich habe mit Pam gesprochen. Es lief wohl so, dass James seinem Vater die Punkte genannt hat und der alte Watson ihm vorgeworfen hat, Geld der Firma zu verbrennen. Es ging so noch etwas hin und her, dann musste Pam den Raum verlassen. Danach hat sie die beiden durch die geschlossene Tür streiten hören.«

»Pamelas Job möchte ich auch nicht machen müssen«, murmelte ich.

Tran zuckte mit den Schultern. »James steht unter enormem Druck. Sein Vater auch. Die Aufträge für Neubauten sind rückläufig und wegen der Weltlage sind die Kunden zurückhaltender mit ihren Aufträgen. Zumal wir ein paar Kunden nicht mehr bedienen können, dürfen und wollen. Falsche Nationalität, ihr versteht.«

»Immerhin übernehmen wir Verantwortung und nehmen kein Blutgeld an«, sagte Dean.

Tran schnaubte. »Ich denke, wir sind die falschen, um uns darüber die Köpfe zu zerbrechen. Auf jeden Fall kommen am Montag mehr Mitarbeiterinnen von K+R zu dem Termin. Unter anderem wohl auch die Geschäftsführerin. Macht euch also auf noch mehr Arbeit gefasst.«

Tran hatte recht: Die K+R-Mitarbeiterinnen gaben uns eine lange Liste mit Punkten, die sie brauchten, um weitermachen zu können. Mir wurde in unserem Meeting schwindelig, weil ich so viel Arbeit auf uns zukommen sah. Meine Hand tat vom Mitschreiben weh.

Mittlerweile arbeiteten meine Kollegen und ich so viel mit den Beraterinnen zusammen, dass wir uns duzten.

Das machte es nicht einfacher, aber etwas netter.

»Brina, wir kümmern uns um alles, aber wir können auch nicht zaubern«, sagte Midge freundlich nach dem zwanzigsten Punkt. »Wir brauchen etwas Zeit, um die Informationen in den Fachabteilungen abzurufen.«

»Das weiß ich, Midge, aber der Zeitdruck kommt nicht von uns«, erwiderte Brina Glaser und warf einen Seitenblick auf James Watson, der schweigend mit finsterer Miene am Kopfende saß. Neben ihm war Edina Kellermann, die Geschäftsführerin von K+R, platziert worden. Die beiden hatten sich schon einen scharfen Wortwechsel geliefert, seitdem belauerten sie sich.

Ich war froh, dass ich nicht viel sagen musste, die ganzen Leute am Tisch schüchterten mich ein. Midge saß neben mir, Dean auf ihrer anderen Seite. Gegenüber saß Lucia Rossi, zwischen deren Augenbrauen eine steile Falte stand. Ich kam gut mit ihr klar, aber seitdem James mit Edina gestritten hatte, sagte sie nichts mehr.

Ich bemühte mich, mir Notizen zu den Punkten zu machen. Zwar bekamen wir immer noch eine Auflistung per Mail, aber ein paar Extradetails schadeten nie.

Endlich war alles geklärt.

James stand auf und verabschiedete sich von den Beraterinnen, dann rauschte er hoheitsvoll (und genervt) aus dem Meetingraum. Wir nutzten die Möglichkeit, um uns noch kurz mit ihnen abzustimmen.

»Die Zusammenarbeit im Großen und Ganzen läuft gut«, sagte Brina. »Wir bekommen die Informationen von euch zeitnah und wir sind zufrieden. Der Druck kommt von eurer Seite.« Sie warf einen schnellen Blick zur Tür, durch die James verschwunden war. »Das bekommen wir hin. Behaltet nur im Hinterkopf, dass die Deadlines nicht von uns gesetzt werden.«

»Ist abgespeichert, keine Sorge«, sagte Midge. »Was denkt ihr, wie lange das Projekt noch laufen wird?«

»Wir gingen anfangs von einem halben Jahr aus«, antwortete Brina und drehte sich zu ihrer Chefin um, doch diese hatte einen Anruf bekommen und stand telefonierend am Fenster. »Mittlerweile rechnen wir mit einem längeren Zeitraum.«

»Aber ihr seid doch gerade erst einen Monat dabei«, sagte ich erstaunt. »Wie könnt ihr das einschätzen?«

»Anhand der Informationsmenge, die wir bewältigen müssen«, sagte Lucia. »Wir sichten alles, was ihr uns schickt, und erstellen erste Prognosen. Das bedeutet aber nicht, dass wir die Zahlen schon durchanalysieren. Bis wir das schaffen, dauert es ein bisschen. Das müssen auch eure Inhaber verstehen. Wir sind Analystinnen, keine Zauberinnen.«

»Tja, sie sind Briten, für sie ist alles Hogwarts«, meinte Midge lapidar. Dean schnaubte amüsiert. »Aber danke nochmals. Ich denke, gemeinsam bekommen wir das hin. Wenn etwas ist, ruft weiterhin an. Abstimmungsmäßig sind wir auf einem guten Weg, finde ich.«

Das fanden Brina und Lucia auch und wir verabredeten einen Jour fixe, um uns gegenseitig auf dem Laufenden zu halten. Nachdem sie gegangen waren, blieb ich noch kurz im Meetingraum, um aufzuräumen. Pamela hatte heute frei, sonst machte sie das, aber mir machte es nichts aus.

Heute Abend waren Dean und ich wieder verabredet. Ich freute mich darauf. Zwei Wochen war er noch hier, dann ging er zurück nach England.

Das würde eine Umstellung werden.

Ich hatte mich erschreckend schnell an guten Sex mit einem netten Mann gewöhnt. Am Ende musste ich noch auf Pavels Angebot zurückkommen.

Lieber nicht.

»Lilian?«

Ich zuckte zusammen, als ich die Stimme erkannte. Gänsehaut überzog meine Arme und ich drehte mich schnell um, um James Watson nicht warten zu lassen.

Er stand in der Tür des Besprechungsraumes und sah mich aufmerksam an.

»Ja?«

»Könnten Sie etwas für mich tun? Pamela ist heute nicht da.«

»Ich weiß. Ähm, ja. Kann ich. Hoffe ich.« Ich riss mich zusammen.

›Du bist noch in der Probezeit, also komm klar und mach dich hier nicht zur Idiotin!‹

»Worum gehts denn?«, fragte ich mit klarer Stimme.

»Was halten Sie von uns?«

Ich blinzelte. »Wie bitte?«

»Der Firma«, präzisierte er.

»Oh, ach so.«

»Was dachten Sie denn?«

»Also, wenn Sie mich fragen, was ich von ›uns‹ halte, brauche ich einen Moment.«

›*Oh Gott, habe ich das gerade wirklich gesagt? Bin ich wahnsinnig geworden?*‹

James Watson sah mich einen Moment an, als hätte ich den Versand verloren, dann fiel bei ihm der Groschen.

Und er *lächelte*.

Ich hatte ihn vorher noch nie lächeln sehen. Er sah fast aus wie ein anderer Mensch, wenn er den Mund derart verzog. Unheimlich.

»Dann bemühe ich mich, mich klarer auszudrücken«, sagte er. Sogar seine Stimme war anders, wenn er lächelte. Weicher. Das wurde immer unheimlicher.

»Danke.« Ich war wieder in diesem Modus, in dem mein Gehirn aussetzte. Ich musste schleunigst aus dieser Situation heraus, bevor ich richtigen Mist baute.

»Sie möchten wissen, was ich von der Firma halte«, nahm ich den Faden auf. »Ich kann Ihnen nur sagen, wie es mir aktuell geht. Mein Team ist nett und Tran ist ein guter Teamlead. Das K+R-Projekt ist umfangreich, ich hätte nicht damit gerechnet, gleich am Anfang in so etwas Großes involviert zu werden. Andererseits lerne ich dadurch natürlich viel über das Unternehmen. Und die Meetings haben es auch in sich.«

»Sie finden mich zu harsch?«

»Wann habe ich das gesagt?«, konterte ich.

»Ich mache den Druck in diesem Projekt«, erwiderte er.

»Ist das nicht Ihr Job als Boss?«

›*Mist, schon wieder ein Fettnäpfchen.*‹

Doch James Watsons Mundwinkel verzog sich wieder ein wenig. Amüsierte er sich über mich?

»Ja, wahrscheinlich«, sagte er bedächtig. »Und was halten Sie von dem Projekt?«

»Ich hoffe, dass es der Firma den gewünschten Mehrwert bringt«, antwortete ich und hatte mich endlich unter Kontrolle.

James' schwarze Braue hob sich. »Ich denke, mit jemanden wie Ihnen kann es nur gut gehen.«

»Klingt auch nach Druck«, sagte ich und schob schnell hinterher: »Was ja Ihr gutes Recht ist, immerhin ist es Ihr Geld, das ausgegeben wird. Ich würde auch wissen wollen, wofür. Es finden sich bestimmt Möglichkeiten, welches einzusparen.«

»Mag sein, aber darum geht es mir nicht. Hier sollte jedem bewusst sein, dass Anschaffungen und Ausgaben sinnvoll sein sollten. Es geht nicht um einen Sparkurs. Es geht um einen nachhaltigen Umgang mit dem Geld des Unternehmens. Und am Ende möchten, wie Sie schon andeuteten, alle Angestellten am Monatsende ihr Gehalt bekommen.«

»Habe ich das gesagt?«, fragte ich.

»Sollten Sie. Das ist doch auch in Ihrem Interesse. Oder arbeiten Sie hier ehrenamtlich?«

»Würde ich ja, aber leider wollen mein Vermieter und der Supermarkt ständig Geld von mir«, meinte ich keck.

»Sehen Sie? Also bleiben Sie am Ball.« Er warf mir einen seltsamen Blick zu. »Das werde ich auch tun.«

Damit verließ er den Besprechungsraum und ließ mich ratlos zurück.

»Was war das denn bitte?«, murmelte ich.

Es fühlte sich - gerade am Ende - an, als würde er mit mir *flirten*.

Ich schüttelte mich. Das ging gar nicht. Er war mein Boss. Ihm sollte bewusst sein, dass er die Finger von mir lassen sollte.

Die ganzen Geschichten mit Machtmissbrauch und Compliance-Brüchen, die in letzter Zeit durch die Medien geisterten, sollten auch einem britischen Geschäftsmann zu Ohren gekommen sein.

»Behalte deine Augen lieber bei dir«, murmelte ich. »Da sind sie besser aufgehoben.«

Die Tür ging wieder auf. Midge kam zurück. Sie blieb stehen und sah mich forschend an. »Hey, alles okay?«

»Ich weiß nicht. Gerade hatte ich ein spooky Gespräch mit James«, meinte ich. »Es war echt merkwürdig. Er hat mich angelächelt und dann hatte ich das Gefühl, dass er mit mir flirtet.«

Midge verharrte ein paar Sekunden. »Hattest du das Gefühl oder *hat* er geflirtet?«, fragte sie vorsichtig. Dass sie so zaghaft fragte, machte mich nervös. Es gab mir das Gefühl, als bewegte ich mich auf dünnem Eis.

Vielleicht war es klüger, einen Rückzieher zu machen. Es war nichts passiert. Er hatte auch keinen dummen Spruch abgelassen.

»Ich hatte so ein Gefühl, aber ehrlich, der Mann ist für mich ein Buch mit sieben Siegeln«, erwiderte ich schnell. »Allein, dass er gelächelt hat, hat mich mega irritiert. Sonst sieht er ja immer aus, als würde er damit rechnen, vergiftet zu werden. Wahrscheinlich hat mich das aus dem Konzept gebracht. Und im Ernst: Selbst wenn er es versucht hätte, das geht echt nicht.«

Das schien mein Mantra zu werden.

Midge sah mich ein paar Sekunden nachdenklich an, als würde sie mich mit anderen Augen sehen. Sie holte Luft, doch statt etwas zu sagen, lächelte sie.

Das fand ich auch spooky.

»Alles okay?«, fragte ich.

»Ja. Komm, wir machen hier schnell klar Schiff und dann gehen wir wieder ins Büro. Wir haben einen Haufen Arbeit vor uns«, sagte sie.

Damit hatte sie recht, außerdem war ich erleichtert, mich auf Dinge zu konzentrieren, die ich kontrollieren konnte.

KAPITEL 4

In dieser Woche schafften Dean und ich es nicht, uns zu sehen, also mussten wir auf das Wochenende warten.

»Freitag sehen wir uns«, versprach er mir am Mittwoch. »Und dann solltest du dir den Rest des Wochenendes nichts anderes vornehmen.«

»Gut, dass ich weiß, dass du nicht zu viel versprichst, sonst würde ich dich Großmaul nennen«, erwiderte ich.

»So oder so, ich beweise es dir gern. Und dann noch mal. Und noch mal.«

Ich musste lachen, doch da kamen Tina und Tran rein und es war besser, das Thema zu wechseln.

Wir blieben am Mittwoch und Donnerstag lange im Büro, um die Anforderungen von Brina und Lucia zu bearbeiten. Ich war genervt, wie wir den Fachabteilungen auf die Füße treten mussten, damit sie die Informationen herausrückten.

»Wenn alle Stricke reißen, musst du deinen neuen Freund James als Joker ziehen«, meinte Midge am Freitag, nachdem ich mich am Telefon mit Paul aus dem Einkauf gestritten hatte.

»Und sozialen Selbstmord begehen? Willst du mich loswerden?«, fragte ich.

»Nichts läge mir ferner. Manchmal schadet es aber nicht, zu erwähnen, dass das Projekt von ganz oben getrieben wird«, sagte sie schulterzuckend. »Damit es auch Purchase-Paul versteht.«

»Ist das Pauls offizieller Spitzname?«

»Klingt nach ihm, oder nicht?« Sie äffte ihn nach. »›Ohne Purchase-Issue im System keine Bestellung.‹« Damit brachte er jeden auf die Palme. Paul war Bürokrat durch und durch.

»Reizend. Du solltest damit auftreten, Miriam«, sagte Dean grinsend hinter seinem Bildschirm.

»Nenn mich nicht Miriam, sonst denke ich, meine Eltern sind im Raum«, sagte Midge.

»Kann keiner wollen, bitte entschuldige.« Dean lachte in sich hinein.

Die Tür ging auf und Pamela kam herein. Sie blieb vor meinem Schreibtisch stehen. »Hast du Zeit?«

»Ähm, wofür?«, fragte ich.

»James fragt nach dir«, sagte sie geschäftig. »Er hat ein paar Punkte wegen des Projekts.«

»Aber dann sollte er mit Tran sprechen, oder? Oder mit Midge. Ich bin doch nicht ...«, begann ich, brach aber ab, als Pamela die Augenbraue hob. Seufzend stand ich auf. »Ich komme.«

»Gutes Mädchen. Ich dachte schon kurz, ich muss es dir erklären«, sagte sie.

»Nein, musst du nicht. Ich sehe ein, dass ich das nicht zu hinterfragen habe.« Ich warf einen Blick zu Midge hinüber, um ihre Reaktion zu sehen. Sie sah mich nachdenklich an, sagte aber nichts.

Dean zwinkerte mir nur zu und arbeitete weiter. Ich hatte ihm nicht von dem weirden Gespräch am Montag erzählt, dazu waren wir nicht gekommen. Wahrscheinlich gab es nach diesem Treffen noch einiges mehr zu erzählen.

Ich folgte Pamela den Flur hinunter bis zu James' Büro. Zu meiner Erleichterung begleitete sie mich hinein, ihr Smartphone im Anschlag.

James telefonierte und zeigte auf den Stuhl vor seinem Schreibtisch, ohne sich zu unterbrechen. Ich nahm Platz und fand sein Verhalten zum Kotzen. Wenn er mich schon herbestellte, konnte er ein Telefonat doch auch ablehnen, oder nicht?

Wahrscheinlich nahm ich mich zu wichtig.

Es dauerte fast zehn Minuten, bis er sein Gespräch beendete. Er hatte es auf Englisch geführt und ich hatte trotzdem keine Ahnung, worum es gegangen war, dafür sprach er viel zu schnell und zu technisch. Jetzt wandte er sich mir zu. Pamela saß auf dem Sofa in der Sitzecke links neben mir. Sie hatte die ganze Zeit gearbeitet, wahrscheinlich kannte sie das schon von unserem Boss.

»Hi Lilian, danke, dass du da bist«, sagte er auf Englisch. Ich übersetzte das ›you‹ in meinem Kopf als du, obwohl er mich ja auf Deutsch gesiezt hatte. Ich nickte und brauchte einen Moment, um mich in seinen britischen Akzent hineinzuhören, auch wenn er dankenswerterweise jetzt etwas langsamer sprach.

»Kein Problem, was kann ich tun?«, erwiderte ich ebenfalls auf Englisch.

»Ich habe noch ein paar Fragen zu den Punkten vom Montag. Pam, kannst du sie mir kurz rüberschicken?«

»Sind schon auf deinem Screen«, erwiderte sie.

James nickte und drehte den Monitor herum, sodass wir beide draufschauen konnten. Die Fragen waren okay, ich konnte fast alle sofort beantworten. Nur bei zweien versprach ich, mich bei Midge rückzuversichern und ihm Bescheid zu geben.

Heute war er wieder er selbst und ich bemühte mich, rein auf der dienstlichen Ebene mit ihm zu sprechen. Dass wir uns auf Englisch unterhielten, machte es leichter für mich, ich war nicht in der Lage, in der Fremdsprache Witze oder dumme Sprüche zu machen.

Schließlich hatten wir den letzten Punkt besprochen und ich atmete auf. Geschafft. Und ohne größere Probleme.

»Pam, kannst du mir einmal die Unterlagen für den nächsten Termin holen?«, fragte James.

Pamela stand auf und verließ sofort den Raum. Wir waren allein und die alte Beklommenheit kam hoch.

»Brauchst du noch etwas?«, fragte ich, weil ich die Stille nicht aushielt. Vielleicht schaffte ich es ja doch noch, mich zur Idiotin zu machen.

»Nein, vielen Dank. Aber ich muss sagen, dass du dich gerade gut geschlagen hast«, sagte er und drehte den Monitor zurück.

»War das ein Test?«, fragte ich überrascht.

»Ja. Du hast bestanden. Gut bestanden. Nicht viele steigen nach so kurzer Zeit so gut durch.« Er beobachtete mich wie eine Raubkatze.

»Na ja, durch das Projekt habe ich Kontakt zu fast allen Fachabteilungen. Da kommt das von allein«, sagte ich und fühlte mich extrem unwohl.

James ließ mich nicht aus den Augen. »Hübsch und bescheiden. Ich denke, du stapelst zu tief.«

Mein Mund wurde trocken und mein Herz schlug mir bis zum Hals.

›Alter, red flag!‹

»Ich glaube, ich kann mich gut einschätzen. Ich kenne mich selbst ja schon siebenundzwanzig Jahre.«

»Siebenundzwanzig.« Seine Braue hob sich und er machte eine Notiz mit seinem Schreibpad.

›Geht's noch? Was bist du denn für ein Freak?‹

»War das ein Eintrag in meine Schattenakte?«, fragte ich auf Deutsch, unfähig, mich noch länger auf Englisch zurückzuhalten. Er verstand mich ja auch so.

James sah mich erstaunt an, dann zuckte wieder sein Mundwinkel. »Das kam gerade komisch, oder?«, meinte er. Er blieb in seiner Muttersprache. »Eigentlich habe ich nur eine Terminerinnerung ausgestellt, aber ich verstehe, dass dich das irritiert.«

Ich kam mir dämlich vor. »Entschuldigung, das war unangemessen«, murmelte ich und stand auf. »Ich gehe dann mal.« Ohne abzuwarten, ging ich zur Tür.

»Lilian«, rief er mir hinterher.

Ich blieb stehen und seufzte innerlich, weil ich aus dieser Situation einfach nicht rauskam. Ich fühlte mich dermaßen unwohl, dass ich am liebsten gerannt wäre.

Mein Boss ging echt gar nicht. Wie alt war der Kerl? Zweiunddreißig? Er sollte es doch besser wissen, wie man mit seinen Angestellten umging, aber anscheinend hatte er den Schuss nicht gehört.

Ich sollte zusehen, dass ich mich von ihm fernhielt. Ich arbeitete gern hier, aber echt, das musste ich mir nicht geben. Bei sexueller Belästigung, und sei es nur in Form von komischen Bemerkungen, hatte ich keine Toleranz. Dann war ich weg.

Wie konnte ich ihm das sagen, ohne dass er mich feuerte?

»Ja?«, fragte ich und versuchte, neutral zu klingen.

»Danke für das Gespräch«, sagte er. Er war sogar aufgestanden. »Und entschuldige die Bemerkung eben. Ich merke, dass das bei dir nicht gut ankam. Mein Fingerspitzengefühl lässt manchmal zu wünschen übrig. Ich hoffe, ich kann weiterhin darauf zählen, dass wir die offenen Punkte zusammen durchgehen.«

»Natürlich«, sagte ich und machte einen Schritt rückwärts. Pamela kam zur Tür. »Sie sind schließlich der Boss.« Damit machte ich, dass ich endlich wegkam.

Ich flüchtete in unser Büro, doch niemand war da, also lief ich in die Teeküche und holte mir einen Kaffee. Mein Blick fiel auf den Tisch im Pausenraum, auf dem Dean und ich gevögelt hatten.

›Das gefällt mir tausend Mal besser. James hat es zwar selbst bemerkt, aber hey, wie unangenehm kann ein Gespräch bitte ablaufen?‹

Wie aufs Stichwort kam Dean in die Teeküche. Er stellte sich direkt neben mich an die Kaffeemaschine und grinste mich verschmitzt an. »Siehst du diesen Tisch auch mit anderen Augen?«

»Definitiv.« Ich versuchte, die Begegnung mit James abzuschütteln.

»Weißt du, es gäbe noch andere Ecken, die man mit ähnlichen Erinnerungen belegen könnte.«

»Mal sehen, wann sich eine Gelegenheit ergibt«, schmunzelte ich. »Wann treffen wir uns heute Abend?«

»Wie findest du acht Uhr? Oder lieber direkt nach Feierabend und wir fahren zusammen?« Dean merkte auf und setzte ein professionelles Lächeln auf. »Oh, hey James.«

Ich drehte mich um und bekam Gänsehaut, als James und Pamela die Küche betraten. Hinter ihnen stand Midge. Sie warf mir einen langen Blick zu, der sagte, dass sie mit mir sprechen wollte. Schnellstmöglich.

Ich schnappte meinen Kaffee, nickte dem Boss und der Assistentin zu und hakte mich bei meiner Freundin unter.

»Alles klar?«, fragte ich.

»Erst Tür zu«, raunte sie und legte einen Zahn zu.

Ich bekam ein komisches Gefühl im Magen.

Wir erreichten unser Büro und Midge schloss die Tür. Tina war heute im Homeoffice.

»Du machst mir Angst«, sagte ich.

»Wie lief dein Gespräch mit James?«, fragte sie, ohne darauf einzugehen.

»Merkwürdig«, erwiderte ich und fasste es ihr kurz zusammen. Midge presste die Lippen aufeinander.

»Hab ich mir gedacht«, meinte sie.

»Kannst du mich aufklären?«

»Sei vorsichtig bei ihm«, sagte sie ernst. »Erstens ist er verlobt mit einer schwerreichen Stahlerbin aus Liverpool. Sie heißt Anne und taucht hier manchmal zu besonderen Anlässen auf. Und zweitens gibt es ein paar Geschichten. Nur Geschichten, keine Beweise. Die Mitarbeiterinnen, um die es ging, wurden auffallend schnell versetzt oder haben das Unternehmen verlassen.«

Ich stellte meinen Kaffeebecher auf meinen Schreibtisch, weil meine Hände plötzlich zitterten. »Was soll das heißen?«, fragte ich mit tauben Lippen.

»Dass du Abstand halten solltest, wenn es geht«, sagte sie. »Er nutzt aus, dass er der Boss ist und auf diese finstere Weise gut aussieht. Er kann auch charmant und nett sein, wenn er will, das hast du ja auch schon bemerkt. Ich glaube nicht mal, dass diese Kolleginnen zum Schweigen gebracht wurden, aber zumindest gab es Ärger mit Watson senior. Bitte sei vorsichtig, okay?«

»Ich will überhaupt nichts von ihm. Ich finde ihn einfach nur unheimlich und unangenehm«, erwiderte ich. »Und sein Kompliment ging echt gar nicht.«

»Gut, dass du es so siehst. Und auch gut, dass du was mit Dean hast. Aber er hat gehört, dass ihr euch verabredet habt. Ich ja auch und er stand schon ein paar

Sekunden vor mir da. Er könnte drauf kommen, was da bei euch los ist.«

»Meinst du, dass er was unternimmt?«, Jetzt zitterte meine Stimme aus Angst, dass James mich feuerte.

Midge zögerte eine Sekunde zu lang, dann winkte sie ab. »Nein, ich denke nicht.«

»Du *denkst* nicht?« Das reichte mir nicht.

»Hey.« Sie legte die Hand auf meinen Arm. »Sorry, jetzt habe ich übertrieben. Mach dir keinen Kopf. Er ist ja kein Psychopath. Ich wollte nur sagen, dass du bei ihm vorsichtig sein sollst. Charismatische reiche Männer und so. Es gibt einen Haufen Bücher nach diesem Schema.«

»Weiß ich, aber das ist definitiv nicht mein Schema«, sagte ich. »Und danke, dass du dir Sorgen um mich machst, aber ich hab echt einen ziemlichen Schrecken bekommen. Bitte nimm ein bisschen Rücksicht auf meine Psyche.«

Midge lächelte reuig. »Tu ich. Entschuldige bitte.«

Ich lächelte zurück und hoffte, dass ich mir diese Millisekunde des Zögerns nur eingebildet hatte.

Eine Woche später fiel Dean und mir etwas auf, das wir beide verdrängt hatten: Dies war seine letzte Woche in Hamburg.

Wir standen in seiner Diele und ich hatte meine Bluse schon aufgeknöpft, als mein Blick auf seinen Oldschool-Wandkalender fiel, für den ich ihn schon ein paarmal aufgezogen hatte. Für dieses Wochenende war ›Umzug‹ in die Kästchen geschrieben.

Ich hörte auf, ihn zu küssen und starrte darauf.

Er drehte sich ebenfalls um und machte ein verblüfftes Gesicht. »Das habe ich vergessen«, sagte er betroffen.

»Aber wir wussten, dass wir nur eine begrenzte Zeit zur Verfügung haben«, sagte ich und versuchte erfolglos, den komischen Klumpen in meinem Magen zu ignorieren.

›Ich habe mich nicht in ihn verliebt. Trotzdem wird er mir fehlen.‹ Wenigstens vom letzten Teil war ich restlos überzeugt.

»Ich werde dich vermissen, Kleines«, sagte er und nahm mich in seinen Arm. Ich lehnte meinen Kopf an seine Schulter und ließ zumindest einen kleinen Moment zu, dass es mir leidtat, dass die Sache mit uns jetzt zu Ende ging.

»Ich dich auch. Wann geht es los?«

»Die Möbelpacker fangen morgen Nachmittag an. Mein Flug geht Samstag früh. Ich fürchte, das hier ist unser letzter gemeinsamer Abend.« Er rieb sich den Nacken. »Das kam viel schneller als gedacht. Eigentlich hatte ich das anders geplant, aber irgendwie hatte ich das Gefühl, dass wir noch eine Woche haben. Tut mir leid, Lil.«

Ich hatte einen Kloß im Hals, riss mich aber zusammen. Was er geplant hatte, klang nach einem Date. Das war nicht das, was wir vereinbart hatten. Und dass ich mich jetzt elend fühlte, entsprach auch nicht der Abmachung.

»Okay, dann lass ihn uns zu einem Abend machen, an den wir uns lange erinnern.« Ich holte meinen Rucksack und wühlte darin herum. »Du musst jetzt kurz warten. Ich wollte das erst morgen anziehen, aber dann ziehe ich es eben vor. Mach es dir bequem, ich bin gleich bei dir.«

Ich ging ins Badezimmer und vermied den Blick in den Spiegel, während ich mich auszog. Ich wollte mir nicht selbst ins Gesicht sehen. Ich wusste, dass ich dann anfing zu heulen.

Das war ein Ende mit Ansage.

Ich hatte gewusst, dass es so kam.

Dass wir beide so dämlich waren und die Zeit aus den Augen verloren hatten, ließ sich nicht mehr ändern. Aber davon sollten wir uns nicht den Abend verderben lassen.

Ich machte mir keine Illusionen: Wenn Dean erst wieder in England war, würden wir uns noch ein paar Mal schreiben, telefonieren oder videocallen.

Dann würde es weniger werden. Wir würden uns versprechen, uns bei nächster Gelegenheit zu sehen, aber daraus würde nie etwas werden. Sogar wenn wir auf Geschäftsreise wären ...

Ich stoppte meine Gedanken und sprang schnell unter die Dusche. Es war sinnlos, mich deswegen fertig zu machen. Ich sollte mir den letzten Sex mit ihm nehmen, den ich bekommen konnte, und ihn dann ziehen lassen.

Das war fair.

Das war die Vereinbarung.

Ich trocknete mich ab und zog den Body an, den ich mitgebracht hatte. Er war aus schwarzer Spitze und an allen pikanten Stellen großzügig ausgeschnitten.

Lächelnd zog ich den Kimono über, den ich ebenfalls im Rucksack mitgenommen hatte.

Nein, der Abschied wurde alles andere als leicht, aber wir konnten ihn uns schön machen. Ich schloss den Gürtel um meine Taille und ging ins Schlafzimmer.

»Ich bin hier«, rief er aus dem Wohnzimmer.

Ich drehte überrascht um und fand ihn auf der Couch. Er war nackt und grinste mich zufrieden an.

»Oh, ein Kimono. Bekomme ich eine Teezeremonie?«

»Mit Tee kennst du dich besser aus als ich«, sagte ich und kam zu ihm herüber. Wie fing ich es am besten an? Sollte ich mich auf seinen Schoß setzen?

Ein Lächeln verzog meinen Mund, als mir eine Idee kam: Setzen, ja, aber nicht auf seinen Schoß.

Ich öffnete langsam meinen Kimono und strich ihn über meine Schultern. Deans Augen wurden riesig und ihm stand der Mund offen.

»Jesus Christ«, murmelte er langsam. »Wow, du siehst absolut umwerfend aus.«

Ich lächelte und strich mein Haar zurück. »Schön, dass er dir gefällt.«

»*Du* gefällst mir«, korrigierte er mich. »Das Teil da unterstreicht nur, wie scharf du bist. Komm her.«

Er streckte die Hand nach mir aus. Ich ergriff sie und setzte meine Füße auf die Sitzfläche der Couch. Deans Augen wurden noch größer, als ich über ihm aufragte. Dann lächelte er und legte den Kopf zurück. Seine Finger glitten über die Spitze, zupften sie zurecht und streichelten dann meine Haut. Langsam und genießerisch wanderte er hoch zu meinen Brüsten und arrangierte den dünnen Streifen Stoff, der sie umrahmte, sodass er perfekt saß.

Er beugte sich vor und leckte über meine Nippel. Sie wurden sofort hart und ich erschauderte.

Deans Hände strichen über meine Schultern zu meinem Rücken und spielten mit dem herzförmigen Verschluss, der den Body über meinem Po zusammenhielt. Dann stahlen sie sich zwischen meine Pobacken, kneteten sie und zogen sie auseinander. Er sah zu mir hoch. »Was immer du möchtest, Darling.«

»Ich will deine Zunge in meiner Pussy«, flüsterte ich in sein Ohr und kniete mich auf die Kopfstütze. Dann überlegte ich es mir anders und drehte mich um, sodass ich in den Raum und auf ihn hinab blickte.

Ich musste ein bisschen aufpassen. Hinter mir war das Gaubenfenster. Wenn ich mich zu heftig bewegte, schob ich die Vorhänge beiseite und die Nachbarn gegenüber bekamen alles zu sehen.

Andererseits war heute das letzte Mal, dass ich hier war. Wenn er ausgezogen war, kam ich nie mehr zurück.

›Denk nicht darüber nach, Lilian. Das ist der falsche Ansatz, es sei denn, du willst dir den Abend doch noch versauen. Überleg lieber, ob es dich anmacht, wenn die Nachbarn zusehen können, wie du geleckt wirst.‹

›Ich versaue hier niemandem den Abend. Und was das Fenster angeht, lass ich es drauf ankommen‹, dachte ich trotzig.

Dean schlang seine Arme um meine Oberschenkel und nestelte an meinem Body herum. »So schön. Ich müsste ein Foto von dir in diesem Teil machen, damit ich es mir jeden Abend vor dem Einschlafen ansehen kann.«

»Ich fürchte, er ist auf Bildern nicht zu sehen«, sagte ich und ließ mich auf ihn herabsinken.

Statt zu antworten, glitt Dean langsam mit der Zunge über meine Klit. Ich seufzte laut auf. Das war besser als reden. Viel besser.

»Du hast dir ja schon heiße Gedanken gemacht und bist schön feucht. Mmmmhhh, köstlich«, sagte er und wanderte mit der Zungenspitze über meine Schamlippen bis nach hinten zu meinem Anus. Ich stöhnte noch lauter, als er diese süße Stelle hingebungsvoll leckte. Er drückte mich hinunter und presste sein Gesicht zwischen meine Schenkel. Er konnte unmöglich noch Luft bekommen.

Ich saugte meine Unterlippe in meinen Mund und bewegte mein Becken, ritt sein Gesicht. Es fühlte sich so gut an, was er mit mir machte. Ich genoss jede Sekunde, jede Bewegung seiner Zunge. Sie drang zwischen meine Schamlippen und leckte die Feuchtigkeit auf, dann widmete er sich meiner Klit und bearbeitete sie mit der rauen Oberseite und der Zungenspitze.

Ich stöhnte und kniff in meine harten Nippel, dann ließ ich meine Hände über meinen Spitzenbody gleiten. Ich fühlte mich wohl in diesem Outfit. Schade, dass ich es ihm nur einmal zeigen konnte.

Wie sollte ich ohne diesen Sex auskommen?

›Indem du einen anderen vögelst‹, meinte die trockene Stimme meines Verstandes. ›Du findest mühelos jemanden, also sei nicht so melodramatisch.‹

›Aber niemanden, mit dem es so gut passt wie mit ihm.‹

›Du wolltest dich nicht verlieben.‹

Deans Zunge kehrte zu meinem Anus zurück und er führte zwei Finger in meine Pussy ein. Ich stieß einen Schrei aus. Hitze sammelte sich zwischen meinen Schenkeln. Ich war so feucht und scharf, dass ich es kaum noch aushielt. Wenn er so weitermachte, hatte er mich bald so weit.

Ich spürte schon die Funken eines Orgasmus' zwischen meinen Schenkeln. Sie flogen gegeneinander und wurden immer mehr.

Seine Zunge drang wieder in meine Pussy ein und er machte mit den Fingern an meiner Klit weiter, nahm sie zwischen zwei Fingerkuppen und knetete sie. Ich stieß einen Schrei aus und presste mich gegen seinen Mund.

»Oh, mach es mir genau so!«, wimmerte ich und krallte mich an seinen Händen um meine Oberschenkel fest.

»Kein Problem«, knurrte er und legte einen Zahn zu.

›Ich bin nicht verliebt. Ich stehe nur wahnsinnig darauf, ihn zu vögeln.‹, dachte ich trotzig und atmete in die Funken zwischen meinen Schenkeln. ›Da darf ich traurig sein, wenn mir so was zukünftig entgeht, oder nicht?‹

Bevor mein nerviger Verstand noch mehr herumnörgeln konnte, sah ich hinunter auf Deans Schwanz.

Seine Bemühungen machten auch ihn wahnsinnig an, er stand parat und reckte sich mir entgegen.

So ein schöner Schwanz. Ihn würde ich auch vermissen.

Ich lächelte, als mir eine neue Idee kam, die meinen Verstand im Zaum halten würde.

Jetzt musste ich nur noch runterkommen, ohne kopfüber von der Couch zu fallen.

Ich beugte mich vor und verlagerte das Gewicht vorsichtig, sodass ich mit meinen Händen langsam über seinen Bauch zu seinen Hüften hinunter wandern konnte. Dean machte langsamer und hielt mich fest. Endlich war ich unten, sein Schwanz war direkt vor meinem Gesicht.

Seine Spitze glänzte bereits feucht. Ich fuhr mit der Zunge darüber und leckte den salzigen Tropfen auf.

Dean stöhnte und saugte meine Klit in seinen Mund.

Langsam schloss ich meine Lippen um seine Eichel. Die Position war krass, ich musste aufpassen, dass ich nicht den Halt verlor. Aber genau das machte mich gerade richtig scharf. Ich liebte Herausforderungen.

Hingebungsvoll blies ich seinen Schwanz, bewegte meinen Kopf hoch und runter und genoss dabei, wie er es mir mit seinem Mund und seinen Fingern besorgte. Ich kam hoch und ließ Speichel auf seinen Schwanz tropfen, damit das Geräusch beim Blasen lauter wurde. Darauf stand Dean besonders.

Ich wollte ihm heute alles geben. Dieser Abend sollte unvergesslich werden.

Dean versenkte einen Finger in meinem Anus und leckte mich so wild, dass beinahe meine Arme einknickten. Ich machte schneller, blies ihn härter. Wenn das ein Wettrennen werden sollte, würde ich gewinnen.

Wir kamen gleichzeitig.

Mein Orgasmus schlug über mir zusammen wie eine Welle und Dean musste mich eisern festhalten, damit ich nicht von der Couch stürzte. Sein heißes Sperma füllte meinen Mund. Ich stöhnte laut auf und verlor den Halt. Dean gab mir einen Schubs, sodass ich seitlich auf dem Sofa landete. Dann packte er mich an der Hüfte und zog mich an den Beinen hoch.

Ich öffnete den Mund und stöhnte laut, als er meine Beine über seine Schultern warf und mich weiterleckte. Ein zweiter Orgasmus schloss sich nahtlos an den ersten an. Das Sperma lief aus meinem Mund über mein Kinn und meinen Hals. Ich konnte meinen Blick nicht von ihm abwenden, jetzt konnte ich ihn dabei beobachten, wie er es mir machte.

»Oh Gott! Oh Gott, Dean! Ja, oh bitte!«, schrie ich.

Er gab alles. Kaum war mein Orgasmus halbwegs abgeflacht, zog er mich auf seinen Schoß. Sein Schwanz war noch nicht ganz so weit, aber es konnte nicht mehr lange dauern. Seine Augen glänzten wie im Fieber, als er meine Finger darum schloss. Lächelnd bewegte ich sie auf und ab und küsste ihn.

»Die Versetzung kommt zur Unzeit«, stöhnte er. In meiner Hand wurde er wieder hart. Seine Finger glitten an meine Pussy, er versenkte drei in mir und fingerte mich, sein Daumen lag an meiner Klit.

Ich war so unglaublich feucht, dass jede Bewegung ein nasses Geräusch verursachte. »Das stimmt«, stöhnte ich und bearbeitete seinen Schwanz schneller.

Endlich war er wieder prall und groß. Ich hätte ihn am liebsten noch einmal geblasen, aber jetzt brauchte ich ihn in meiner Pussy. Alles andere kam danach.

Dean schob mich auf die Knie und positionierte sich hinter mir. Aus dem Augenwinkel bekam ich mit, wie er ein Kondom überrollte, dann rieb er seinen Schwanz zwischen meine Schamlippen und zu meinen Pobacken. Ich stöhnte, als er meinen Anus damit massierte, und rieb mich an ihm, dann glitt er wieder hinunter und versenkte sich in meiner Pussy.

Ich schrie auf und drückte den Rücken durch, damit er mich besser vögeln konnte. Seine Hände lagen auf meinen Hüften und er bearbeitete mich hart. Ich stellte ein Bein auf, damit er es noch leichter hatte, drehte mich zu ihm um und küsste ihn wild.

›*Fuck, es wird richtig hart, einen Ersatz zu finden*‹, dachte ich noch, dann kam ich erneut.

»Und, wie gehts dir?«, fragte Midge am Montag. Ich wusste sofort, was sie meinte, aber Tina war im Raum.

Sie hatte von der Sache mit Dean nichts mitbekommen und das sollte auch so bleiben. Das war jetzt eh vorbei, kein Grund, deswegen Stress zu riskieren.

»Alles okay«, sagte ich schulterzuckend und versteckte mich hinter meinem Kaffeebecher. »Alles wie geplant.«

Tinas Telefon klingelte und sie nahm das Gespräch an.

Midge kam zu mir herüber und setzte sich auf meinen Schreibtisch. »Ist wirklich alles okay? Du siehst traurig aus«, meinte sie.

»Na ja, er war ja auch ein Kollege, den ich mochte«, erwiderte ich. ›*Untertreibung des Jahrhunderts*‹.

»Er wird im Team fehlen. Ich hätte ihn gern noch mal gesehen, aber wir haben es zeitlich nicht hinbekommen.«

»Vielleicht war euer letzter Sex einfach so episch, dass es dem nichts hinzuzufügen gab«, flüsterte sie.

Tina telefonierte immer noch.

»Das müssten wir die Nachbarn fragen, die haben schließlich alles gesehen«, meinte ich. Erst später war aufgefallen, dass ich die Vorhänge auseinandergeschoben hatte. Das Licht im Wohnzimmer war schummrig, aber die Leute gegenüber hatten todsicher trotzdem eine Show bekommen, für die man sonst bezahlen musste. Wie gesagt, es war egal. Und dass wir es danach noch mal absichtlich am Fenster gemacht hatten, sagte nichts aus.

Midge hatte sich prächtig über die Geschichte amüsiert, doch jetzt warf sie mir wieder diesen wissenden Blick zu, weil sie mich durchschaut hatte. Sie wusste, dass ich Deans Abschied nicht so cool nahm, wie ich tat.

Sie streichelte mir kurz den Arm und stand wieder auf. »Wir werden einen Ersatz bekommen im Projekt. Ich habe Pam gefragt, wen sie abstellen. Ich dachte ja, dass Tina uns unterstützen soll, aber das ist nicht geplant.«

Tina legte in diesem Moment auf, sie hatte gehört, was Midge gesagt hatte. Jetzt schüttelte sie den Kopf. »Das stimmt. Ich habe mich auch darüber gewundert, aber Tran meinte, sie haben eine andere Lösung gefunden. Hat Pam dir mehr gesagt, Midge?«

»Wollte sie nicht, aber ich habe nicht lockergelassen«, erwiderte meine Freundin.

»Und?«, machte Tina ungeduldig.

»Es sieht so aus, als bekämen wir Ersatz aus England. Zwei Leute, jemand in Vollzeit und einen Praktikanten.«

Tina zuckte mit den Schultern. »Könnte jeder sein.«

»Ich habe eine Theorie«, sagte Midge geheimnisvoll. »Mal sehen, ob sie heute im Meeting etwas dazu sagen.«

»Du willst uns zappeln lassen?«, fragte ich entrüstet.

Sie grinste noch breiter. »Na gut, ich gebe euch einen Hinweis: Ich denke, James fühlt sich hin- und hergerissen bei dieser Unterstützung.«

Mehr war aus ihr nicht herauszubekommen und kurz darauf kam Tran, um Midge und mich abzuholen.

Heute stand wieder ein Strategietermin an - wenn auch ohne die beiden Beraterinnen. Und ohne James, stellte ich fest, als wir den Meetingraum betraten. Pam war da.

»Er hat mich instruiert, welche Punkte am wichtigsten sind«, sagte sie und teilte ihren Bildschirm mit dem Monitor an der Wand. »Und nein, Midge, ich sage dir noch nichts darüber, wer aufs Projekt kommt. Es ist noch nicht ganz durch.«

»Bedeutet das, dass wir allein weitermachen müssen?«, fragte ich besorgt. Der Workload war zu hoch für zwei.

»Höchstens zwei Wochen«, erwiderte sie. »Spätestens Mitte Juli ist alles geklärt. Jetzt fangen auch langsam die Urlaubszeiten an, da geht eh alles nicht mehr so schnell.«

»Wer's glaubt«, murmelte Midge.

Pam warf ihr einen langen Blick zu. »Du bist nicht du, wenn du nichts zu meckern hast.«

Midge legte lieblich lächelnd den Kopf schief, wie eine Filmdiva. »Ich will niemanden enttäuschen. Mal sehen, wie lange ihr uns noch vorenthalten wollt, dass ein paar Watsons kommen.«

Pam biss sich auf die Lippe und Tran beeilte sich, mit dem Meeting weiterzumachen, bevor es Streit gab.

Am Mittwoch fiel Midge wegen Migräne aus.

»Scheiß-Periode«, knurrte sie am Telefon, als sie anrief, um mir Bescheid zu sagen. »Ich komme leider nicht aus dem Bett. Sorry.«

»Schon gut«, sagte ich. »Heute steht ja nichts an. Das schaffe ich allein.«

Hätte ich das bloß nicht gesagt.

Am Nachmittag kam Pam ins Büro und sah sich hektisch um. »Wo ist Midge?«

»Sie ist heute krank. Was ist denn los?«, fragte ich.

Pam seufzte abgrundtief. »Scheiße. Okay, dann musst du ran. James hat morgen einen Call mit Liverpool und muss den Status des Projekts reporten. Jetzt haben wir beide das Vergnügen.«

Ich stand auf und folgte ihr in einen Besprechungsraum. Dort hatte sie alles vorbereitet und wir legten los, einen detaillierten Bericht zu erstellen. Da Pam darauf bestand, dass er ›hübsch‹ wurde, dauerte alles ewig.

Es war schon halb sieben Uhr abends, als Pam den Bericht per Mail an James schickte. Keine zwei Minuten später klingelte ihr Handy.

»Hi James, der Bericht ist raus«, sagte sie auf Englisch, dann hörte sie zu. »Ja, schon, es ist nur so ... du weißt ja, mein Termin heute Abend ...« Sie sah mich an. »Okay, alles klar, warte kurz. Lilian, kannst du noch etwas bleiben und James ein paar Fragen beantworten? Ich muss leider los.«

›Oh, bitte nicht‹, dachte ich, nickte aber schicksalsergeben und versicherte, dass das kein Problem sei.

»Danke«, sagte Pam, nachdem sie aufgelegt hatte und lächelte entschuldigend. »Mein Freund und ich haben heute Jahrestag und ich habe einen Tisch im *BlancNoir* reserviert. Die haben einen Vorlauf von einem halben Jahr.«

»Alles gut, ich kläre seine Fragen. Habt einen schönen Abend«, sagte ich. Wenigstens eine von uns konnte los, aber ich hatte ja auch nichts anderes vor.

Pam packte ihre Sachen zusammen und ich machte mich mit meinem Laptop auf den Weg zu James. Dabei fragte ich mich, wie weird unser Gespräch heute wieder ablaufen würde.

Er saß an seinem Schreibtisch und sah finster auf seinen Bildschirm. Ich klopfte gegen den Türrahmen. Er sah auf und schenkte mir dieses verwirrende Lächeln. »Lilian, danke, dass du da bist. Komm bitte rein und setz dich.«

Ich tat es und fühlte mich befangen. »Sie haben noch Fragen zur Präsentation?«, fragte ich.

»Ja, aber das geht sicher schnell.« Wieder drehte er den Monitor zu mir herum und zeigte mir die entsprechenden Punkte. Ich war so tief im Thema, dass ich sie schnell beantworten konnte. James machte sich Notizen und nickte zufrieden. »Danke, das war es schon. Hab einen schönen Abend.«

»Danke gleichfalls.« Ich stand auf.

»Wie ist es jetzt, wo Dean nicht mehr da ist?«, fragte er plötzlich und sah mir direkt ins Gesicht.

Ich holte erschrocken Luft.

Wie meinte er das? Beruflich oder spielte er auf das Gespräch an, das er mitbekommen hatte?

»Wir müssen sehen, welche Aufgaben anstehen«, sagte ich ausweichend. »Er kannte sich gut aus und es wird dauern, bis sein Ersatz eingearbeitet ist, aber ich denke, es sollte möglich sein, ihn zu kompensieren.«

Er warf mir einen Blick zu, unter dem meine Wangen heiß wurden. »Ich bin mir sicher, dass sich dafür jemand finden wird, Lilian. Schönen Abend noch.«

Mein Herz schlug mir bis zum Hals, als ich jetzt aus seinem Büro hastete.

›Alter, der Typ geht gar nicht.‹

Ich legte meine Hände an meine Wangen. Heiß und zweifellos knallrot.

Klar, man konnte seine Worte auch sachlich nehmen, aber ich glaubte nicht daran.

Das war sexuell gemeint.

›Es findet sich jemand, um Dean zu kompensieren? Und, James, denkst du, dass du auch nur in die Nähe meiner Pussy kommst?‹, dachte ich trotzig. ›Träum weiter und vögle lieber deine Verlobte. Und ich werde zusehen, dass du mir vom Hals bleibst, du Verrückter.‹

Ich sammelte meine Sachen zusammen und machte, dass ich nach Hause kam.

In dem Irrenhaus, das sich meine WG nannte, waren mir die Verrückten deutlich sympathischer.

KAPITEL 5

Ich erzählte Midge am nächsten Tag von meinem merkwürdigen Treffen mit James. Wieder sah sie mich so seltsam an. Wieder rückte sie nicht recht mit der Sprache raus und riet mir nur, vorsichtig zu sein.

»Du verschweigst mir etwas«, sagte ich stirnrunzelnd.

»Nein, tue ich nicht«, sagte sie sofort. »Du kennst mich und weißt, dass ich kein Blatt vor den Mund nehme. Aber ich weiß selbst nicht hundertprozentig, was da mit James und seinen angeblichen Affären abgegangen ist. Wenn es denn welche waren. Es gibt niemanden, der einem dazu eine klare Antwort gibt. Wahrscheinlich haben sie es gut vertuscht. Kein Wunder, bei dem Ruf, den die Familie zu verlieren hat. Die hängen nicht nur mit anderen Industriellen ab, sondern haben auch einen guten Draht ins britische Königshaus.«

»Als gäbe es bei denen keine Skandale«, murmelte ich.

»Touché«, nickte Midge. »Wie aber gesagt: Sie haben einen Mantel des Schweigens über die Geschichten gelegt und selbst ich habe nur Brocken hingeworfen bekommen. Und wer weiß, aus wievielter Hand diese Infos waren. Eine Sache war, bevor ich angefangen habe, und von der anderen habe ich zu wenig mitbekommen. Deswegen will ich dir auch keinen Scheiß erzählen. Aber Lil, ich mag dich, deswegen will ich einfach nur sagen, dass du vorsichtig sein sollst.« Sie legte den Kopf schief und sah mich unzufrieden an. »Leute wie die Watsons sind es gewohnt, dass sie bekommen, was sie haben wollen. Das kann uns Normalsterblichen egal sein, es betrifft uns meist nicht. Aber wenn wir doch in ihren Dunstkreis geraten, finde ich, ist Vorsicht geboten.« Sie ordnete eine um einen Millimeter verrutschte Locke neu. »So, mehr sage ich nicht dazu.«

»Ist in Ordnung«, erwiderte ich. »Und ich kann auf mich aufpassen. Ehrlich. Ich mag dich auch sehr, aber ich möchte dich als Freundin, nicht als Mutterersatz.«

Sie warf mir einen garstigen Blick zu. »Die Bemerkung ignoriere ich jetzt lieber, sonst bekommen wir ein ganz anderes Problem. Ran an die Arbeit, Meyers! Wir haben noch viel zu tun!«

»Aye aye, Captain Weißmann«, salutierte ich grinsend und konzentrierte mich wieder auf meinen Monitor. Es gab schließlich genug Arbeit und ich hatte einen Job mit Deadline zu erledigen.

James bekam ich erst am Dienstag der nächsten Woche wieder zu Gesicht. Ich saß an meinem Schreibtisch und schwitzte. Draußen waren es über fünfunddreißig Grad. Es war Anfang Juli und die Stadt kochte.

Gerade hatte ich mich per Messenger von Dean verabschiedet. Momentan hielt unser Versprechen, dass wir in Kontakt blieben. Wir hatten seit seinem Umzug dreimal telefoniert, zweimal hatten wir dabei Telefonsex. Das war besser als nichts, aber es frustrierte mich. Vor allem, weil unser echter Sex immer so gut gewesen war.

Ich vermisste ihn, aber auch das nervte mich. Es machte die Sache nur noch schlimmer. Wahrscheinlich wäre es besser, wenn wir uns nicht aneinanderklammerten. Ich bekam noch keinen Urlaub und er musste in Liverpool erst ankommen. Ich hatte schon nach Flügen gesucht, aber die waren unglaublich teuer und dauerten ewig, weil es keine Direktflüge gab.

Solange sein Ersatz in Hamburg noch nicht angefangen hatte (wir wussten immer noch nicht, wer kam. Midge drehte durch deswegen), half er noch im Projekt aus, aber ihn im Videocall zu sehen und so zu tun, als wäre nichts gewesen, machte auch nichts besser.

Midge versuchte, mich aufzumuntern.

»Ich weiß, Fernbeziehungen sind für 'n Arsch, aber ihr könntet es versuchen«, meinte sie. »Ihr seid so heiß aufeinander, dass es sogar klappen könnte.«

»Heiß ja, aber ich mache das nicht mehr lange mit«, erwiderte ich. »Die Vereinbarung war klar und was wir hier gerade versuchen, ist einfach dämlich. Das müssen wir beide einsehen Wir klammern uns an etwas, das abgeschlossen ist. Er weiß es. Ich weiß es. Je eher wir da einen Haken dran machen, desto besser.«

»Gut, wenn man das so nüchtern betrachten kann«, sagte sie ironisch, ließ das Thema dann aber ruhen.

Auch heute hatten wir wieder unglaublich viel zu tun. Ich richtete mich gedanklich auf eine Abendschicht ein, um die Aufgaben halbwegs abarbeiten zu können. Am Freitag stand der nächste Meilenstein-Termin mit den Beraterinnen an.

»Wie weit bist du?«, fragte Midge.

Ich scrollte durch meine To-Do-Liste und seufzte. »Es dauert noch, fürchte ich.«

»Ich habe jetzt einen Arzttermin, aber ich kann danach wieder reinkommen und dir helfen«, sagte sie. »Dauert auch nicht so lange.«

»Es ist schon nach vier«, meinte ich. »Das lohnt sich doch nicht mehr.«

»Trotzdem«, beharrte sie.

»Pass auf: Du meldest dich, wenn du beim Arzt durch bist und ich sage dir, wie weit ich bin«, schlug ich vor. »Wenn ich so gut durchkomme, wie ich hoffe, habe ich bis dahin das Gröbste fertig.«

»Okay, dann stimmen wir uns ab, wenn ich fertig bin«, meinte sie. »Ich kann ja auch von zu Hause aus noch was machen.«

»Einverstanden.« Ich winkte, damit sie endlich losging.

Midge konnte schwer loslassen. Als Projektmanagerin stand ihr diese Pedanterie gut zu Gesicht. Als Freundin war es manchmal anstrengend. Es war gut, wenn sie mich einfach machen ließ. Und auch gut, dass ich wusste, dass ich sie anrufen konnte, falls ich feststeckte.

Es war wirklich noch ein Haufen Arbeit, der da vor mir lag. Ich seufzte und machte mich an die Aufgaben. Dass die Zeit verging, merkte ich erst, als Tina sich in den Feierabend verabschiedete und Tran in der Tür stand.

»Hey Lilian, willst du nicht mal Feierabend machen?«, fragte er. »Es ist schon nach sechs.«

»Echt? Oh Mann, ich habe mein Zeitgefühl verloren«, meinte ich. »Ich mache diese Sache hier noch fertig, dann packe ich zusammen. Halbe Stunde.«

»Na gut, aber wirklich«, sagte er. »Muss ich dich anrufen und kontrollieren?«

»Lass mal, ich komm schon klar.« Ich zuckte mit den Schultern. »Überrascht es dich, dass wir so viel zu tun haben? Du kennst doch das Projekt und bist bei dem Termin am Freitag dabei. Außerdem siehst du doch die To-Do-Liste von Midge und mir. Ich weiß, dass du jeden Tag reinschaust.«

»Mehrmals.« Tran seufzte. »Hast ja recht. Ich stelle uns für morgen einen Termin ein, dann sehe ich, wie ich euch besser unterstützen kann. Es wird Zeit, dass Deans Ersatz kommt.«

»Ja, das wäre gut. Hätte besser getimt werden können. Vielleicht wäre eine Versetzung im August besser gewesen«, meinte ich.

›Dann hätten wir es länger treiben können und ich säße nicht seit anderthalb Wochen auf dem Trockenen. Sind das echt erst anderthalb Wochen? Fühlt sich wie anderthalb Jahre an. Ich brauche dringend Sex, sonst werde ich diesen Druck nicht los. Vor allem nicht, wenn im Job so viel los ist.‹

Tran verabschiedete sich und ich machte weiter.

Endlich hatte ich die Sache fertig und packte ein. Als ich auf den Flur trat, kam mir James entgegen.

›Auch das noch. Bloß weg hier.‹

»Bist du die letzte auf diesem Flur?«, fragte er.

»Ich glaube schon.«

»Okay, dann müssen wir die Alarmanlage scharfschalten. Kennst du dich da aus?«, fragte er.

Ich nickte vage. Das war mir am Anfang einmal gezeigt worden, aber meist saß ich nicht so lange allein hier und Midge, Tran oder Dean schlossen ab.

Trotzdem trat ich mit James an das Kontrolldisplay für die Alarmanlage.

Er warf mir einen Seitenblick zu. »Schön, dass du dich so reinhängst. Ein großer Gewinn für die Firma.«

»Danke, das ist nett«, murmelte ich und fummelte an dem Display herum.

›Fuck, wie geht das nochmal? Ich kriege das nicht hin!‹

»Gern geschehen. Ist ehrlich gemeint.«

»Aha, danke.« Das Display blockierte. Ich hatte etwas falsch gemacht.

»Bist du auch gern hier?«

»Ja, mir gefallen die Aufgaben«, erwiderte ich und drückte aggressiv auf dem Display herum. Wieder eine Fehlermeldung. Ich fluchte leise.

»Nur die Aufgaben?«, bohrte er nach.

Ich verlor die Nerven. »James, was willst du von mir hören?«, fragte ich. Gleich darauf schlug ich die Hand vor den Mund. »Oh Gott, tut mir leid.«

Sein Augenlid zuckte kurz, dann verzog sich sein Mund wieder zu diesem Lächeln. »Das mag ich an dir. Du bist echt frech, wenn man dich ein bisschen ärgert.«

»Das finde ich schwierig«, sagte ich und machte einen Schritt zurück.

Er verstand sofort, dass seine Bemerkung daneben war. »Tut mir leid, du hast recht. Wie wäre das: Du bist eine interessante Frau. Ich unterhalte mich gern mit dir, aber du hältst dich zurück und versuchst, keine Angriffsfläche zu bieten. In Wahrheit bist du vermutlich anders, lockerer und schlagfertiger. Wäre spannend, die echte Lilian kennenzulernen. Eben blitzte sie ja schon hervor.«

»Ist gerade aus Versehen passiert«, meinte ich. »Das findest du bestimmt nicht so spannend.«

»Doch, gerade das interessiert mich.«

»Als was?«, fragte ich scharf.

Er warf mir einen unmissverständlichen Blick zu. Er brauchte keine Worte. Seine dunklen Augen sagten es mir. Brutal offen. ›Als die Frau, die stöhnend unter mir liegt. Oder auf mir.‹

Mein Herz begann zu klopfen.

›Oh Gott, wo habe ich mich da reingeritten?‹

›Menschen, die es gewöhnt sind, zu bekommen, was sie wollen‹, schoss es mir durch den Kopf. ›Und genau so einen hast du vor dir.‹

»Ich denke, du bist verlobt«, sagte ich und machte noch einen Schritt rückwärts.

»Das stimmt.«

»Dann steht das ja nicht zur Debatte.«

»Und wenn ich es nicht wäre?«, fragte er.

»Dann auch nicht. Du bist mein Boss.« Ich holte tief Luft. »Bekommen wir jetzt ein Problem?«

›Lilian, was ist mit dir los? Warum bist du so offensiv? Warum steigst du voll auf jede Bemerkung ein?‹

»Natürlich nicht.« James zog eine Augenbraue hoch. »Du bist eine tolle Frau. So selbstbewusst.«

»Eher vorlaut«, rutschte es mir heraus.

Er warf mir ein Lächeln zu. »Für vorlaute Frauen hatte ich schon immer eine Schwäche.«

»Tja, dann haben wir eine Pattsituation, oder?«, meinte ich keck. »Du stehst auf mich, aber wir können keinen Sex haben, weil du verlobt bist. Was sollen wir da nur machen? Da bleibt wohl nur Trockensex übrig.«

›Oh Gott, hatte ich das gerade wirklich gesagt? Warum höre ich nicht auf? Wenn ich so weitermache, feuert er mich doch noch. Wegen Impertinenz und Dummheit.‹

James' Augen weiteten sich. »Was habe ich mir unter Trockensex vorzustellen?«

»Ohne Hände«, sagte ich und hob meine leeren Hände. »Okay, ich denke, wir beenden die Peinlichkeit an dieser Stelle, oder? Vielleicht können wir einfach vergessen, dass dieses Gespräch stattgefunden hat.«

»Ohne Hände«, wiederholte er bedächtig.

›Hat er mir nicht zugehört?‹

»Einverstanden.«

Ich blinzelte. »Wie bitte?«

»Einverstanden. Trockensex.« Er warf mir einen Blick zu. »Ich denke, das wäre nicht halb so unsexy, wie das

Wort vermuten lässt.« Er hob die Hand und strich mir eine Haarsträhne aus dem Gesicht. »Ich würde dich so gern berühren«, murmelte er. »Und zwar so, dass es dir gefällt. Das stelle ich mir schon seit unserem letzten Meeting vor.«

»Ohne Hände«, erinnerte ich ihn.

›Was mache ich denn jetzt?‹ Ich sah ihn an. Letzte Chance, mich zu entscheiden. Der nächste Schritt bestimmte den Weg. Ich könnte Nein sagen. Ich spürte, dass er mich einfach gehen ließ. Wir würden nie wieder ein Wort darüber verlieren.

Und wenn ich mitmachte?

›Trockensex‹, das Wort war mir gerade eingefallen. Ich meinte damit, es mir vor ihm zu machen. Webcam-Sex ohne Webcam.

Der Gedanke, dass ich es in der Hand hätte, machte mich irgendwie an. Er durfte mich nicht einmal anfassen. Nur zuschauen. Mit seinem Schwanz in der Hand. Er müsste beobachten, wie ich mich selbst streichelte, ohne mich auch nur einmal zu berühren. Ich könnte ihm genau sagen, was mir gefiel, ohne dass er es jemals selbst ausprobieren dürfte. Stattdessen konnte er mir zeigen, wie er es sich selbst machte.

Mein Blick glitt an ihm hinunter. Wie sein Schwanz wohl aussah? Wie sich sein Gesicht wohl verzerrte, wenn ihm immer heißer wurde? Könnte ich ihn so scharf machen, dass er kam, ohne sich selbst zu berühren? Wenn ich ihn nicht berühren durfte, könnte ich dann einfach ganz langsam auf seine Erektion pusten? Ihn von unten ansehen und meinen Mund öffnen, als würde ich ihm gleich einen blasen? Mit befeuchteten Lippen und dann sehen, ob er richtig abging?

Und wenn ich das machte, hatte ich etwas davon?

Das war eigentlich nicht meine Art, aber wo wir schon einmal hier waren?

›*Egal*‹, erkannte ich, denn zwischen meinen Beinen pochte es. Meine Gedanken hatten mich dermaßen scharfgemacht, dass ich es kaum noch aushielt.

›*Dann also Sex mit James Watson. Trockensex, beschissenstes Wort der Welt.*‹

»Und wo?«, fragte ich. Langsam fuhr ich mit meiner Zungenspitze über meine Unterlippe. Sein Blick saugte sich daran fest. Irrte ich mich oder wurde seine Hose enger? Ich wollte unbedingt diesen Schwanz sehen.

›*Scheiße, wann ist das denn passiert? Eben wollte ich noch wegrennen und jetzt knöpfe ich die obersten zwei Knöpfe meiner Bluse auf.*‹

James sah sich um. »Hier ist niemand mehr.« Er stieß die Tür auf. Ich folgte ihm mit klopfendem Herzen.

Er blieb am Rand des Pausenraumes stehen.

»Wär nicht das erste Mal«, rutschte mir raus, als ich den Tisch sah, auf dem Dean und ich es getrieben hatten.

James' Augen weiteten sich. »Interessant«, murmelte er. »Wo genau?«

Ich zeigte auf den Tisch.

»Setz dich«, forderte er mich auf. Langsam ging ich hinüber und setzte mich auf die Tischplatte. James zog sich einen Stuhl heran und nahm vor mir Platz. »Und was hast du dann getan?«

›*Ah, so will er es also. Storytelling. Bekomme ich hin.*‹

»Es war heiß, genau wie heute«, hauchte ich und öffnete weitere Knöpfe meiner Bluse. Mein BH kam zum Vorschein. James beobachtete mich genau. »Deswegen musste ich mich ein wenig freimachen.«

»Natürlich«, nickte er. »Die Hitze ist unerträglich in letzter Zeit.«

»Dir muss auch heiß sein«, erwiderte ich, denn ich war nicht bereit, es ohne Gegenleistung durchzuziehen. Er musste auch ran, sonst war das einseitig und ich angreifbar.

James' Augenbrauen hoben sich, dann nickte er. »Das stimmt natürlich.« Er knöpfte sein Hemd auf, dabei behielt er mich genau im Blick. Ich wartete ungeduldig ab, was unter dem Stoff zum Vorschein kam.

Dann verzog ein Lächeln meinen Mund. James hatte anscheinend neben seinem Job noch Zeit für Sport. Er war nicht muskelbepackt und hatte auch kein Sixpack, aber einen flachen Bauch und eine schmale Taille. Seine Brust war dezent mit Haar bedeckt, als wäre es Absicht. Eine dünne Spur verschwand in seinem Hosenbund.

»Wo die wohl hinführt?«, fragte ich und fuhr mit dem Zeigefinger nur ein paar Zentimeter über seiner Haut darüber. James' Nippel zogen sich zusammen. Ich beugte mich lächelnd vor und pustete darauf.

Er holte tief Luft. »Mach weiter und ich zeige es dir.« Er sah auffordernd auf meinen Rock, der schon etwas über meine Knie gerutscht war.

Ich legte lächelnd meine Finger an den Saum. Weil es so heiß war, trug ich einen luftigen knielangen Rock zu einem Blusentop und Pumps. Jetzt schob ich langsam den Rock über meine Oberschenkel hinauf. Dabei hielt ich die Knie zusammen, sodass er den Stoff meines Slips erst sah, als ich ihn freilegte.

»Und so hast du es damals angefangen?«, fragte er.

»Oh ja«, erwiderte ich und streichelte meine Schenkel. Dabei öffnete ich sie ein paar Zentimeter. James beugte sich vor und versuchte, einen Blick zu erhaschen.

Es gefiel mir, wie erpicht er darauf war, mich anzusehen. Unter seiner Anzughose zeichnete sich eine

Erektion ab. Ich bedauerte jetzt schon, dass ich sie nicht berühren durfte. Vielleicht sagte ich ihm das später und fand heraus, wie er darauf reagierte.

»Ich wollte nichts überstürzen, dabei war ich schon so scharf. Ich brauchte Sex. Dringend.« Ich öffnete meine Schenkel noch etwas mehr. »Kennst du das Gefühl?«

James' Hände fuhren über seine Beine. »Ja, allerdings.«

»Und weißt du auch, wie es ist, wenn man schon so scharf ist, dass man den anderen schon fast spüren kann, obwohl es noch gar nicht so weit ist?« Ich streichelte meine Brüste und schob meinen BH so beiseite, dass meine Nippel sichtbar wurden. Mit den Daumen rieb ich sie und erschauderte, als sie hart wurden. »So geht es mir jetzt auch, wenn ich ehrlich bin.« Wieder öffnete ich meine Schenkel etwas, jetzt konnte er meinen Slip sehen. »Ich glaube, ich bin schon ziemlich feucht. Und wie geht es dir?«

Seine Augen wirkten beinahe schwarz, als er jetzt seinen Gürtel öffnete. »Sieh es dir selbst an.«

Ich biss mir auf die Lippe, als er jetzt seinen harten Schwanz herausholte. »Oh Gott«, hauchte ich und spürte, dass meine Wangen heiß wurden. »Jetzt halte ich es kaum noch aus.«

»Dann solltest du dich jetzt um dich kümmern«, sagte er und schloss seine Finger um seinen Schaft. »Ich werde genau hinschauen.«

»Das hoffe ich doch«, flüsterte ich.

Um es für ihn noch spannender zu machen, kniete ich mich auf den Tisch und schob meinen Slip und meinen Rock langsam hinunter. James' Augen wurden groß und sein Griff um seinen Schwanz fester.

Ich kniete mich so nah an die Tischkante, wie ich es fertigbrachte, und spreizte die Beine. Dann fuhr ich mit den Händen über die Innenseiten meiner Schenkel und arbeitete mich zu meiner Pussy vor.

»Wunderschön«, murmelte James. Ich lächelte und fuhr mit den Fingern zwischen meine Schamlippen. Dann stöhnte ich auf.

»Oh Gott, ich bin so feucht.« Ich zeigte ihm meine Finger und schob sie dann in meinen Mund. Wieder stöhnte ich. »Ich wünschte, ich könnte das mit dir teilen.«

»Lass mich einfach zusehen«, sagte er. Seine Hand fuhr an seinem Schwanz auf und ab.

Ich ließ meine Finger zurück zu meiner Pussy gleiten und begann, es mir selbst zu machen. Ich kam immer mehr auf den Geschmack dieses Spiels. Wie er mich ansah, gefiel mir. Er würde mich so gern berühren, doch das durfte er nicht.

»Würdest du mich gern vögeln?«, fragte ich und streichelte meine Klit.

»Ja«, sagte er mit zusammengebissenen Zähnen.

»Das würde mir gefallen«, seufzte ich. »Ich kann deinen Schwanz förmlich in mir spüren. Wie er sich wieder und wieder in mir versenkt.« Ich stöhnte und machte es mir härter. »Ich stehe auch sehr auf Blowjobs. Dein Schwanz würde sich gut in meinem Mund machen.«

»Ich würde dich lecken bis du schreist«, zischte er.

Meine Muskeln begannen zu zucken, als ich mir vorstellte, wie er mich auf seinem Schreibtisch leckte, bis ich kam. Wie ich meine Beine um seinen Nacken schlinge und meine Finger in seinen schwarzen Haaren vergraben würde.

»Ich komme gleich. Bitte erzähl mir, was du mit mir machst, wenn du mich zum Kommen gebracht hast.«

»Dann setze ich dich auf meinen Schoß und versenke meinen harten Schwanz in deiner Pussy«, stöhnte er. »Du wirst auf und ab gleiten, bis du einen weiteren Orgasmus bekommst und ich tief in dir komme.«

»Oder auf mir«, stöhnte ich. »Ich stehe auf Cumshots.«

Das war's. James kam mit einem unterdrückten Schrei. Verzückt beobachtete ich, wie das Sperma aus seinem Schwanz schoss. Das gab mir den letzten Kick. Ich hatte gewonnen. Er war zuerst gekommen. Jetzt war ich dran. Ich fiel hintenüber und kam. Meine Finger entwickelten ein Eigenleben, das es mir so hart besorgte, dass mir fast die Luft wegblieb.

Ich sah Sterne und verlor kurzzeitig die Orientierung. Mein Herz hämmerte gegen meine Rippen und es dauerte, bis ich mich einigermaßen eingekriegt hatte.

»Lilian?«

»Ja«, sagte ich und kämpfte mich ins Sitzen. Er ergriff meine Hand und half mir auf.

Was für eine unverfängliche Geste, nachdem, was wir gerade getan hatten. Seine Kleidung hatte er schon gerichtet, nur der Fleck auf seiner Hose war verräterisch.

»Das war unglaublich. Ich …«, begann er, da klingelte sein Handy. Missmutig sah er auf das Display.

»Entschuldige bitte, das wird dauern.«

»Ja dann, schönen Abend noch«, sagte ich und angelte nach meinen Klamotten. James nahm das Gespräch an und beobachtete mich, während ich mich anzog. Dann suchte ich meine Sachen zusammen, winkte und machte, dass ich wegkam.

Während ich mit der letzten Fähre zurück auf die andere Seite fuhr, fragte ich mich, was zur Hölle da gerade passiert war.

Ich sah James in den nächsten Tagen nur von weitem, deswegen hatte ich keine Gelegenheit, ihn zu sprechen.

Ich machte mir Gedanken, ob das eine einmalige Sache war. Ob sie ein Nachspiel haben würde. Wie ich ihm jetzt gegenübertreten sollte.

Midge sagte ich nichts. Ich hatte das Gefühl, dass sie dafür kein Verständnis hatte. Wir waren am Mittwoch zusammen mit Tina etwas trinken.

Vor Tina hätte ich sowieso nichts gesagt, aber selbst wenn wir allein gewesen wären ... ich glaubte nicht, dass die Geschichte bei meiner Freundin gut ankäme.

Und falls es doch herauskam, konnte ich mir immer noch überlegen, wie ich es ihr erklärte.

Außerdem: Wenn es eine einmalige Geschichte blieb, gab es nicht viel zu erzählen. Und ich würde einen Teufel tun, zu ihm zu gehen.

Am Freitagnachmittag bekam ich eine Mail von ihm. Betreff: *Statusupdate K+R Projekt.*

Lilian,
für das Meeting am Montag benötige ich heute noch ein Update. Bitte bereiten Sie alles vor und kommen um 18 Uhr in mein Büro.

Danke,
James

Ich zog die Augenbraue hoch. Wie offiziell konnte man bitte schreiben? Als hätte ich ihn am Montag nicht dabei beobachtet, wie er mit seinem Schwanz in der Hand gekommen war. Ich schauderte bei dem Gedanken daran, mir wurde heiß. Richtiger Sex wäre mir lieber, aber auf der anderen Seite hatte es mir gefallen, dass er mich nicht berühren durfte. Das machte das Ganze noch verbotener und aufregender. Es war ein Spiel mit dem Feuer. Man spürte die Hitze. Und es konnte trotz allem jederzeit eskalieren.

Zwischen meinen Beinen begann es zu pochen, als ich mir vorstellte, dass er die Beherrschung verlor und mich einfach auf seinem Schreibtisch vögelte. Hart.

»Lil, ist alles okay?«, fragte Midge. »Du siehst aus, als hättest du Kopfkino.«

»Hab an Dean gedacht«, log ich.

»Trefft ihr euch?«, fragte sie.

»Ist leider nicht geplant. Aber es ist schön, ihn in den Calls zu sehen. Ich glaube nur, das zwischen uns hat sich erledigt«, meinte ich und das war leider die Wahrheit.

Zwar schrieb er mir immer noch privat, wie gut ich aussah und dass er das Meeting lieber mit mir allein machen würde, doch langsam baute sich eine emotionale Distanz zwischen uns auf.

Ich fragte mich, ob ich ihn anrufen und von der Sache mit James erzählen sollte. Das wäre sicher Telefonsex erster Güte.

Ich entschied mich dagegen.

»James Watson?«, fragte Midge. Sie stand neben mir und hatte die Mail gelesen und runzelte jetzt die Stirn. »Oh Mann, du Arme. Ausgerechnet an einem Freitag sollst du so lange bleiben. Soll ich auf dich warten?«

»Du hast doch einen Friseurtermin und jammerst seit Wochen, dass du Farbe brauchst«, erinnerte ich sie. »Ich melde mich, wenn ich hier fertig bin und dann gehen wir was trinken, okay?«

»Gut. Aber vorher helfe ich dir bei der Vorbereitung«, beharrte sie. Dagegen konnte ich nichts sagen. Es bestand auch immer noch die Möglichkeit, dass James wirklich ein Update haben wollte.

Zwischen meinen Beinen pochte es noch stärker. Ich konnte ihm auch eins geben, wenn er wollte.

Ich stand um Punkt achtzehn Uhr vor James Watsons Büro, mein Laptop in der Hand. Jetzt klopfte ich gegen den Türrahmen. James sah auf und lächelte. Langsam gewöhnte ich mich daran, wie sein Gesicht aussah, wenn er lächelte. Dann wirkte er weicher, weniger manisch und verbissen. Ich ahnte, dass er enormen Druck hatte und sich beweisen wollte. Ich kannte von mir selbst, dass ich in solchen Situationen ein Ventil brauchte. Sport oder noch besser Sex.

Vielleicht ging es ihm ja genauso.

Wieder wünschte ich mir, wir könnten einfach richtig vögeln. Einen echten Schwanz vor der Nase zu haben und ihn nicht einmal berühren zu dürfen, war hart. In doppelter Hinsicht.

Ich kam lächelnd auf ihn zu.

»Ich habe das Update dabei«, sagte ich.

»Sei so gut und schick es mir per Mail. Ich schaue es mir am Wochenende an«, sagte er und stand auf. Er deutete auf die Sitzecke neben dem Schreibtisch. Ich legte mein Laptop ab und folgte ihm.

»Ist noch jemand hier auf dem Flur?«, fragte er.

Ich schüttelte den Kopf. »Tran war außer mir der letzte und ist eben gegangen.«

»Ich musste Pam auch wegschicken.« Er setzte sich auf das Sofa. »Setz dich neben mich.«

»Wird das eine Fortsetzung von neulich?«, fragte ich.

Er hielt inne. »Du hast recht«, sagte er. »Das müssen wir vorab klären. Es ist nicht gesagt, dass du daran ein Interesse hast, nur weil es mir so geht.«

»Also ja«, meinte ich und setzte mich.

»Von meiner Seite aus, ja«, erwiderte er. »Mich hat unser Treffen am Montag lange beschäftigt. Es hat mir unglaublich gut gefallen. Ich würde es gern wiederholen, wenn du das auch möchtest.« Er zog die Augenbrauen hoch. »Möchtest du?«

»Ich denke, ich brauche eine Wiederholung, um das abschließend sagen zu können«, meinte ich.

Er griff nach meinem Fußknöchel und legte ihn auf die Rückenlehne der Couch.

»Ist das nicht zu viel Kontakt?«, fragte ich.

»Sind Fußknöchel so verfänglich?«, erwiderte er.

»Da du ihn berührst, um dir einen Blick zwischen meine Schenkel zu verschaffen, ja«, erwiderte ich und schob mein Kleid hoch, damit er diesen Anblick geboten bekam. Heute war es wieder unglaublich heiß gewesen, die Temperatur kratzte an der vierzig Grad-Marke.

Deswegen trug ich ein leichtes Sommerkleid. Jetzt griff ich an meinen Rücken und öffnete den Verschluss meines BHs. Unter James' wachsamen Augen zog ich ihn unter dem Kleid hervor und legte ihn beiseite. Jetzt zeichneten sich meine Brüste durch den dünnen hellen Stoff ab. Meine Nippel waren schon hart.

James trug ein hellblaues Hemd und eine helle Hose. Ich fuhr mit der Zungenspitze über meine Unterlippe, weil sich sein Schwanz durch den Stoff abzeichnete.

Langsam spreizte ich die Beine und zog mein Kleid hoch. Ich bekam Gänsehaut, als meine Haut das kühle Leder der Couch berührte. Mit den Fingerspitzen glitt ich über den Saum meines Slips und erschauderte, weil es sich so gut anfühlte und ich schon scharf war. Zwischen meinen Schamlippen sammelte sich bereits Feuchtigkeit.

Ich zog den Stoff beiseite, damit James alles sah.

»Du fehlst noch«, sagte ich lächelnd und versenkte einen Finger in meiner Pussy.

James' Augen verdunkelten sich, jetzt holte er seinen Schwanz heraus. Ich lächelte, als ich dieses schöne, lange Exemplar wieder zu Gesicht bekam. »Hello again.«

Er lachte. Dieses Geräusch kam so überraschend, dass es mich kurz aus dem Konzept brachte.

»Du bist lustig«, informierte er mich.

»Und ich habe dich noch nie lachen hören«, erwiderte ich. »Klingt nett. Mach das doch öfter.«

»Ich bevorzuge es, zu überraschen.« Er schloss seine Finger um seinen Schwanz. »Sonst wüsstest du ja schon alles über mich.«

»Das würde ich mir nie anmaßen«, meinte ich und konzentrierte mich wieder auf meine Pussy. »Ich denke, du zeigst mir nur einen kleinen«, ich blickte auf seinen Schwanz, »na gut, einen großen Teil von dir.«

»Privater geht es nicht«, meinte er.

»Gefühle sind privater als Sex«, erwiderte ich. »Aber darum geht es hier nicht.«

»Nein«, sagte er. Ich riss die Augen auf, als er sich vorbeugte und seine Hände nur Zentimeter vor meiner Pussy auf dem Sofa platzierte. Er beugte die Arme und senkte sich herab. Mir stockte der Atem, als er seinen Mund vor meinen Venushügel brachte. Dann stöhnte ich auf, als er gegen meine feuchte Haut pustete.

»Hier geht es darum, dass zwei Leute, die eigentlich Sex haben müssten, stattdessen Trockensex haben.«

»Das Wort wird mich ewig verfolgen«, meinte ich.

»Ich werde dich erinnern«, versprach er und pustete erneut. »Mach es dir, Lilian. Ich schaue genau zu.«

»Ich wünschte, du würdest es machen«, seufzte ich und nahm meine Klit zwischen Daumen und Zeigefinger.

Seine Augen verengten sich, doch er ließ das unkommentiert. Wenn ich mir seinen harten Schwanz ansah, brauchte ich keine Worte. Es war offensichtlich.

Ich rieb über meine Klit und ergötzte mich daran, wie seine Augen an meinen Fingern klebten. Seine Lippen waren leicht geöffnet und sein Atem ging vor Erregung schneller. Es machte ihn so scharf.

Mich auch. Und ich hatte das Bedürfnis, ihn noch mehr zu foltern. Das bloße Zusehen reichte nicht. Er sollte meinetwegen an den Rand seiner Belastbarkeit kommen. Seine Lippen so kurz vor meiner Pussy waren auch beinahe mehr, als ich ertrug.

Und wenn ich weitermachte? Verlor er dann vielleicht die Beherrschung? Überbrückte er die letzten Zentimeter und leckte mich? Ich hatte nichts zu verlieren. Ich konnte es drauf ankommen lassen.

»Und wenn du es machen würdest«, stöhnte ich und wölbte mich ihm entgegen. »Dann richtig, das weiß ich. Du würdest mich kommen lassen. Mit deinem Mund, deinen Fingern und deinem Schwanz. Gott, das wäre ...« Ich war zu weit gegangen und kam. Ich stemmte meine Fersen in die Polster und warf den Kopf zurück.

Seine Hände legten sich um meine Fußgelenke und hielten mich unten. Ich eskalierte und stieß einen Schrei aus, um ihn mit meiner eigenen Hand zu ersticken.

Meine Finger glitten beinahe krampfhaft über meine Klit und ich wünschte mir nichts mehr, als dass er sich in mir versenkte. Mitten hinein in meinen Orgasmus, meine krampfenden Muskeln aufdehnend.

Der Gedanke machte mich so an, dass ich erneut kam.

»Oh Gott!«, stöhnte ich heiser. Ich kam nicht mehr klar. Mein Denken war ausgeschaltet. Mein Herz hämmerte wie verrückt gegen meine Rippen und ich sah Sterne.

Es dauerte, bis ich mich soweit gesammelt hatte, dass ich mich zum Sitzen hochstemmen konnte.

James saß vor mir, seine Wangen waren gerötet. Seine rechte Hand lag um seinen Schwanz, mit der linken wischte er sich gerade sauber. Er war auch gekommen, kein Wunder, bei der Show, die ich ihm geboten hatte.

Wir sahen einander in die Augen. Ich musste erstmal durchatmen.

»Das war krass«, murmelte er.

»Stimmt«, flüsterte ich. »Und was machen wir jetzt mit dieser Erkenntnis?«

»Können wir das wiederholen?«, fragte er.

»Und wohin soll uns das bringen?«, erwiderte ich. »Meinst du nicht, dass es uns schnell frustrieren wird, dass wir keinen richtigen Sex haben? Und was ist mit deiner Verlobten?«

Er wandte den Blick ab. »Das mit Anne und mir haben unsere Eltern eingefädelt. Wir sind seit über zehn Jahren zusammen. Anfangs haben wir es wirklich versucht, aber es passt aus den unterschiedlichsten Gründen nicht. Ich schätze sie, aber ich liebe sie nicht. Das wäre an sich kein Problem, aber es gibt Gründe, warum ich keinen Sex mit dir haben kann.«

»Habt ihr einen Vertrag oder so was?«, fragte ich.

»Anne und ich? Nein.«

»Ihr nicht, aber jemand anderes«, schlussfolgerte ich.

Er sah mich scharf an. »Ich nehme an, du verstehst, dass ich solche Dinge nicht mit dir bespreche?«

Sein Tonfall ließ mich zusammenzucken. »Ja, das verstehe ich«, sagte ich etwas steif und schob mein Kleid hinunter. Es ging mich sicher nichts an, trotzdem musste er nicht so mit mir reden.

James atmete durch. »Tut mir leid. Ich verstehe, dass so eine Sache nicht in deinem Interesse ist. Ich würde mich dennoch freuen, wenn wir das wiederholen könnten.«

Ich dachte darüber nach. »Aber ohne Verpflichtungen«, forderte ich dann.

James nickte. Ich sah ihm an, dass er sich etwas anderes wünschte. »Mehr kann ich dir nicht bieten, also ja.«

Ich reichte ihm die Hand und er schlug ein.

Dabei fragte ich mich, in was zum Teufel ich hier eigentlich eingewilligt hatte.

KAPITEL 6

Ich brauchte das ganze Wochenende, um das Treffen mit James zu verarbeiten. Immer wieder fragte ich mich, wie dumm es von mir war, dass ich seinem Vorschlag zugestimmt hatte.

Mir war nicht klar, was das eigentlich bedeutete, denn just in dem Moment, als wir uns geeinigt hatten, rief James' Vater an und ich hatte das Büro verlassen.

Mir war klar, dass mich diese Geschichte nirgendwohin führte. Noch viel weniger als der Sex mit Dean.

›*Das war wenigstens richtiger Sex*‹, dachte ich missmutig und rief ihn am Samstag an. Er hatte nur kurz Zeit, weil er ausgehen wollte. Ich erwischte ihn an der Tür.

»Am Montag werden sie verkünden, wer meine Stelle im Projekt übernimmt«, sagte er. »Anscheinend sind es zwei, ein Projektmanager und eine Praktikantin.«

»Und es weiß immer noch niemand, wer es ist?«, fragte ich stirnrunzelnd. Zwar interessierte mich, wer da kam, aber ich hatte mir von diesem Telefonat etwas anderes versprochen. Ich wusste nur nicht, was.

Ich wollte keine neue Beziehung, denn sowohl Dean als auch James waren Sackgassen. Dean war nicht mehr in Reichweite und James ... James war eine Klasse für sich.

›*Ich seh mir die Trockensex-Sache bis zum Monatsende an, dann entscheide ich mich. Das muss ich mir nicht geben. Ein Schwanz zum Anfassen ist mir lieber.*‹

»Verstehe ich, aber leider kann ich es momentan nicht ändern«, riss Deans Stimme mich aus meinen Gedanken.

Ich zuckte zusammen. »Habe ich das laut gesagt?«

»Dass du einen Schwanz zum Anfassen willst? Laut und deutlich. Das macht was mit mir, muss ich zugeben.«

»Siehst du, deswegen will ich es ja.« Ich versuchte, einen Scherz draus zu machen. Wenigstens hatte ich nur das laut gesagt.

»Ich suche schon fieberhaft nach Gründen, um nach Hamburg zu kommen. Lass uns ein Wochenende planen, um uns zu sehen. Entweder in Hamburg oder Liverpool oder wir treffen uns in London«, schlug er vor.

»Das wäre schön«, erwiderte ich ehrlich. »Ich vermisse nicht nur deinen Schwanz.«

»Ich bin froh, dass dich auch der Rest meines Körpers überzeugen konnte«, feixte er.

»Ja, war kein Selbstgänger, aber du hast dich gemacht«, erwiderte ich trocken.

»Ein Glück. Um auf deine Frage zurückzukommen: Nein, sie halten sich immer noch bedeckt, aber es wird gemunkelt, dass es Cole und Jeannette Watson sind. Cole ist der mittlere Sohn, Jeannette die jüngere Tochter. Ich kenne sie gar nicht, weil sie studiert, Cole war schon ein paar Mal im Office. Er ist ein ziemlicher Womanizer, also halte dein Röckchen fest.«

»Auf Womanizer stehe ich nicht im Geringsten«, sagte ich fest und fragte mich, ob Cole wie James war oder das komplette Gegenteil.

»Ich wollte es nur sagen. Wo du doch nach Schwänzen zum Anfassen suchst.« Dean lachte.

»Schön, dass ich dir diese Steilvorlage bieten konnte.«

»Oh Darling, dazu fallen mir so viele Dinge ein, dass ich es bedaure, dass ich losmuss. Ich melde mich bald wieder bei dir.«

»Ich freu mich drauf, hab einen schönen Abend«, sagte ich und legte auf. Dann angelte ich nach meinem Vibrator und versuchte, den Frust über meine derzeitige sexuelle Situation zu verdrängen. Im schlimmsten Fall musste ich doch auf Pavels Angebot zurückkommen.

Heute hatte er einen Mann da. Der war mindestens genauso laut wie die letzte Frau.

Kay war bei Jana in Wismar. Momentan weigerte sie sich, nach Hamburg zu kommen.

Ich suchte mir eine Vibrationsstufe aus und dachte an Dean. Und dann an James und seinen Schwanz. Und darüber, wie er sich in meiner Pussy anfühlen könnte, wenn ich mich einfach über ihn hinwegsetzte und ihn um den Verstand vögelte.

Am Montag war ich früh im Büro. Ich hatte Midge von meinem Telefonat mit Dean erzählt. Entsprechend war sie auch schon da, als ich ankam.

»Ich habe es die ganze Zeit geahnt«, meinte sie. »Zwar habe ich eher mit Clarissa gerechnet als mit Cole, aber bitte, ein Watson ist ein Watson.«

»Ich habe keine Ahnung, wie groß diese Familie ist«, meinte ich und sah zu Tina hinüber. Die rollte nur mit den Augen. Seitdem Dean weg war, schmollte sie. Midge und ich fanden, dass sie Drinks brauchte.

»Kann ich dir sagen, ich bin bestens informiert«, sagte Midge. »James ist der Älteste, dann kommt Clarissa. Sie ist in GB so eine Art It-Girl, wunderhübsch und ein paar kleine Skandale hat sie sich schon geleistet, aber nie etwas, weswegen die Eltern durchdrehen müssten. Seit einiger Zeit ist sie liiert und etwas ruhiger geworden. Sie macht auch die Social Media Kanäle der Firma.«

»Wohl eher: Sie lässt sie machen«, warf Tina ein. »Die haben dafür zehn Leute im Headquarter.«

Midge zuckte mit den Schultern. »Mag sein. Das ist also Clarissa. Danach kommt Cole. Er hat, glaube ich, technisches Projektmanagement oder so studiert und ist wie Clarissas Zwilling. Da gab's auch schon mehrfach Geschichten, über die man hier nicht so laut reden sollte. Die Nächste ist Jeannette, eine graue Maus und den jüngsten, Stephen, haben sie in einem Internat versteckt. Ich glaube, der ist noch keine achtzehn.«

»Fünf Kinder«, murmelte ich.

Tina machte eine wegwerfende Handbewegung. »In der Gehaltsklasse spielt das keine Rolle. Und weißt du, was gemein ist? Die fünffache Mutter sieht trotzdem aus wie ein Bestager-Model. Ich hätte auch gern Beauty-Docs, einen Privatkoch und einen Personal Trainer, um mich so in shape zu halten.«

»Angel dir doch einen von den Watson-Boys«, sagte Midge trocken. »Dann kannst du es dir auch leisten. Cole ist ungefähr in deinem Alter.«

Tina schnaubte. »Weiß doch jeder, dass die Eltern das festgelegt haben, wo die Kinder mal landen. Dass James mit dieser Anne verlobt ist, ist doch eine arrangierte Ehe. Die beiden sehen aus, als wären sie für ein Covershooting gecastet, aber die sind im Leben nicht verliebt. Ist in solchen Kreisen wahrscheinlich nicht erforderlich.«

»Hey Tinchen, komm mal runter von deinem Berg des Zorns«, sagte Midge freundlich. »Du regst dich viel zu sehr auf.«

Ich war froh, dass Midge geantwortet hatte. Kurz wollte ich Tina zustimmen, allerdings hatte ich Informationen (wenn auch nur wenige), die ich ohne die Sache mit James niemals wüsste. Ich musste aufpassen, dass Midge davon keinen Wind bekam, sonst nahm sie die Witterung auf und quetschte alles aus mir heraus. Das wollte ich auf keinen Fall.

Tran kam herein und strahlte uns an. »Seid ihr bereit für die Verkündung?«, fragte er.

»Wegen Cole und Jeannette Watson?«, erwiderte Midge keck. Er rollte mit den Augen.

»Woher wisst ihr das schon wieder?«

»Ich habe mit Dean telefoniert«, erwiderte ich. Musste ja keiner wissen, weswegen. »Er hat mir den Büroklatsch mitgeteilt.«

Tran schüttelte genervt den Kopf. »Toll. Aber okay, dann habe ich weniger zu tun. Gut, dann kommt mit.«

»Und beide arbeiten mit auf dem K+R-Projekt?«, fragte Tina zickig und warf ihre Föhnfrisur zurück. »Mein Gott, wie wichtig kann das sein? Ich habe auch Projekte, bei denen ich Unterstützung gebrauchen könnte.«

»Weiß ich doch«, beruhigte Tran sie. »Und nein, sie sind nicht ausschließlich am K+R-Projekt dran, sondern schauen sich auch andere Bereiche an. Sicher bekommen wir für dich eine Unterstützung. Deans übrige Projekte müssen auch noch übergeben werden.«

»Warum musste er zurück nach Liverpool?«, fragte ich sachlich. Midges Augenbraue bewegte sich dennoch nach oben. »Eigentlich war der Zeitpunkt doch unpassend.«

Tran zuckte mit den Schultern. »Das war so besprochen und keiner hat sich um eine Verlängerung gekümmert. Lasst uns die Neuen begrüßen. Denkt dran, dass sie James' Geschwister sind, okay? Wahrscheinlich müssen sie an ihren Vater berichten. Das sollten wir immer im Hinterkopf behalten.«

»Sicher werden sie uns daran erinnern, wo wir stehen und dass sie weit darüber sind. Das tut James schließlich auch«, sagte Tina spitz und stand auf. Sie hatte heute einen schlechten Tag. Und ich fragte mich, ob Dean länger geblieben wäre, wenn er sich darum bemüht hätte.

»Hey, ich weiß, was du denkst«, sagte Midge und hielt mich zurück, sodass wir hinter Tran und Tina gingen. »Aber es war schon zu spät, weißt du?«

Ich lächelte sie dünn an. »Hab ich mir fast gedacht. Aber es ändert ja sowieso nichts.«

Wir erreichten den Konferenzraum, das ersparte Midge eine weitere Antwort.

James war bereits da. Neben ihm standen Pam und seine Geschwister. Ich konnte nicht anders, ich musste sie anstarren. Es gab zwar Bilder von ihnen im Intranet, aber die mussten schon ein paar Jahre alt sein.

Bei Jeannette Watson war die Ähnlichkeit zu James groß. Sie war auch schwarzhaarig und hatte eine ähnliche Gesichtsform. Ihr Gesicht wurde halb von einem langen Pony und einer großen Brille bedeckt. Sie stand nah bei James und lächelte scheu. Eine graue Maus, wie Midge gesagt hatte. Sicher hatte sie eine leise hohe Stimme.

Cole war das komplette Gegenteil von James. Er war blond, hatte ein gewinnendes Lächeln und strahlende Augen. Er strahlte Unbekümmertheit aus und machte den Eindruck, als wäre ihm alles egal. Ich ahnte, dass er Leute gut für sich arbeiten lassen konnte.

James sah mich und nickte in unsere Richtung. Ich beeilte mich, freundlich zu lächeln, und verzog mich auf einen Platz, wo man mich hoffentlich nicht so gut sah. Dies war unser erstes großes Meeting, seitdem das Ding zwischen uns lief.

Die Heimlichkeit mit Dean war okay gewesen, doch das mit James machte mich nervös. Wenn das rauskam, hatte ich ein viel größeres Problem als eine eifersüchtige Tina.

Ich spürte, dass das richtig Ärger gäbe.

Hoffentlich bemerkte Midge nichts! Wenn sie mich erstmal am Wickel hatte, ließ sie nicht mehr locker. Ich wusste genau, dass sie mir eindringlich von der Sache abraten würde. Und dass sie damit recht hätte.

»Cole Watson«, murmelte sie neben mir und zupfte an einer Locke. »Das wird interessant.«

Ich wusste zwar nicht genau, was sie damit meinte, ich fürchtete trotzdem, dass sie damit recht hatte. Wie auch immer sich das gestaltete.

Das Meeting mit den neuen Watsons war anstrengend. Wir mussten alle Unterlagen auf Englisch umstellen und ihnen von der Pike auf erklären, was wir bisher getan hatten. Ich hatte das Gefühl, dass Cole zwar wusste, worum es ging, sich aber null dafür interessierte. Jeannette wiederum wollte zwar unbedingt helfen, hatte aber keinen Plan, wie sie das anstellen sollte.

Entsprechend schlecht gelaunt saßen Midge und ich hinterher bei Tran, um ihm zu berichten, wie das ›Kickoff‹ abgelaufen war.

»Ehrlich gesagt fühlt es sich eher an wie ein ›Kickout‹«, sagte Midge verdrossen. »Dafür, dass das Projekt ach so wichtig ist, haben wir jetzt als Ersatz für Dean zwei echte Nullnummern bekommen. Wir werden alles allein machen müssen, Tran! Tu was!«

»Was denn?«, fragte er gestresst. »Ich habe es mir nicht ausgesucht. Aber ich kann schlecht zu James sagen, dass er seine Geschwister abziehen soll, weil sie keine Hilfe sind. Ich habe Rechnungen zu zahlen.«

»Wir auch«, erinnerte Midge ihn. »Und wenn wir das Projekt verkacken, weil die beiden uns mehr hindern als helfen, verlieren Lilian und ich unsere Jobs.«

Tran presste die Lippen zusammen. »Ich sehe, was ich tun kann«, sagte er schließlich. »Zur Not müssen wir noch jemanden in das Team stecken, der euch unterstützt. Ich bitte Dean, dass er sich bereit hält, aber er hat auch viel zu tun.«

Das wussten Midge und ich auch, aber es war besser als nichts. Wenn es hart auf hart kam, musste ich meinen Kontakt zu James ausnutzen, falls es eng für Midge und mich wurde.

Am Freitag wollte ich eher Feierabend machen, ich hatte nachmittags einen Friseurtermin. Außerdem war ich von der Woche erschöpft und brauchte dringend etwas Freizeit. Midge und ich wollten am Samstag ins Spa, darauf freute ich mich schon.

Auf dem Weg nach draußen lief mir James über den Weg. »Machst du schon Feierabend?«, fragte er.

»Ja, ausnahmsweise. Ich habe einen privaten Termin«, erwiderte ich.

Er nickte bedächtig. »Verstehe. Ich wollte mich noch nach dem Status des Projekts bei dir erkundigen, aber das muss dann eben warten.«

Ich wusste sofort, was er meinte. Es war noch nicht vorbei. Obwohl unsere Treffen unbefriedigend waren, musste ich zugeben, dass ich sie genoss. Es waren diese verbotenen Früchte, die mich nicht von ihm loskommen ließen. Jedes Mal schwang die Möglichkeit mit, dass wir die Kontrolle verloren und doch richtigen Sex hatten.

In meiner Fantasie war das schon so oft passiert, dass meine Erwartungen unrealistisch wären, wenn es je dazu kam. James könnte ihnen gar nicht gerecht werden, denn in meinen Gedanken, vorzugsweise abends vor dem Einschlafen mit meinem Vibrator in der Hand, ließ er mich so oft kommen und besorgte es mir dermaßen, dass das kein echter Mann jemals hinkriegen würde. Schon allein deswegen durften wir nie richtigen Sex haben.

Trotzdem bestand ja die Möglichkeit, dass er genau das tun könnte. Deswegen sagte ich ihm jetzt, dass ich versuchen würde, ihm das Update heute noch zu geben.

»Schreib einfach eine Mail«, erwiderte er. »Ich habe heute Abend nichts vor.«

»Kein festliches Abendessen mit den Geschwistern?«, fragte ich frech. Es war gerade niemand in Hörweite.

»Ich denke, Cole und Jen sind froh, wenn sie etwas Privatsphäre haben.«

»Privatsphäre hat noch keinem geschadet«, erwiderte ich und machte, dass ich wegkam. Das war schon wieder zu viel. Zu frech. Ich ritt mich immer tiefer rein. Leider konnte ich das über den Sex nicht sagen.

Es wäre besser, heute Abend nicht wieder her zu kommen. Ich könnte ihm einfach eine Mail schreiben, dass ich es nicht schaffte. Stattdessen könnte ich zu Hause einen Film mit den Jungs ansehen und mich dabei betrinken. Das war deutlich ungefährlicher.

Ich ging zum Friseur, ließ mir neue Strähnchen machen und fuhr dann in die WG. Auch heute war es wieder unerträglich heiß. Bevor ich irgendwas anderes machte, musste ich duschen.

Ich betrat die Wohnung und ging ins Badezimmer. Dabei hörte ich eine Sprachnachricht von einer Freundin aus Bremen ab. Die Tür war nur angelehnt, deswegen ging ich davon aus, dass das Bad leer war.

War es nicht, stellte ich kurz darauf fest. Pavel war da und bekam unter der Dusche von einer Rothaarigen einen Blowjob. Gerade drehte er den Hahn auf und legte den Kopf in den Nacken.

Ich blieb wie vom Donner gerührt stehen.

»Hey Lilian!«, rief er gegen den Wasserstrahl. Die Rothaarige fuhr auf und versteckte sich hinter ihm.

Danke, jetzt hatte ich wirklich alles gesehen.

Ich machte einen Schritt rückwärts und prallte mit jemandem zusammen. Was ging denn hier ab?

Ich drehte mich um und blickte in Janas wütendes Gesicht. Ihre Wangen waren knallrot.

»Das ist so widerlich!«, schrie sie und sprang rückwärts aus dem Badezimmer. »Kay, verdammt!«

Mein zweiter Mitbewohner kam erschrocken aus der Küche. »Was ist denn los?«

Ich schloss die Badtür hinter mir. »Pavel hat Besuch.«

»Kann dieser Idiot nicht mal die Tür abschließen?«, regte Jana sich auf. »Das ist dermaßen widerlich, das will kein Mensch sehen!«

»Also erstmal hast du gar nichts gesehen«, meinte ich.

»Ich habe ihn nackt gesehen!«, fuhr sie mich an.

»Ja, Schwamm drüber. Das ist auch nichts anderes als in einer Sauna«, erwiderte ich.

»Da wedeln die Typen aber nicht mit ihren ...«, Jana fuchtelte mit der Hand vor ihrem Bauch herum, als wäre sie eine Erektion.

»Schwänzen«, half ich aus.

Janas Wangen wurden noch röter und sie zuckte zurück. Sie war also auch noch verklemmt. Armer Kay.

»Kannst du nicht endlich zugeben, dass die Idee mit Hamburg und der WG bescheuert war?«, machte Jana bei Kay weiter, als wäre ich nicht anwesend. »Du solltest endlich zu mir nach Wismar ziehen. Dann musst du dir das hier nicht mehr antun!«

Mir reichte es. *Das hier* schloss mich mit ein und das musste ich mir echt nicht reinziehen.

Die Tussi hatte doch einen Knall!

»Bad ist frei«, hörte ich Pavels entspannte Stimme. Er und seine Freundin flitzten nackt über den Flur.

»Ich hab eh schon alles gesehen!«, rief ich hinterher und ging ins Bad. Ich schloss die Tür ab (im Gegensatz zu Pavel stand ich auf Privatsphäre beim Duschen) und machte mich frisch. Dann ging ich in mein Zimmer, suchte ein leichtes Sommerkleid heraus und verließ die Wohnung wieder.

Ich ertrug Jana gerade nicht. Nicht dieses anklagende kleinliche Gemecker, das sie immer umgab. Vielleicht war sie im Grunde ihres Herzens nett, aber leider zeigte sie davon nichts.

›Ich kann unseren Termin wahrnehmen‹, schrieb ich James per Mail, als ich in die Bahn stieg. Im gleichen Moment fragte ich mich, was ich mir dabei dachte, im knappen Sommerkleidchen (sonst nichts) ins Büro zu fahren und vor meinem Boss zu masturbieren.

›*Was würde Jana dazu sagen? Wahrscheinlich würde sie sich so ekeln, dass sie Herpes bekommt*‹, dachte ich trotzig. ›*Nicht, dass sie es jemals erfahren würde, aber dann kann ich ja so richtig die Sau rauslassen und ihr einen Grund geben, vor Scham im Boden zu versinken.*‹

Aus diesem Grund hatte ich noch etwas in meiner Handtasche dabei.

›Danke, dass du dir die Zeit für das Update nimmst‹, antwortete er. ›Wir treffen uns in meinem Büro.‹

»Und wie«, murmelte ich.

Als ich das Firmengebäude betrat, war es schon nach sieben Uhr abends. Ich sah mich um, doch anscheinend hatten die meisten schon Feierabend gemacht. Ohne jemandem zu begegnen fuhr ich mit dem Fahrstuhl auf unsere Etage. Ich lehnte mich gegen die Wand und spielte mit dem Ausschnitt meines Kleides. Hier, wo die Räume klimatisiert waren, sah man, wenn man genau hinschaute, meine Nippel durch den geblümten Stoff.

Ich fuhr mit den Fingerspitzen über meinen Oberschenkel und lüftete den Rock leicht an. *›Was er wohl gleich dazu sagt, dass ich bis auf das Kleid und meine Schuhe nackt bin? Ich denke, es wird ihm gefallen.‹*

Ich kam oben an, ging den Flur hinunter und stand kurz darauf in James' Bürotür.

Er saß an seinem Schreibtisch und sah auf. »Du hast dein Laptop nicht dabei«, stellte er fest.

»Tut mir leid, habe ich vergessen«, sagte ich und zog den Saum meines Kleides so hoch, dass er meine nackte Hüfte sah. »Und nicht nur das.«

James atmete durch. »Das ist nicht halb so bedauerlich, wie du denkst.«

»Damit habe ich gerechnet«, sagte ich und trat ein. Er blieb an seinem Schreibtisch sitzen, also kam ich zu ihm. »Darf ich?«, fragte ich und deutete auf die Tischplatte.

»Gern.« Er rollte ein Stück zurück, sodass ich mich auf die Holzplatte setzen konnte.

Seine Hände schwebten einen Moment in der Luft, dann hob er langsam den Saum meines Kleides. Ich hielt den Atem an und beobachtete, wie er ihn hochschob.

Immer weiter, immer höher. Er beugte sich vor, sodass sein Atem über die Innenseite meiner Schenkel strich.

Ich bekam Gänsehaut und wurde augenblicklich feucht. Das war fast zu viel für mich. Ich war so geladen, dass ich ihn am liebsten im Nacken gepackt und seinen Mund auf meine Pussy gedrückt hätte.

Er sah zu mir hoch. »Ich weiß«, sagte er leise. »Mir geht es genauso.« Ich strich mit meinen Händen über meine Schenkel und streifte dabei seine Arme.

»Sieh mich genau an«, flüsterte ich. »Ich bin so heiß deinetwegen. Du kannst mich haben, ich würde es nie jemandem erzählen. Ich drehe durch, wenn du mich nicht gleich berührst.«

James schloss die Augen, ich sah ihm an, wie schwer es ihm fiel. Zu widerstehen. Nicht zu widerstehen. Ich hielt es nicht mehr aus und streichelte meine Pussy. Ein Schauder rann über meinen Rücken.

›Gott, bin ich feucht! Das kann doch nicht wahr sein!‹

Ich betrachtete ihn. James. Meinen Boss.

Wir hatten nichts gemeinsam. Ich wusste nicht einmal, ob ich ihn mochte. Und trotzdem wollte ich in dieser Sekunde nichts mehr, als von ihm berührt und hart gevögelt zu werden.

James öffnete die Augen und beobachtete gebannt meine Finger. Mit der Zungenspitze fuhr er über seine Lippen, als könnte er mich schmecken.

»Ich wünschte, du würdest mich lecken«, flüsterte ich. »Du hättest es fast zu leicht. Ich glaube, ich brauche nicht mal eine Minute, um zu kommen. Und danach würde ich deinen Schwanz tief in meinen Mund nehmen und ihn blasen, bis du kommst.« Er hörte auf zu blinzeln, seine Wangen röteten sich. Mein Blick huschte zu seinem Schritt. Wenn er nicht aufpasste, gab der Stoff nach, so hart und groß war er. »Stehst du mehr darauf, wenn ich schlucke oder soll ich es lieber auf meine Brüste tropfen lassen?«

James lehnte sich zurück, sein Atem zitterte.

»Fuck, Lilian«, murmelte er.

»Gerne, das sage ich doch die ganze Zeit«, erwiderte ich und schob zwei Finger in meine Pussy. Ich spreizte meine Schenkel, damit er alles genau beobachten konnte. Ich sah ihm an, dass es beinahe zu viel für ihn war.

Seine Beherrschung hing am seidenen Faden.

Mit der freien Hand griff ich zu meiner Handtasche und holte den kleinen Vibrator heraus, den ich eingepackt hatte. Ich bräuchte ihn nicht, um zu kommen. Ich stand jetzt schon kurz davor, doch ich war mir sicher, dass James es genießen würde, dabei zuzusehen, wie ich es mir mit ihm besorgte.

»Jesus Christ.« Seine Hand fuhr an seinen Schritt.

»Hol ihn raus«, forderte ich und stellte den Vibrator an. Ich wimmerte, als ich ihn an meine Klit hielt und die Vibrationen durch meinen Körper schossen. »Oh Gott.«

James öffnete seine Hose und holte seinen Schwanz heraus. Er umfasste ihn so fest, dass ich ahnte, wie kurz auch er schon davor war.

»Tu es«, hauchte ich. »Steh auf und vögel mich.«

Doch er schüttelte den Kopf und fuhr mit der Hand auf und ab. Ich war enttäuscht, doch schon viel zu nah dran. Es dauerte nur noch Sekunden, dann kam ich mit einem unterdrückten Schrei. Der Vibrator gab mir den Rest.

Ich stemmte meine Füße auf die Armlehnen seines Bürostuhls und wand mich auf seiner Tischplatte. Die Träger meines Kleides rutschten von meinen Schultern und entblößten meine Brüste. Mir war alles egal.

Und doch ...

James stand nicht auf, er berührte mich auch nicht.

Als ich fertig war und mich langsam wieder aufrichtete, war er gekommen. Durch seine Hand. Er machte sich gerade sauber.

Mit weichen Knien rutschte ich von der Tischplatte und sammelte mein Zeug zusammen, dann richtete ich mein Kleid. »Schönen Abend noch. Man sieht sich.«

»Lilian«, hielt er mich auf und legte mir seine Hand auf die Schulter. Ich erschauderte wegen der Berührung.

»Es tut mir leid. Ich genieße es, wenn wir uns sehen.«

»Ich auch, aber es ist ziemlich frustrierend. Ich weiß nicht, wie es dir geht, aber der Grat zwischen Lust und Frust ist schmal«, erwiderte ich. »Und sorry, dass ich es so deutlich sage, aber ich brauche mal wieder echten Sex. Das hier ist kein Ersatz.«

»Den kann ich dir nicht geben«, sagte er ruhig.

»Aber warum nicht? Im Ernst, auch wenn du mich nicht anfasst, wir machen es uns voreinander, verdammt!«

»Aber es ist kein Sex, wie du schon sagtest«, unterbrach er mich. »Und so gern ich dich einfach packen und es dir so richtig besorgen würde, sind die Schwierigkeiten, in die mich das bringen kann, unverhältnismäßig hoch.«

»Okay«, sagte ich bissig. »Dann musst du wohl auf deine Verlobte warten. Und ich sollte mir lieber jemand anderen suchen. Schönes Wochenende, James Watson.«

Ich verließ sein Büro.

Erst im Fahrstuhl kamen mir Zweifel. Hatte ich gerade meine Kündigung ausgesprochen? Musste ich damit rechnen, dass er mich jetzt rauswarf, wo ich ihn hatte abblitzen lassen.

›Aber in Wahrheit hat er mich ja abblitzen lassen‹, dachte ich enttäuscht. ›Wie viel offensiver kann eine Frau denn noch werden? Ich denke, das war schon der Gipfel. Das habe ich auch nicht nötig. Ich finde überall Typen fürs Bett. Da muss ich mir diesen Hickhack nicht geben.‹

Und obwohl ich dazu uneingeschränkt stand, hatte ich trotzdem Angst davor, dass ich mir einen neuen Job suchen musste.

›Fuck, ich habe echt ein Händchen für Scheiß-Ideen!‹

Ich hörte weder am Wochenende noch in der folgenden Woche von James. Zwar sahen wir uns und beim Update am Mittwoch waren wir sogar im gleichen Raum, doch wir sprachen nicht miteinander. Ich rechnete immer noch mit meiner Kündigung, aber je mehr Tage verstrichen, desto kleiner wurde die Angst.

»Was ziehst du am Freitag bei der Sommerparty an?«, fragte Midge am Mittwochnachmittag.

Ich spielte mit meinem Kugelschreiber. »Ich weiß nicht. Wie ist denn der Dresscode für diese Events?« Eigentlich wollte ich mich drücken. Midges eifriges Gesicht sagte mir aber, dass sie mich damit nicht durchkommen ließ.

»Am besten schick. Die alten Watsons kommen auch.«

»Ich versuche es. Ein kleines Schwarzes habe ich auf jeden Fall im Schrank«, meinte ich lustlos.

»Sehr gut. Ich muss mich auch noch entscheiden«, sagte Midge seufzend. »Ich habe sechs Outfits zur Auswahl.«

Das glaubte ich ohne Weiteres.

Abends durchforstete ich meinen Kleiderschrank.

Eigentlich hatte ich keine Lust, mich aufzubrezeln, aber je länger ich mit meinen Kleidern in der Hand dastand, desto trotziger wurde ich. Die Geschichte mit James nervte mich. Auch, wie das letzte Treffen geendet hatte. Ebenso, dass er es nicht schaffte, mich anzusprechen.

Also würde ich mich richtig rausputzen, damit er sich dumm vorkam.

Ich stand vor meinem Spiegel und rollte mit den Augen. »Das ist doch albern«, brummte ich. »Und total pubertär. Zieh dir ein Kleid an, trink ein paar kostenlose Cocktails und mach einen Haken an die Sache.«

Mit dem Entschluss ging es mir besser.

Midge und ich fuhren am Freitag zusammen zur Event-location. Sie sah atemberaubend aus. Ihr Kleid betonte jede ihrer Kurven und ihr Haar und Make-up saßen so akkurat, als wäre sie aus einem Modemagazin der Sechziger gesprungen.

»Neben dir sehe ich underdressed aus«, scherzte ich und zupfte an meinem dunkelblauen Kleid mit Tellerrock herum. Ich mochte es und fühlte mich wohl damit. Meine Haare trug ich hochgesteckt und ich hatte mich stärker geschminkt als sonst.

Aber Midge war ein Hingucker, da hielt ich nicht mit.

Sie winkte ab. »Ach was. Meinen Stil verstehen die wenigsten. Ich werde immer wieder angesprochen, ob ich verkleidet bin. Sie verstehen einfach nicht, dass ich allen Ernstes Vintage bin.«

»Dumm von ihnen«, erwiderte ich ehrlich.

»Und wie.«

Wir betraten das Gebäude und standen kurz darauf in dem festlich dekorierten Saal. Ich musste das Ganze einen Moment wirken lassen. Hier wurden keine Kosten gescheut. Die Blumendekoration war atemberaubend und alles wirkte so hochwertig, dass ich beinahe Angst hatte, ein Glas von dem Tablett zu nehmen, dass ein Kellner im Frack vor mich hielt.

»Champagner?«

»Gerne«, murmelte ich. »Eine nette Sommerparty wäre zu trivial, was?«, fragte ich Midge.

Sie nahm sich schulterzuckend ein Glas. »Man gewöhnt sich an den Prunk. Ein Videografen-Team ist unterwegs und hält das ganze fest. Es wird dann auf allen Kanälen gestreut. Damit die Kunden sehen, dass es uns gut geht und ihre Schiffe in guten Händen bei uns sind, wird hier geklotzt statt gekleckert. Mach dir nichts draus.«

»Ich versuch's«, sagte ich und trank einen Schluck.

Der Champagner prickelte. Ich beschloss, mir einfach einen guten Abend zu machen.

Wir entdeckten Tina und Tran und schlossen zu ihnen auf. Pünktlich um zwanzig Uhr trat James auf die Bühne. Ihn begleitete ein strenger Mann mit grauem Haar, nach ihm kamen Cole und Jeannette.

»John Watson«, wisperte Midge in mein Ohr. »Schau mal an den ersten Tisch vor der Bühne. Da sitzen seine Frau Melinda und Anne, James' Verlobte.«

Mein Blick glitt zu dem Tisch und blieb an Anne hängen. So sah sie also aus, die Frau, wegen der James keinen Sex mit mir hatte, obwohl er unbedingt wollte.

Sie hatte kurzes rotbraunes Haar und ein freundliches Gesicht. Sie war unaufdringlich hübsch, keine Beauty-Queen. Ihr Outfit war etwas extravagant, soweit ich es sehen konnte, bestimmt französische Designer-Mode.

Und sie war hier.

Insgeheim hatte ich überlegt, James bei einer passenden Gelegenheit noch einmal anzusprechen. Das war hiermit hinfällig. Das Ding zwischen uns war erledigt. Ich sollte froh darüber sein, weil es mich eh nirgendwohin gebracht hätte, aber irgendwie fühlte ich mich wie ein Loser.

Ich schluckte und versuchte, mich auf die Rede zu konzentrieren, die James hielt. Keine Chance. Auch als er das Wort an seinen Vater weitergab, kam nichts bei mir an. Ich applaudierte höflich an den passenden Stellen und beobachtete hinterher, wie eine Schar Kellner das Essen auftrug - natürlich gab es hier kein schnödes Büffet. Auf unserem Tisch stapelten sich die Köstlichkeiten, von Krabbencocktails über Rinderfilet bis Seezunge.

Ich hatte mich noch nie so fehl am Platz gefühlt.

»Entschuldigt mich kurz«, sagte ich und stand auf. Ich brauchte eine Pause von dieser Veranstaltung, um den

Kopf freizukriegen. Warum nahm mich das Ganze mit, obwohl das zwischen James und mir mehr als strange war? Ich war nicht in ihn verliebt, warum reagierte ich eifersüchtig auf Anne?

Das machte gar keinen Sinn.

Ich ging raus auf den Platz vor dem Gebäude und setzte mich auf eine Bank.

»Ist hier noch frei?«, fragte mich eine männliche Stimme auf Englisch. Ich drehte mich schnell um, doch es war nicht James, wie ich erst gedacht hatte, sondern Cole, sein Bruder.

»Lilian, oder?«, fragte er, was an Frechheit grenzte, weil wir jeden Tag Meetings zusammen hatten.

»Ja«, erwiderte ich kurzangebunden.

Er setzte sich zu mir und sah mich an. In seinen Händen hielt er ein Glas Wasser. »Gefällt dir die Party nicht?«

»Ich muss nur kurz frische Luft schnappen«, erwiderte ich. »Es ist drinnen sehr warm.«

»Hier draußen auch«, meinte er und krempelte seine Ärmel hoch. »Schönes Kleid«, sagte er dann beiläufig und trank einen Schluck aus dem Glas.

»Danke.«

»Wollen wir nachher tanzen? Damit uns richtig heiß wird?«, fragte er mit einem charmanten Lächeln. Ich erinnerte mich, was Dean gesagt hatte: Cole war ein Womanizer, der nichts anbrennen ließ.

Ich war wegen der James-Geschichte so genervt, dass mir das recht war. Dann sollte er mir eben bestätigen, dass es dämlich war, mich fallen zu lassen.

»Das wird es bestimmt«, erwiderte ich frech. »Ich tanze ziemlich gut. Und du?«

»Mein Hüftschwung ist legendär«, sagte er locker und hob die Augenbrauen. »Wirst du sehen.«

»Und darauf soll ich bis nachher warten? Lass sehen«, erwiderte ich.

Er hielt mir sein Glas hin. »Was zum Auflockern?«

Ich nippte zögerlich. Reiner Gin. Im Wasserglas. »Dein Ernst?« Ich reichte es ihm zurück.

Er grinste schulterzuckend. »Du bist nicht die Einzige, die sich Schöneres vorstellen kann, als auf dieser Party zu sein.«

»Das habe ich nicht gesagt«, versetzte ich.

»Brauchst du auch nicht. Du bist noch neu, oder?«

»Ich bin drei Monate dabei«, erwiderte ich.

»Und, wie gefällt es dir?« Er sah mich auf eine Art an, die deutlich machte, dass er wissen wollte, wie *er* mir gefiel. Anscheinend wollte er es bei mir versuchen. Zu dumm für ihn, dass gerade mein Verstand einsetzte.

»Ganz gut. Und wie gefällt dir dein neues Projekt?«

»Gar nicht«, sagte er. »Ich habe meinem Vater gesagt, dass ich nicht daran weiterarbeiten werde.« Ich sah ihn perplex an. »Solche Finanzsachen sind nicht meins«, erklärte er. »Ich bin Wirtschafts-Ingenieur, kein Buchhalter. Dass ich hier in Hamburg bin, ist okay, aber ich will auf die Werftprojekte, nicht in die Finanzanalyse.« Er lächelte mich an. »Sorry, aber ab Montag musst du auf mich verzichten, Lilian. Kommst du damit klar?«

›*Das ändert einiges.*‹

»Du kannst es mir ja heute Abend etwas leichter machen«, sagte ich und nahm doch noch einen Schluck Gin. »Oder machst du einen Bogen um Kolleginnen?«

»Ganz im Gegenteil«, erwiderte er. Leute kamen aus dem Gebäude, also stand ich auf.

»Ich erinnere dich an unser Tanz-Date«, sagte er. »Ich werde dir meinen Hüftschwung vorführen.«

»Bin gespannt«, erwiderte ich und ging ins Haus.

KAPITEL 7

Die Party wurde richtig gut. Nach dem Essen legte ein DJ auf und die Stimmung im Saal veränderte sich schlagartig von gediegen zu ausgelassen.

Staunend ließ ich mich von Midge und Tina auf die Tanzfläche ziehen. Es gab reichlich Drinks, doch ich hielt mich zurück und behielt die Leute im Auge.

Vor allem James und Anne. James mischte sich unter die Leute und redete mit vielen, es schien, als würde er eine Runde drehen. Zwischendurch ging er immer wieder zu Anne und seinen Eltern.

Cole machte ich an der Bar aus. Ich sah ihn mit mehreren Frauen flirten, doch als ich unser Gespräch schon abhaken wollte, trafen sich unsere Blicke. Er zeigte schräg hinter sich. Ich folgte mit dem Blick und sah, dass es über der Tanzfläche eine Galerie gab.

Dort wollte er mich also treffen. Damit war es klar, dass ich ihn vögeln konnte, wenn ich wollte. Ich lächelte und nickte, dann wandte ich mich ab und verharrte.

James stand einige Meter von mir entfernt. Jetzt sah er mich zum ersten Mal seit einer Woche an. Sein Mund verzog sich zu einem schmalen Lächeln. Ich wusste nicht, wie ich reagieren sollte, doch bevor ich mich entscheiden musste, trat Anne zu ihm. Der Blickkontakt brach ab und er drehte mir den Rücken zu.

›Fein‹, dachte ich grimmig. ›*Wenn ich auf eins nicht angewiesen bin, dann auf die Aufmerksamkeit von James*

Watson. Und warum zum Teufel nenne ich ihn immer bei Vor- und Nachnamen?‹

»Ich muss mal aufs Klo, bin gleich wieder da!«, rief ich Midge ins Ohr und verließ die Tanzfläche. Dann machte ich mich auf die Suche nach dem Aufgang zur Galerie.

Es gab eine Treppe, doch die war mit einem dicken Seil versperrt. *Kein Durchgang.*

Unschlüssig blieb ich kurz stehen, da sah ich Cole oben an der Treppe stehen. Er grinste und winkte.

›Scheiß drauf, wenn der Sohn des Inhabers hochgehen kann, dann ich eben auch‹, dachte ich und stieg die Stufen hinauf. Er stand oben an der Brüstung und sah lässig hinab auf die Tanzenden. Hier oben war die Musik nicht so laut, die Beleuchtung war schummrig. Man konnte uns von unten nicht gleich sehen.

»Hey, da bist du ja«, sagte er, als ich mich neben ihn stellte. »Lust auf eine Privatparty?«

»Du schuldest mir eine Tanzeinlage«, erinnerte ich ihn.

Er reichte mir die Hand und zog mich an sich. Eng. Unsere Gesichter waren Zentimeter voneinander entfernt.

›Was mache ich hier eigentlich?‹

Er griff nach meiner Hand, die ich an sein Schulterblatt gelegt hatte, und führte sie tiefer zu seinem Hintern. »Ich wollte dir den Hüftschwung zeigen«, sagte er und drückte sich der Länge nach an mich.

Ich mochte, wie offensiv er war. Obwohl ich ihm schon grünes Licht gegeben hatte, schien Cole eher der verspielte Typ zu sein. Im Gegensatz zu seinem Bruder.

Heute hatte ich auch Lust, zu spielen. Die Geschichte mit James war so nervenaufreibend und unbefriedigend, dass mir schon heiß wurde, weil wir uns berührten.

Die ganze aufgestaute sexuelle Energie suchte sich ihren Weg zwischen meine Schenkel. Ich brauchte Sex.

Ich wollte ihn. Und Cole war so nett und warf sich mir quasi an den Hals.

»Lass sehen.« Ich rieb meine Hüfte an ihm.

Wir tanzten in einem Takt, der null zu der Partymusik unten im Saal passte. Es war völlig egal, machte sogar Spaß, denn es war ein absurd-intimer Moment zwischen uns, obwohl wir uns nicht kannten und kennen wollten.

Cole zog mich so nah an sich, dass ich halb auf seinem Oberschenkel saß, dabei rutschte mein Kleid hoch.

Langsam fuhr er mit der Hand über meinen Schenkel.

»Runter oder hoch?«, fragte er und trommelte mit den Fingern auf meine Haut.

»Hoch«, erwiderte ich. Er schob seine Finger unter den Saum meines Rocks. Dabei sang er leise »Let's dance like we're making love« vor sich hin. Ich biss mir auf die Unterlippe, um nicht zu lachen. Das Lied kannte ich, hätte aber nie gedacht, dass es ausgerechnet in seinem Kopf herumspukte.

Die Briten hatten sie nicht alle. Dafür erreichte er jetzt meine Hüfte und streichelte sie. Ich bekam Gänsehaut und schauderte unter seiner Berührung.

›Mein Gott, es ist schon fast peinlich, wie sehr ich es brauche, durchgevögelt zu werden.‹

Andererseits fühlte sich sein Hintern in meiner Hand gut an und unser Körperkontakt gefiel mir auch. Sogar sein Singen, so strange es auch sein mochte, erregte mich in diesem Moment.

›Es ist nur für heute Nacht. Und ich werde ihn nur noch selten sehen, wenn er aus dem Projekt raus ist. Und er macht den Eindruck, als bräuchte er auch dringend Sex. Wir sind erwachsen. Er ist nicht mein Boss. Wir können einfach vögeln und es dann gut sein lassen.‹

Ich sah in seine Augen und küsste ihn auf den Mund.

Er tauchte mit seiner Zunge tief zwischen meine Lippen und packte meinen Hintern mit beiden Händen. Ich rutschte so weit auf seinen Oberschenkel, dass ich seinen Schwanz durch den Stoff seiner Hose spürte.

Ich griff nach seiner Gürtelschnalle, öffnete sie und fuhr mit beiden Händen erst über seinen Rücken, dann in seine Hose. Seine Lippen wanderten zu meiner Kehle, dabei stahlen sich seine Finger unter den Saum meines Slips und wanderten zwischen meine Schenkel.

Ich keuchte auf, als er sich zu meiner Pussy vortastete. Er summte in mein Ohr. »Oh, she wants it. I gotta give it to her.«

Okay, Singen war anscheinend sein Ding. Mal sehen, was er mir noch anbot.

Ich schob meine Hand vorn in seine Hose und umfasste seinen Schwanz. Er trug nicht einmal etwas drunter.

Ich bekam Gänsehaut. Endlich wieder ein Schwanz zum Anfassen. Genau das, was ich brauchte. Er war mehr als bereit. Ich konnte es kaum erwarten, ihn in mir zu spüren.

»Du willst es doch auch«, flüsterte ich in sein Ohr und fuhr die Kontur mit meiner Zunge nach.

Er sah mich an und deutete mit dem Kinn auf eine Tür am Ende der Galerie. »Komm.« Er stellte mich auf die Füße und ergriff meine Hand. Wir rannten zur Tür und stolperten in den Raum dahinter. Es war anscheinend ein Konferenzraum, der versehentlich offenstand.

Cole warf die Tür hinter sich zu, schob einen Stuhl davor und drehte sich zu mir um. Ich setzte mich auf den Konferenztisch (anscheinend wurde das mein Ding) und zog meinen Rock hoch.

Jetzt kam er auf mich zu und knöpfte sein Hemd auf. Ich biss mir auf die Unterlippe und zog meinen Slip aus.

Seinen Schwanz konnte ich wegen seiner offenen Hose in voller Pracht betrachten.

»Hast du ein Kondom?«, fragte ich, griff aber nach meiner Handtasche und holte eins. »Ich mache das.«

Er stellte sich vor mich und beobachtete, wie ich das Päckchen aufriss. Seine Finger strichen durch mein Haar.

Als ich den Latex über seine Erektion rollte, schauderte er und stöhnte leise.

Ich zog ihn an mich, wieder küsste er meinen Hals. »Eigentlich lasse ich mir lieber mehr Zeit.«

»Ich auch, aber heute ist das okay«, erwiderte ich und massierte seinen Schwanz mit meinen Fingern.

»Leg dich hin«, sagte er und half mir, mich auf der Tischplatte auszustrecken. Dann nahm er meine Knöchel und führte sie nach oben. Meine Augen weiteten sich. Er mochte es anscheinend extravagant. Damit war ich einverstanden.

Er hielt den Blickkontakt und nutzte seine freie Hand, um sich in Position zu bringen. Ich stöhnte, als er mit der Spitze zwischen meine Schamlippen fuhr und über meine Klit rieb. »Oh Gott, ja! Bitte, fang an.«

Er lächelte und versenkte sich in mir. Wegen meiner Beine hatte er Gegendruck und ich stöhnte, als er sich seinen Weg bahnte. Es war köstlich. Es war so notwendig. Ich stand unglaublich darauf, wie er es machte.

›Scheiß drauf, wer er ist, wo wir sind und was passiert ist. Ich genieße jetzt einfach den Moment.‹

Cole hielt ein paar Sekunden inne, als er mich gänzlich ausfüllte. Dann schlang er seine Arme um meine Beine und begann zu stoßen. Ich krallte mich an die Tischkante, um gegenzuhalten, und wölbte mich ihm entgegen.

Es war wie ein Rausch. Coles harte Stöße heizten mir dermaßen ein, dass ich mich nicht festhalten konnte.

Ich musste mich selbst berühren, um das Ganze noch intensiver zu machen. Ich zwängte meine Finger zwischen meine Schenkel und streichelte meine Klit, gleichzeitig zog ich meinen Ausschnitt beiseite und massierte meine Brüste.

Coles braune Augen weiteten sich. Es gefiel ihm, mir dabei zuzusehen. Tja, damit hatte ich mittlerweile ja auch viel Erfahrung, also bot ich ihm eine Show und brachte mich damit selbst in Rage. Anfangs fühlte ich mich beinahe wie eine Schauspielerin, dann hatte ich mich so hineingesteigert, dass es echt wurde. Erschreckend echt. Vor meinen Augen tanzten Sterne.

›James ist so dumm, er weiß nicht, was ihm entgeht!‹, schoss mir durch den Kopf. *›Glück für Cole, er wird jetzt in den vollen Genuss kommen. Und sollte er James davon erzählen, dass er mich gevögelt hat, wird er ihm sagen, dass es unglaublich war.‹*

Dieser Gedanke machte mich derartig an, dass ich mit einem lauten Schrei kam. Ich verlor die Kontrolle über meinen Körper und wand mich hilflos in meinem Orgasmus. Ein Zittern erfasste mich und meine Finger verkrampften. Trotzdem hörte ich nicht auf, streichelte mich immer weiter und verlängerte meinen Höhepunkt.

Cole ließ mich keine Sekunde aus den Augen, seine Wangen waren gerötet und seine Augen glänzten. Sein Griff um meine Schenkel und seine Stöße wurden immer härter und trieben mich weiter in den Strudel aus Lust.

Ich schrie seinen Namen, als sich ein zweiter Orgasmus nahtlos an den ersten anschloss. Das war zu viel für ihn und er kam mit einem unterdrückten Schrei. Seine Finger krallten sich in mein Fleisch und er schaffte noch ein paar beinahe schmerzhaft tiefe Stöße, dann krümmte er sich zusammen und presste seine Stirn an meine Waden.

»Jesus«, murmelte er und löste sich von mir.

In mir hüpfte etwas, als ich sah, dass seine Hand zitterte, als er seine Kleidung und sein Haar richtete.

›Ich habe ihn fertiggemacht. Und mich auch.‹

Ich starrte an die Zimmerdecke und schöpfte Atem. Das hatte gutgetan. Genau das hatte ich gebraucht. Den Sex, aber auch die Bestätigung, dass James etwas verpasste. Dass er ein Idiot war. Und ich gleich mit, weil mich das viel zu sehr beschäftigte.

»Gib mir deine Hand, Pornstar.« Cole half mir auf.

»Wie bitte?«, fragte ich blinzelnd.

»Ich glaube, ich hatte selten Sex mit einer Frau, die dabei so abgeht«, sagte er und küsste mich. »Das hat mir gefallen. Ich glaube, davon könnte ich einen Nachschlag gebrauchen.« Er schnappte sich meinen Slip vom Tisch. »Den behalte ich als Andenken. Wir treffen uns in zehn Minuten an der Bar und feiern diesen wahnsinnigen Sex.« Er grüßte mit meinem Slip und ließ ihn dann in seiner Tasche verschwinden.

Ich sah ihm fassungslos nach, dann musste ich lachen.

Pornstar ... das hatte noch niemand zu mir gesagt. Aber ich hätte gegen eine Wiederholung irgendwann nichts einzuwenden.

Als ich zehn Minuten später an die Bar trat, saß Jeannette neben ihrem Bruder. Jede Wette, dass in ihrem Glas kein Gin, sondern reines Wasser war.

Ich stellte mich dazu, grüßte beide freundlich und stieß mit ihnen an. Keine Ahnung, ob Jeannette die Blicke, die Cole mir zuwarf, verstand, sie sagte jedenfalls nichts.

Eine Hand legte sich auf meine Schulter. Ich drehte mich um und blickte in Midges Gesicht. »Hier steckst du also«, sagte sie. »Ich habe dich schon überall gesucht.«

Sie erriet sofort, was passiert war, das sah ich an ihrer gehobenen Augenbraue. »Ich will alles wissen«, raunte sie mir ins Ohr, doch da kamen Tran und Tina zu uns.

»Montag«, versprach ich.

»Spätestens«, erwiderte sie mit funkelnden Augen. Ich lächelte und schaffte es, einen entspannten Restabend zu verbringen. Ich tanzte und lachte. Cole tanzte noch einmal auf der Tanzfläche mit mir. Abgesehen davon, dass er eine Drehung nutzte, um kurz unter mein Kleid zu fassen, war es ganz normal.

Nach James sah ich mich kein einziges Mal mehr um. Ich bekam nur mit, dass er und Anne die Feier verließen.

Das war mir vollkommen egal.

Der Bericht an Midge musste warten. Am Montag und Dienstag fiel sie wegen Migräne aus. Sie schrieb mir zwar, aber von dieser Sache wollte ich keine Spuren hinterlassen.

Am Mittwoch stand der nächste Termin mit K+R an, deswegen saß ich am Dienstagabend noch lange im Büro, um einen Bericht fertigzustellen.

Midge hatte mir schon vier Nachrichten geschrieben, wie leid es ihr tat, dass sie ausfiel - vor allem jetzt, da Cole aus dem Projekt ausgeschieden war. Auch wenn er keine große Hilfe gewesen war, fehlte die Unterstützung.

Stattdessen saß ich den ganzen Tag mit Jeannette zusammen. Langsam taute sie ein wenig auf, doch sie war eine verhuschte graue Maus. Ich fragte mich, ob sie einfach noch zu jung war, oder ob Brüder wie James und Cole eine junge Frau schlicht erdrückten.

Gerade hatte sie Feierabend gemacht, nachdem ich sie dreimal darum gebeten hatte. Es fehlten nur noch ein paar Handgriffe, das wollte ich allein tun, um meine Gedanken zu sortieren.

Sie war nett, keine Frage, aber da sie so unerfahren war, dauerte alles viel länger als gedacht.

»Hi.«

Ich sah auf und blickte in James' Gesicht. Er stand in der Tür zu meinem Büro. »Hi.« Ich wartete ab, was er wollte. Ich hatte ihm nichts zu sagen.

»Jen hat sich gerade verabschiedet und gesagt, dass du noch da bist. Da dachte ich, ich nutze die Chance, um mit dir zu reden.«

Ich stand auf und lehnte mich an meinen Schreibtisch. »Was möchtest du denn bereden? Ich dachte, es wäre alles gesagt.«

James presste die Lippen zusammen. Das kannte ich schon. So zeigte er, dass er mit etwas absolut nicht einverstanden war, ihm aber die Worte fehlten. Mittlerweile konnte ich recht gut in ihm lesen. Ich wusste, dass er Widerworte hasste. Ich hatte schon mitbekommen, wie er deswegen jemanden scharf zurechtgewiesen hatte. Midge hatte mir erzählt, wie kompromisslos er sein konnte.

Jetzt hielt ich den Atem an, weil ich damit rechnete, dass er wütend wurde.

Stattdessen entspannte sich sein Mund. »Wie das alles gelaufen ist, tut mir leid«, sagte er ruhig, fast sanft. Diese Tonlage brachte etwas in mir zum Schwingen.

Auch das kannte ich schon: So bekam er, was er wollte.

›Oh nein, James Watson, dieses Spiel werde ich nicht wieder mit dir spielen. Einmal hat gereicht.‹

»Danke«, sagte ich unverbindlich. »Ich glaube, es ist einfach dumm gelaufen. Die Umstände sprechen gegen uns. Anne macht einen netten Eindruck. Ich hoffe, ihr findet einen Weg, um miteinander glücklich zu werden.«

Er zog die Augenbrauen hoch. »Nette Worte, aber deswegen bin ich nicht hier. Und ich glaube nicht, dass die Umstände gegen uns sprechen.«

»Findest du unsere Treffen nicht auch frustrierend?«, fragte ich stirnrunzelnd. »Ich komme nicht damit zurecht. Dass du mein Boss bist, macht es nicht leichter. Du hast gesagt, dass ich nichts zu befürchten habe.«

»Hast du nicht. Und ja, es frustriert mich auch, dass ich dich nicht vögeln kann. Ich denke ständig daran.«

Ich wusste nicht, was ich dazu sagen sollte, also zuckte ich mit den Schultern. »Aber daran wird sich nichts ändern, also ist es doch für uns alle am besten, wenn wir es lassen, oder? Mir tut es nicht gut und dir auch nicht.«

Wieder kniff er den Mund zusammen, doch diesmal sah es anders aus als sonst. Er war nicht wütend, sondern traurig. Ich war überrascht, dass meine Absage ihm so zusetzte.

»Du hast recht«, sagte er abrupt. »Es ist besser so. Hab einen schönen Abend. Wir sehen uns morgen im Meeting.« Damit verschwand er durch die Tür. Ich sah ihm nach und atmete durch. Das war nicht leicht.

Richtig, aber nicht leicht.

Es führte uns nirgendwohin. Es tat gut, dass er auf mich zugekommen war, aber ich kam nicht ohne Narben aus dieser Nummer heraus.

Missmutig setzte ich mich wieder an meinen Rechner. Gleich 21 Uhr, ich sollte endlich Feierabend machen. Der Bericht war okay, ich konnte ihn verschicken.

Ich klickte auf senden und sah, dass eine Chatnachricht einging. Sie war von Cole: ›Hey P.S., du bist ja noch im Office. Wann machst du Feierabend?‹

›*P.S. für Pornstar? Der hat Nerven*‹, dachte ich kopfschüttelnd. ›*Wie stellen diese Typen sich das vor? Ich sitze hier doch nicht und warte, dass sie vorbeikommen und mich nach Sex fragen.*‹

›Jetzt.‹

›Hast du schon etwas vor?‹

Ich zog die Augenbrauen hoch. Warum konnten mich diese Watsons nicht in Ruhe lassen? Andererseits ahnte ich, dass Cole - genau wie sein Bruder - Sex im Sinn hatte. Bei diesem Bruder war ich mehr als bereit dazu.

›Jetzt ja.‹

›Bin in einer Minute da. Wir sind die Letzten. James ist gerade los.‹

Mit hochgezogener Augenbraue beobachtete ich, wie er seine Nachrichten korrigierte, sodass sie unverfänglich wurden. *›Schlaues Kerlchen.‹* Dann hörte ich Schritte auf dem Flur.

»Guten Abend«, sagte Cole grinsend auf Deutsch.

»Es ist schon fast Nacht«, erwiderte ich.

Er zuckte mit den Schultern. »Sei nachsichtig, deine Sprache ist unglaublich anstrengend«, meinte er auf Englisch.

»Ich weiß«, sagte ich lächelnd. »Und du hast heute also noch etwas mit mir vor?«

»Weißt du, ich hatte einen anstrengenden Tag und dachte, eine Wiederholung von Samstag könnte für etwas Entspannung sorgen.« Er streckte die Hand nach mir aus. »Komm mit, ich will dir was zeigen.«

Ich ergriff seine Hand und folgte ihm zu James' Büro. Dort bog er ab und öffnete eine Treppenhaustür. Ehe ich mich wundern konnte, zog er mich die Treppe hinauf und durch eine weitere Tür. Staunend fand ich mich auf einer kleinen Dachterrasse mit Blick auf den Hamburger Hafen wieder. Hier standen eine Lounge und ein Kühlschrank. Offensichtlich war das kein Bereich für die Belegschaft.

»Was ist das hier? Die Liegewiese deines Bruders?«, fragte ich keck. James hatte diesen Ort nie erwähnt.

Cole ließ sich auf der Lounge nieder und zog sich in aller Seelenruhe aus. Amüsiert beobachtete ich, wie er seine Kleidung auf einen Beistelltisch warf. Probleme damit, sich nackt zu zeigen, hatte er nicht. Er konnte sich auch erlauben, mit seinem Körper anzugeben.

»Ziehst du mit?«, fragte er und winkte mich heran. Sogar um diese Zeit waren es noch fünfundzwanzig Grad, heute hatte die Temperatur wieder bedenklich an der vierzig Grad-Marke gekratzt. Ich trug einen knielangen Rock und ein Blusentop, mein Haar hatte ich zu einem Bun zusammengedreht, damit mir nicht so heiß war. Jetzt drehte ich ihm den Rücken zu und beugte mich vor, um meine Riemchensandalen zu öffnen. Ich lächelte, als er die Chance nutzte, um mit den Fingern von meinen Kniekehlen hinauf zwischen meine Schenkel zu fahren.

»Bleib so«, sagte er leise und küsste die Innenseite meiner Oberschenkel. »Mir gefällt die Aussicht.«

Ich holte Luft, als seine Fingerspitzen über meinen Venushügel strichen. Er rieb meinen Slip über meine Haut und tränkte ihn mit der Feuchtigkeit meiner Pussy. Ich presste stöhnend die Lippen zusammen.

Genau das brauchte ich jetzt. Und genau das gab mir jetzt den Kick nach dem Gespräch mit James.

Coles Atem strich über meine Haut, dann zog er den Stoff meines Slips beiseite. Ich seufzte laut, als er einen Finger in mir versenkte, gleichzeitig küsste er meine linke Pobacke.

»Oh Gott! Oh ja!«, stammelte ich und rieb mich an ihm.

Cole machte weiter, fingerte mich langsam. Ich sah auf und blickte auf den Hamburger Hafen, über den die Abenddämmerung zog.

Was für eine Aussicht. Was für ein Moment.

Gerade schob Cole einen zweiten Finger in meine Pussy und fuhr mit der Zunge über meine Schamlippe.

Ich drehte beinahe durch. Das war noch besser als am Freitag. Heute hatten wir Zeit. Heute waren ein paar Berührungen schon beinahe vertraut. Und in diesem Fall bedeutete das, dass der Sex noch besser wurde. Noch intensiver. Die letzten Hemmungen fielen.

Ich legte meine Hände auf das Geländer und hielt mich fest, denn meine Knie wurden weich.

Cole brauchte nicht lange, dann brachte er mich mit seinen Fingern und seiner Zunge zum Kommen. Ich schrie auf und biss mir auf die Lippe, denn unten waren Leute. Oh scheiße, konnten die mich sehen? Gerade war es mir unglaublich egal.

Meine Beine knickten ein und ich kam auf die Knie vor der Lounge. Mit den Händen fuhr ich über seine nackten Oberschenkel und tastete mich zu seinem Schwanz vor, der sich mir schon entgegen reckte. Langsam leckte ich über seinen Schaft und seine Hoden und ergötzte mich an dem Stöhnen, das er nicht mehr unterdrücken konnte. Dann legte ich meine Lippen um seine pralle Eichel und saugte daran.

Cole zischte etwas und fuhr mit den Fingern über meine Wange. Mich machte es auch unglaublich an. Das ganze Setting war so scharf, so verboten gut.

Ich gönnte ihm ein paar Momente, dann gab ich ihn wieder frei und richtete mich auf, um mir mein Top über den Kopf zu ziehen. Mein Rock und Slip fielen zu Boden und ich stieg heraus.

Cole grinste und zog mich zu sich auf das Polster. »Ich bin froh, dass wir uns am Samstag unterhalten haben«, raunte er in mein Ohr und legte meine Hand an seinen

Schwanz. Langsam schloss ich die Finger um seine Erektion und bewegte sie auf und ab. Cole stöhnte, schob meinen BH beiseite und leckte über meinen harten Nippel. Mit der anderen Hand griff er hinter sich und holte ein Kondom hervor. Ich nahm es ihm ab und rollte es über seinen Schaft, Millimeter für Millimeter. Dann schwang ich mein Bein über seine Hüfte und platzierte mich über ihm.

Cole legte seine Hände an meine Hüfte und drückte mich mindestens genauso langsam hinunter. Ich seufzte laut, als er mich ausfüllte und meine Pussy köstlich dehnte. Ich beugte mich vor, legte meine Hände auf die Lehne der Lounge und begann, ihn zu reiten. Meine Bewegungen waren wellenartig, vor und zurück, rauf und wieder runter. Ich hob mich, sodass sein Schwanz beinahe aus mir herausglitt und senkte mich dann wieder auf ihn herab.

Cole hielt wieder die ganze Zeit Blickkontakt, das gab mir den letzten Kick. Mit einem unterdrückten Schrei kam ich erneut und warf den Kopf zurück. Er beugte sich vor und küsste meine Kehle, dabei dirigierte er meine Hüften unerbittlich immer weiter.

Ich ließ los und gab mich diesem Moment hin.

Nur ganz kurz schoss mir durch den Kopf, dass ich ihn lieber mit einem anderen Mann erlebt hätte, dann verdrängte ich diesen Gedanken. Es war besser, im Hier und Jetzt zu bleiben, statt sich Gedanken über verpasste Chancen zu machen. Vor allem, wenn ich im Hier und Jetzt gerade zum dritten Mal kam.

Coles Griff an meinen Hüften wurde immer fester. Er presste sein Gesicht an mein Schlüsselbein und kam. Ich biss mir auf die Unterlippe und genoss dieses Gefühl.

Cole zog mich zu sich und küsste mich auf den Mund.

»Ich denke, das verlangt nach einer Wiederholung«, flüsterte er an meinen Lippen.

»Das glaube ich auch«, murmelte ich und fragte mich, warum ich seit Kurzem nicht mehr in der Lage war, Dinge unkompliziert zu halten.

Am nächsten Tag war Midge zurück, doch wir hatten so viel zu tun, dass wir weder am Mittwoch noch am Donnerstag privat sprechen konnten. Immer waren Jeannette, Tina oder Tran um uns herum.

Tran arbeitete auf höchstem Stresslevel daran, einen Ersatz für Cole zu besorgen. Ich war mittlerweile der Überzeugung, dass wir nicht noch jemanden brauchten, den wir einarbeiten mussten, sagte aber nichts, weil ich keine Lust auf Diskussionen hatte. Jeannette war inzwischen zumindest eine kleine Hilfe, aber ich hatte keinen Nerv darauf, noch einmal am Anfang zu starten.

Midge sah das genauso.

»Heute Abend treffen wir uns auf Drinks«, sagte sie beim Mittagessen zu mir. »Ich brauche ein Update.« Dabei warf sie mir einen Blick zu, der klarmachte, dass sie nicht lockerlassen würde, bis ich zusagte.

»Okay«, sagte ich. »Dann haben wir endlich mal wieder einen Grund, pünktlich Feierabend zu machen.«

»Allerdings«, meinte sie und warf Tran ein Side-eye zu. Er hatte den Anstand, ein wenig zusammenzuzucken.

»Es tut mir leid«, sagte er bedrückt. »Das Projekt ist um einiges umfangreicher als gedacht.«

»Ist es das nicht immer?«, fragte Midge mit einer gewissen Schärfe in der Stimme. »Dass Dean zurück nach Liverpool gegangen ist, war keine gute Idee.«

»Weiß ich, aber von mir kam die nicht«, grummelte Tran und weigerte sich danach, mehr darüber zu sagen.

Ich hatte auch keine Lust mehr auf Diskussionen.

Ich war immer bereit, eine Extrameile auf der Arbeit zu gehen, aber momentan waren die Überstunden heftig. Tran hatte schon angedeutet, sich darum zu kümmern, dass das kompensiert wurde. Ich war gespannt, wie er das machen wollte.

Midge und ich machten um fünf Feierabend und schickten Jeannette nach Hause. Tina war schon vor einer Stunde gegangen. Die Glückliche hatte ihre Projekte im Griff und musste nur selten länger arbeiten.

»Bereit?«, fragte Midge und griff nach ihrer Vintage-Designertasche.

»Jepp«, erwiderte ich und schnappte meinen Rucksack.

Midge hatte ein Restaurant mit guter Cocktailkarte am Hafen ausgesucht, sodass wir es nicht weit hatten. Während der Fährfahrt redeten wir über andere Dinge, weil Kollegen in Hörweite waren. Im Restaurant ließen wir uns einen Tisch geben, der etwas abgeschieden in einer Nische lag, sodass wir ungestört reden konnten.

»Ich fühle mich wie eine Spionin«, scherzte ich. »Momentan weiß ich nicht, ob ich mich auf das Gespräch freuen oder mich auf etwas gefasst machen soll.«

Midge legte ihre Sachen beiseite und lächelte. »Tut mir leid, ich bin nur vorsichtig. Man weiß nie, wer zuhört. Gerade bei diesem Thema finde ich es besser, wenn es keiner mitbekommt.«

»Du machst mir Angst«, sagte ich leise. »Als würden wir für die Mafia arbeiten. Oder als stünde ich kurz davor, ein Staatsverbrechen zu begehen.«

»Wir arbeiten für Unternehmer, das ist von der Mafia nicht weit entfernt«, sagte sie, ohne mit der Wimper zu zucken. »Die Watsons sind bestens vernetzt in alle

Richtungen - andere Unternehmen, Politik. Ich weiß gar nicht, wie oft uns schon Leute aus dem Hamburger Senat oder aus dem Bundestag besucht haben. Angeblich hatten wir auch schon Mitglieder der britischen Regierung da, aber darum geht es nicht. Weißt du, Lilian, ich bin deine Freundin und ich mache mir Sorgen um dich. Du hattest letzten Freitag etwas mit Cole, oder?«

Ich zögerte einen Moment, doch Cole war nicht halb so brisant wie James.

»Ja«, gab ich zu. »Wir haben draußen geredet und ich konnte wieder meine Klappe nicht halten. Irgendwie ist er voll drauf angesprungen. Und in dem Moment kam es mir wie eine gute Idee vor.«

Midge zuckte mit den Schultern. »Ich glaube, es ist egal. Aber er ist ein Watson und damit interessiert es zu viele Leute, falls es einer mitbekommt. Und dann deine Sache mit James.«

›Scheiße.‹

»Was meinst du?«, fragte ich scheinheilig.

Sie durchschaute mich sofort und zog missbilligend für meinen lahmen Versuch die Augenbraue hoch. Dabei spitzte sie die Lippen. Sie war topgestylt, aber dadurch nicht weniger einschüchternd, wenn sie es darauf anlegte.

Mir schwante übles.

»Du hattest auch mit ihm Sex, oder?«, fragte sie direkt.

Mein Gott, das war so brutal, dass es beinahe wehtat!

»Nein, hatte ich nicht«, erwiderte ich.

Sie warf mir einen bohrenden Blick zu. »Er hat mich nie berührt«, schob ich hinterher.

»Soll ich jetzt raten oder verrätst du mir freiwillig, wie ich das verstehen soll?«, fragte sie. »Er geiert dir nämlich hinterher, als hätte er schon einen Happen bekommen und würde nach dem nächsten schmachten.«

»Wie gesagt, wir hatten noch nie Sex«, wiederholte ich gedämpft und gab mir einen Ruck. Sie würde eh nicht aufhören, bis ich ihr alles erklärt hatte. Und vielleicht war es nicht schlecht, Midge an meiner Seite zu haben. Ich hatte die Lage zwar im Griff, aber es schadete bestimmt nicht, wenn sie mir noch einmal gedanklich da durchhalf.

»Wir hatten so ein Ding ohne Anfassen. Er ist verlobt, wie du weißt, und er kann es sich nicht erlauben, mit einer anderen Frau zu schlafen.«

»Okay ...«, sagte sie gedehnt. »Das klingt verdreht.«

»Ist es auch«, gab ich zu. »Aber ich habe ihm gesagt, dass ich das nicht mehr will. Diese Treffen haben mich nur frustriert. Er will es richtig machen, aber da er sich nicht traut, bin ich raus.«

»Er ist immer noch verlobt, wie du gerade sagtest«, wandte sie ein. Es klang vorwurfsvoll.

Ich zuckte mit den Schultern. »Ich weiß und das habe ich auch angesprochen, weil es mir falsch vorkam. Aber er meinte, Anne sei nicht das Problem an der Sache, sondern die Väter der beiden. Ihretwegen kann James es nicht riskieren. Anscheinend hätte Anne nicht mal was dagegen, wenn er mit anderen Frauen ins Bett geht, weiß der Geier, wie die beiden das geregelt haben. Aber weißt du was? Das ist mir egal, das sind nicht meine Probleme. Mein Problem ist, wie unfassbar mich diese Treffen frustriert haben. Auch ich hab nur Happen bekommen und hätte gern mehr. Nur Sex, sonst nichts«, kam ich ihr zuvor, als sie die nächste logische Frage stellen wollte.

Ich schluckte, weil das ja auch nicht ganz stimmte. »Weißt du, dass er nicht durchziehen wollte, fühlte sich am Ende wie Ablehnung an. Auch damit kam ich nicht klar. Als ich dann am Freitag Anne auf der Feier gesehen habe, war ich sauer und verletzt. Total dämlich. Zu allem

Überfluss habe ich dann auch noch mit Cole gevögelt. Das hat mir gezeigt, dass das nicht gut für mich ist. Also habe ich die Sache mit James beendet und laufe keine Gefahr, dass ich deswegen Schwierigkeiten bekomme.« Ich atmete durch. »Und was die Verlobung angeht, ist das nicht meine Verantwortung, oder? Ist 'ne Weisheit meines Mitbewohners.«

»Ich denke, das ist Geschmackssache«, gab sie zurück. »Aber nein, du bist nicht für die Beziehungen anderer verantwortlich. Die Frage ist, ob dein Gewissen das zulässt.« Sie schnaubte. »Aber ich verstehe dich. Das ist eine wirklich verquere Lage, in die du dich gebracht hast. Wie kam es eigentlich dazu?«

»Ich kann es dir auch nicht sicher sagen. Es fing mit diesen Gesprächen an, von denen er mir erzählt hat. Und seinen komischen Komplimenten. Außerdem muss er die Sache mit Dean mitbekommen haben, denn irgendwie sind wir über eine Bemerkung darüber in diese Situation gekommen, aus der dann der Trockensex wurde.«

»Trockensex ist ein widerliches Wort«, kommentierte meine Freundin und nippte an ihrem Martini.

»War auch ursprünglich als Scherz gedacht«, sagte ich.

»Du meinst also, dass James wegen Dean versucht hat, bei dir zu landen?«, fragte Midge.

Ich ließ den Kopf hängen. »Oh Mann, ich bin leicht zu haben und jeder weiß es.«

Midge schnalzte mit der Zunge. »So hätte ich das nie ausgedrückt. Aber wenn es dich tröstet: du hast einen exklusiven Geschmack. Du nimmst du die hotten Jungs aus England.«

»Na vielen Dank auch …«

Midge lächelte, dann wurde ihr Gesicht wieder Ernst. »James hat einfach akzeptiert, dass du die Sache beendet hast? Glaubst du ihm das?«

»Ihm bleibt nichts anderes übrig. Er hat mir von Anfang an versichert, dass das nichts mit meinem Job zu tun haben wird«, erwiderte ich.

»Solche Versprechen kann man schnell zurücknehmen, wenn sie nicht mehr in den Kram passen«, meinte Midge stirnrunzelnd. »Du hast viel zu tun, oder?«

Ich seufzte. »Irgendwie bin ich da reingerutscht. So etwas habe ich vorher noch nie gemacht. Mit meinem Ex zog es sich über Monate mit Dates. Dabei waren wir beide Single und die Fronten gleich geklärt. Sowas kompliziertes wollte ich niemals am Hals haben. Weißt du was? Ich wünschte, Dean wäre einfach hiergeblieben. Wir haben uns super verstanden. Ich glaube sogar ... ach, ist auch egal. Er ist weg, es hat keinen Sinn, sich darüber Gedanken zu machen. Auch da war die Vereinbarung von vornherein klar. Es ist unfair, einfach seine Meinung zu ändern.«

»Du denkst, ihr hättet ein gutes Paar werden können«, hakte Midge nach.

Ich zuckte mit den Schultern. »Wie gesagt, das Ding ist durch. Wir reden davon, uns gegenseitig zu besuchen, aber ich denke, wir wissen beide, dass es dazu eher nicht kommen wird. Und da Fernbeziehungen scheiße sind, steht das auch nicht zur Debatte.«

Midge wiegte den Kopf, als würde sie darüber nachdenken, ob sie mir etwas sagen konnte.

»Spuck es aus«, forderte ich.

Sie rümpfte die Nase. »Ich bin Tran vorhin wegen seiner Bemerkung noch mal auf die Nerven gegangen«, rang sie sich ab. »Wegen Deans Versetzung. Er hatte eine

Verlängerung beantragt, aber die ist abgelehnt worden. Von ganz oben.«

Ich starrte sie einen Moment lang an und fragte mich, ob es da einen Zusammenhang gab. Zwischen James und mir. Aber das konnte nicht sein. Das wäre zu kurzfristig. Und im Ernst: Das wäre auch echt krank.

»Ich habe die Geschichte mit James beendet und weiß, dass das richtig war«, sagte ich mit fester Stimme. »Ich versuche, mir darüber nicht den Kopf zu zerbrechen. Ich wünschte, du hättest mir das nicht erzählt, jetzt werde ich ständig darüber nachdenken.«

»Tu es nicht. Und ich wünschte auch, ich hätte Tran nicht gefragt«, erwiderte Midge. Ich sah ihr an, dass sie es tief bereute, mir diese Info gegeben zu haben.

Ich schüttelte das ab. »Zu spät. Vermutlich war das ein Zufall. Wir sollten versuchen, das zu vergessen.«

»Bin dabei«, sagte sie und bestellte mehr Drinks. »Die gehen auf mich.«

»Danke, das schuldest du mir auch, nach dem, was du mir hier zumutest. Und um die Sache zum Abschluss zu bringen: das mit Cole ist nur Sex«, fuhr ich fort. »Er hat nichts zu bedeuten und ich kann Cole nicht mal leiden. Ich glaube, er ist ein gelangweiltes Rich Kid, das noch nie für sein Geld arbeiten musste. Deswegen hat er sich ja auch aus unserem Projekt gezogen. Er ist gut im Bett, aber mehr hat er nicht zu bieten. Das ist fast schade für ihn, aber er ist ungefährlich. Vielleicht treibe ich es noch ein, zwei Mal mit ihm, dann hat sich das auch erledigt. Bei ihm mache ich mir auch keine Sorgen, wie er dazu steht. Ich bin für ihn genauso ein Zeitvertreib wie er für mich. Das ist wirklich einfach. Und was James angeht ... Der Typ hat was Manisches an sich. Ich merke richtig, wie wütend er wird, wenn er nicht bekommt, was er will.

Ich bin eigentlich froh, dass es zwischen uns kein richtiger Sex war. Ich habe das Gefühl, dass er mich trotzdem irgendwie eingeplant hatte. Aber ich weiß, dass er mich verstanden hat und jetzt in Ruhe lassen wird. Ganz sicher«, fügte ich noch einmal hinzu, um sie und auch mich zu beruhigen.

Midge beugte sich vor und legte ihre Hand auf meine. Ihr Gesicht war überraschend ernst, daran änderte auch die leichte Röte von ihren mittlerweile zwei Martini nichts. Ich selbst war auch schon leicht angesäuselt.

»Lilian, pass auf dich auf, ja? Ich mag dich und finde es großartig, mit dir zu arbeiten. Bitte bleib wachsam. Ich möchte nicht, dass du irgendwann die Reißleine ziehen und kündigen musst, weil dir die Watsons so auf die Pelle rücken.«

»Ich gebe mein Bestes«, versprach ich und meinte es auch so.

KAPITEL 8

Ich schaffte es, am Wochenende kaum an die Arbeit zu denken. Mein Diensthandy und mein Laptop blieben aus und ich konzentrierte mich auf meine WG. Es war wieder einiges los und ich musste versuchen, die Wogen zu glätten, damit keiner durchdrehte.

Jana war da und weigerte sich, mit Pavel zu sprechen oder auch nur mit ihm in einem Raum zu sein.

Das machte ihm herzlich wenig aus, aber leider hielt es sie nicht davon ab, sich ständig laut über ›ihn da‹ zu beschweren. Ich war ›sie‹.

Kay war so unglücklich und peinlich berührt, dass er sich mehrfach bei uns entschuldigte. Mich erinnerte Janas Verhalten an die verbitterte alte Nachbarin meiner Eltern, die sich immer über alles beschwert hatte. Ich fragte mich, ob Jana mit sich selbst zufrieden war, wenn sie sich so aufführte. Ich an ihrer Stelle wäre es nicht.

Pavel lachte nur darüber und ließ die ganze Nacht die Tür zu seinem Schlafzimmer auf. Diesmal hatte er gleich zwei neue ›Freunde‹ zu sich eingeladen. Ich schlief mit Ohrstöpseln, kochte ihnen am Sonntagmorgen Kaffee und fragte sie, was für Brötchen sie wollten. Jana drehte sich nur angeekelt weg.

»Es tut mir so leid«, murmelte Kay schon wieder.

»Muss es nicht. Bist ja nicht du«, sagte ich freundlicher, als mir zumute war, und tätschelte seine Schulter, als seine Freundin nicht hinsah.

In Wahrheit kotzte Janas Intoleranz mich an. Wenn sie hier nicht sein wollte, zwang sie keiner dazu. Es war ihr gutes Recht, auf Privatsphäre zu bestehen, aber ich fand ihre Reaktion übertrieben und furchtbar unhöflich. Hätte sie einmal vernünftig mit Pavel geredet, statt ständig schlecht über ihn zu reden (in seiner Gegenwart, aber als wäre er nicht da), hätten sie sicher einen Weg gefunden, um miteinander klarzukommen.

Und wenn ich mir Kays unglückliches Gesicht ansah, nervte es mich doppelt, weil ich ihn mochte.

Ich beobachtete ihn am Vormittag und erkannte, wie unzufrieden er mit der Situation war. Und wie sehr es ihn belastete, wie sie sich benahm. Es war für uns alle unerträglich, sicherlich auch für Jana selbst, denn auch sie beobachtete ich, um sie zu verstehen. Dabei sah ich mehrfach ungeweinte Tränen in ihren Augen und spürte ihren Frust. Ich kam zu dem Schluss, dass viel mehr dahintersteckte als Pavels Sex-Eskapaden, doch es war nicht mein Job, das zu bewerten und Kay einen Rat zu geben. Es juckte mich in den Fingern, ihn zu fragen, warum er sich und Jana das antat, doch ich ließ es.

»Falls du jemanden zum Reden brauchst, bin ich für dich da. Ich war schon mal in einer ähnlichen Situation«, sagte ich stattdessen zu ihm. Bevor Kay antworten konnte, kam Jana zurück und ich suchte das Weite. Danach ließ ich ihn in Ruhe.

Als ich abends in meinem Bett lag, musste ich an meine letzte Beziehung denken. An die ganzen Streits und wie kleinlich ich mich verhalten hatte. Wie gestresst und genervt ich schließlich war und mich wegen einer herumliegenden Socke wie eine Furie aufgeführt hatte. Ich konnte mich selbst nicht mehr leiden. Kolja ging es genauso. Dass wir uns trennten, war unausweichlich.

Die Art, wie es zu Ende ging, hatte dem Ganzen die Krone aufgesetzt. Über den Streit auf der Arbeit (ein Kollege nannte ihn *Showdown*) sprachen wahrscheinlich immer noch alle, die ihn mitbekommen hatten. Nie hatte ich mich mieser und peinlicher berührt gefühlt als an diesem Tag.

Ich rollte mich zur Seite und verdrängte die Erinnerung. Trotzdem dauerte es, bis ich einschlafen konnte.

Am Montag war ich früh im Büro und erledigte ein paar liegengebliebene Aufgaben. Zwar nahm das K+R-Projekt die meiste meiner Zeit in Anspruch, aber ich hatte auch noch ein paar andere Sachen auf dem Tisch.

Mein Blick fiel auf den Kalender an der Wand. Schon Ende Juli. Meine Probezeit war zur Hälfte rum.

Tran hatte mich deswegen letzte Woche angesprochen. »Ich würde es gern kurz halten, wenn dir das recht ist. Ich finde, du machst deinen Job gut und passt ins Team. Du bist immer gut gelaunt und hängst dich bei deinen Aufgaben voll rein«, fasste er zusammen. »Ich bin sehr zufrieden mit dir. Das kann ich dir gern auf einen Feedbackbogen schreiben, wenn dir das wichtig ist, aber für mich wäre damit alles gesagt.«

»Danke und ja, das sehe ich ähnlich. Einen Brief oder so brauche ich nicht, es sei denn, die Personalabteilung will das«, erwiderte ich.

›Wenn du wüsstest, wie sehr ich mich bei unserem Boss schon reingehängt habe, wärst du weniger begeistert.‹

»Klasse. Also, dann lass uns mit Tina und Midge essen gehen und es dabei belassen, okay? Mach einfach weiter so.« Tran war die Erleichterung, dass er kein offizielles Feedbackgespräch mit mir führen musste, anzusehen.

Mir war das recht. Mich nervten diese aufgesetzten Gespräche, wo jeder krampfhaft nach High- und Lowlights suchte. Er war zufrieden mit mir, das reichte.

Am Dienstag erreichte uns der nächste Termin für ein Meilensteinmeeting mit Brina und Lucia von K+R.

»Übermorgen schon, das ist verdammt knapp«, knurrte Midge und sah auf ihre Uhr. »Ich kann heute nicht länger machen, ich habe einen Friseurtermin.«

»Ist okay«, sagte ich. »Ich mache einfach, so viel ich kann und den Rest erledigen wir morgen.«

»Ich bin heute lange da und kann dir helfen, wenn du mich brauchst, Lilian«, bot Tina an.

»Danke, das ist doch ein Plan. Du kannst zum Friseur und den Abend genießen. Mach dir bitte keinen Kopf«, sagte ich zu Midge. Sie stimmte widerwillig zu und ging pünktlich.

Eine halbe Stunde später stand Pam in der Tür. »Hey Lilian, hast du einen Moment Zeit? James hat Fragen wegen des Meetings übermorgen.«

»Bist du auch dabei?«, fragte ich. Sie nickte zu meiner Erleichterung. »Klar, ich komme mit.«

Mein Herz klopfte, als ich ihr den Flur hinunter folgte.

›*Das ist doch dumm. Es wird nichts passieren, vor allem nicht, wenn Pam dabei ist. Egal wie verschwiegen und diskret sie ist, das würde James nicht bringen. Hoffe ich zumindest. Bei den Watsons weiß man nie.*‹

Auf dem Flur kam mir Cole entgegen. Er grüßte und warf mir eine Kusshand zu, als Pam an ihm vorbeigegangen war. Dann machte er eine Geste, dass ich ihm schreiben sollte. Ich nickte und lief weiter.

James saß an seinem Schreibtisch und bat Pam und mich in die Sitzecke, als wir eintraten. Er schickte noch eine Mail ab, dann kam er zu uns. »Danke, Lilian, dass du dir die Zeit nimmst.«

»Das ist selbstverständlich«, erwiderte ich gestelzt.

»Trotzdem danke. Ich habe noch ein paar offene Fragen zu übermorgen. Ich habe den Vorabbericht von K+R gelesen und ein paar Punkte sind mir aufgefallen, die ich ansprechen möchte. Bist du da auch im Bild und kannst sie mit mir durchgehen?«

»Ja, bin ich und ich kann mir denken, welche Punkte dir aufgefallen sind.« Mittlerweile wusste ich, wie er tickte. Außerdem wusste ich, dass er alle Berichte nach Liverpool schicken musste. Sein Vater kannte die Termine und forderte die entsprechenden Unterlagen an. Deswegen las ich mir die Analysen von K+R immer genau durch, damit Midge und ich auf Fragen oder Bemerkungen reagieren konnten. So stand James vor seinem Vater besser da.

Ich drehte ihm also mein Laptop hin und fuhr mit dem Finger über den Screen. Dabei erklärte ich ihm, wie wir die analysierten Probleme beheben könnten. Ich wusste nicht, ob James bewusst war, wie oft ich mit Brina telefonierte und dass die meisten der Anregungen von ihr kamen. Immerhin war sie der Profi.

Ich glaube, das interessierte ihn nicht. Er wollte nur Lösungen sehen, die er seinem Vater hinknallen konnte. Und dass ein Teil der Probleme an der Abstimmung mit Liverpool lag, ließ seine Augen leuchten.

»Entschuldigt mich kurz«, bat Pam nach einer Weile. Sie verließ den Raum und lehnte die Tür an.

James wandte sich mir zu und sah mir tief in die Augen. »Ich finde es schön, dass wir Zeit zusammen verbringen. Wenn auch nicht so, wie ich es möchte.«

»James, das hatten wir geklärt, oder?«, fragte ich leise.

»Ja, du warst deutlich«, erwiderte er. »Und ich möchte genauso deutlich sagen, wie schade ich das finde. Ich verstehe dich und habe viel darüber nachgedacht. Ich werde deinetwegen das Risiko eingehen.«

Ich blinzelte. »Bitte?«

Er legte mir die Hand auf mein Knie und strich sanft über meine nackte Haut. »Ich habe es mir überlegt. Für dich ändere ich meine Prinzipien.«

Ich schluckte, weil mein Mund plötzlich trocken war. »James, ich glaube nicht, dass das eine gute Idee ist.«

»Nein, es ist wirklich keine gute Idee«, antwortete er sofort. »Aber du gehst mir nicht mehr aus dem Kopf. Ich habe gemerkt, dass du mir wichtig bist. Zu wichtig, um mich an einem Risiko festzuklammern, das du gar nicht darstellst.« Seine Hand wanderte zu meinem Oberschenkel und dem Saum meines Rockes.

Ich bekam Gänsehaut und spürte, dass seine Worte ihre Wirkung zeigten. Mir wurde heiß und zwischen meinen Schenkeln begann es zu pochen.

Ich hatte so lange darüber nachgedacht, wie Sex mit ihm wäre. Jetzt hatte ich die Chance, es herauszufinden.

Fuck, dann vögelte ich eben beide Watson-Brüder!

Auf dem Flur waren Schritte zu hören. Pam kam zurück. James rückte von mir ab und warf mir einen langen Blick zu. Ich nickte.

Damit war es beschlossen.

Wir klärten die restlichen Fragen, dann wünschte James uns einen schönen Feierabend. Ich ging in mein Büro und wartete, bis ich Pam zum Fahrstuhl gehen hörte. Sie telefonierte mit ihrem Freund und entschuldigte sich, dass es schon wieder so spät geworden war. Ich sah auf meine Uhr. Halb acht. Für Leute, die nur nine-to-five arbeiten wollten, waren unsere Jobs nicht das richtige.

Ich wartete noch ein paar Minuten. Zeit, in der ich mit mir kämpfte. Mein Gewissen sagte mir nachdrücklich, wie scheiße diese Idee war. Dass ich eigentlich einen Haken an die Causa James gemacht hatte.

›Warum hast du deine Meinung geändert, Lilian? Und dann auch noch so schnell? Du kannst auch einfach Cole schreiben und ihm sagen, dass du Sex willst. Du musst es nicht mit James tun. Mit beiden Brüdern, ich bitte dich!‹ Mein Gewissen war ganz schön spießig.

›Ich habe keine Verpflichtungen‹, dachte ich trotzig. ›Ich muss niemandes Erwartungen erfüllen und ich tue niemandem weh. Es ist James' Entscheidung, was er tut. Nicht meine. Und im Ernst: Ich frage mich seit Wochen, ob dieser Schwanz hält, was er verspricht. Ich weiß nicht, wie oft ich es mir selbst gemacht habe und mir dabei vorgestellt habe, er würde es mir besorgen. Warum, zum Teufel, sollte ich Nein sagen?

›Weil das nur in einer Katastrophe enden kann.‹

›Das sehe ich anders‹, beendete ich die Diskussion mit meiner Vernunft und zog meinen Slip aus. Bei dem Gedanken, dass er mich gleich berühren würde, bekam ich Gänsehaut und meine Pussy wurde feucht. Ob er mich wohl auch mit auf die Dachterrasse nahm? Oder gab es noch mehr stille Ecken in diesem Büro, die für die Inhaber-Familie reserviert waren?

Ich zog auch meinen BH aus und ließ meine Wäsche in meiner Handtasche verschwinden. Dann lief ich zurück zu James' Büro. Er stellte gerade zwei Gläser auf den Tisch der Sitzecke. Anscheinend gab es heute einen Aperitif. Das war neu. Und machte das Ganze noch skurriler. Mittlerweile kam ich mir wie in einer seltsamen Fernsehserie vor. Ich hoffte, sie war ab 18.

Ich lief zu ihm und ließ mir das Glas reichen.

»Danke, dass du ja gesagt hast«, meinte er und stieß mit mir an, dabei trat er nah zu mir. Sein Daumen strich über meine Brust und mein Nippel zog sich unter dem Stoff zusammen. Mein Kleid war gelb, er konnte jede Kontur gut erkennen.

Ich prostete ihm zu und legte meine Hand an seine Hüfte. Es war krass, dass wir uns jetzt zum ersten Mal berührten. Obwohl ich wusste, was mich erwartete – zumindest optisch - war ich aufgeregt. Seine Hand an meinen Brüsten fühlte sich gut an. Genau wie meine Finger, mit denen ich jetzt über seinen Gürtel bis zur Schnalle fuhr. James nahm mir mein Glas ab.

»Mach ihn auf.«

Ich gehorchte sofort. Normalerweise stand ich nicht auf Befehle, aber ich hatte von ihm nichts anderes erwartet. James war immer bossy. Solange er das gleich benutzte, um mich kommen zu lassen, war mir das scheißegal.

Ich öffnete erst den Gürtel, dann seine Hose und schob sie hinunter. Seine Retros folgten und mir sprang sein Schwanz entgegen. Ich befeuchtete meine Lippen mit der Zungenspitze und hielt es kaum noch aus.

Endlich legte ich meine Finger um seine Erektion, streichelte seine samtige Haut und genoss, wie hart sich der Schaft anfühlte. Ich konnte nicht widerstehen, also ging ich in die Knie und schloss meine Lippen um seine pralle Eichel.

James stöhnte auf, seine Finger fuhren in meine Haare und dirigierten mich.

›Okay, dann eben so. Bossy bis zum Schluss.‹

Ich ließ ihn machen und bewegte meinen Kopf in seinem Takt vor und zurück. James bewegte sich ruckartig und ich spürte, dass er sich nur mühsam beherrschte. Sein Blick durchbohrte mich und er biss die Zähne zusammen.

Ich schloss die Augen und konzentrierte mich auf den Blowjob. Vorsichtig löste ich seine Finger aus meinen Haaren, weil er mir wehtat, dann beendete ich es. Er war so hart, dass er kurz davor war, zu kommen. Wenn wir uns nicht den ganzen Spaß verderben wollten, musste ich jetzt aufhören.

James zog mich hoch und küsste mich zum ersten Mal.

Erschrocken riss ich die Augen auf. Der Kuss war rau und fordernd, doch nicht auf gute Art.

Ich war verwirrt. Was war denn los?

Seine Zunge drang in meinen Mund ein und nahm ihn ganz in Besitz. Wieder wich ich zurück, es fühlte sich einfach merkwürdig an. Falsch, aber nicht auf geheimnisvolle sexy Art und Weise, sondern einfach nur falsch.

Um abzulenken küsste ich seinen Hals und legte meine Hand wieder um seinen Schwanz.

»Du bist so groß und hart«, flüsterte ich. Im gleichen Moment kam ich mir seltsam vor, so etwas zu sagen.

James zog meinen Ausschnitt hinunter und entblößte meine Brüste. Ich legte den Kopf in den Nacken und seufzte, als er meine Nippel küsste und mit seinen Fingern rieb. Etwas zu fest.

›*Verdammt, das läuft nicht so, wie ich es mir vorgestellt habe! Ich verstehe es nicht, was ist das Problem?*‹

»Bitte mach's mir jetzt«, ging ich in die Offensive und zog mein Kleid hinauf. James Augen verdunkelten sich und er holte ein Kondom aus seiner Sakko-Innentasche.

›*Interessanter Aufbewahrungsort*‹, dachte ich dumpf.

Er setzte mich auf seinen Schreibtisch und streifte das Kondom über, dann trat er zwischen meine Schenkel. Wieder küsste er mich. Wieder war es nicht so, wie ich es mir wünschte.

Ich lehnte mich auf meine Ellenbogen zurück und öffnete meine Schenkel noch weiter für ihn. Er legte seine Hände auf meine Hüfte und beobachtete wie hypnotisiert, wie er in mich eindrang.

Ich holte tief Luft. Er brachte mich so aus dem Konzept, dass ich noch nicht so feucht war, wie gedacht. James brauchte ein bisschen, um sich in mir zu versenken.

Wieder waren seine Zähne zusammengepresst, er sah furchtbar angespannt aus.

Mittlerweile spürte ich es auch.

Er begann zu stoßen und ich legte meine Hand an meine Klit, um mich selbst in Stimmung zu bringen, doch er hielt mich auf.

»Ich mache das für dich«, sagte er rau und legte seinen Daumen auf meine empfindliche Haut.

Ich lächelte hilflos. Es tat nicht weh, aber es war absolut nicht so, wie ich mir den Sex mit ihm vorgestellt hatte. Irgendwie kam ich überhaupt nicht rein.

James kam trotzdem nach kurzer Zeit. Er krümmte sich mit einem unterdrückten Schrei zusammen und lehnte seine schweißnasse Stirn an mein linkes Knie.

Ich war nicht im Ansatz gekommen, aber das war mir mittlerweile egal. Ich war beinahe froh, als er sich jetzt aus mir zurückzog.

Wir sahen einander an und ich fragte mich, ob er auch checkte, was gerade passiert war.

Seine Finger strichen über meine Wange und er küsste mich erneut. »Danke, das war unglaublich.«

»Ja, das stimmt«, murmelte ich und sah hinunter, um den Blickkontakt zu vermeiden.

›Unglaublich mies.‹

Ich rutschte vom Schreibtisch, angelte nach meinem Drink und stürzte ihn hinunter. Dann richtete ich so sexy wie möglich mein Kleid, warf mein Haar zurück und lächelte ihn kokett an, um die Situation nicht noch schlimmer zu machen.

»Gute Nacht, Boss.« Ich warf ihm eine Kusshand zu und machte, dass ich wegkam, als wäre das gerade mein großer Abgang gewesen.

Ich wollte einfach nur gehen. Ich kam mir so dämlich vor, dass ich keine Worte dafür hatte.

Mir fiel ein Stein vom Herzen, als ich kurz darauf das Gebäude verließ.

Ich kam in der restlichen Woche nicht mehr in die Verlegenheit, mit James allein zu sein. Zum Glück, denn ich knabberte noch an dem desaströsen Sex. Immer wieder fragte ich mich, wie die Chemie zwischen zwei Menschen so schlecht sein konnte.

Dabei war unser Trockensex so heiß gewesen! Ich wäre jede Wette eingegangen, dass James gut im Bett war. Wie er mich immer angesehen hatte, hatte mich so scharf gemacht. Dass er mich nicht berühren durfte, hatte mich beinahe um den Verstand gebracht.

Und jetzt, wo es passiert war ... Ich war so schockiert, dass ich niemandem davon erzählte. Nicht einmal mit Midge konnte ich darüber reden. Ich hatte das Gefühl, dass es dadurch nur noch schlimmer wurde. Realer.

›Lag es an mir?‹, fragte ich mich immer wieder, doch ich fand keine Antwort darauf.

Am Freitag bekam ich eine Chatnachricht von Cole: ›Ich habe gar nichts mehr von dir gehört.‹

›Stimmt‹, schrieb ich zurück. ›Sorry, war viel los.‹

›Soll ich noch mal ins Projekt eintauchen?‹

Mir war klar, welche Art von Eintauchen er meinte.

Ich trommelte mit den Fingern auf die Tischplatte.

›Warum eigentlich nicht?‹, dachte ich. *›Wer sagt denn, dass ich Cole nicht vögeln darf? Nach dem Desaster am Dienstag wird James mich todsicher in Ruhe lassen. Ich kann mir ein bisschen Spaß gönnen. Bei Cole weiß ich wenigstens, dass es komplett ohne Verpflichtungen ist. Und dass ich kommen werde.‹*

Ich stutzte. James hatte mir gesagt, dass ich ihm wichtig sei und ihm nicht mehr aus dem Kopf ginge. Aber ihm musste hinterher auch klar geworden sein, dass die Chemie zwischen uns nicht stimmte.

Mein Fingertrommeln wurde lauter, weil ich mich fragte, ob er es genauso sah. Auf keinen Fall wollte ich in eine Abhängigkeit geraten. Das hatte ich durch. Die Sache mit Kolja und wie sie zu Ende gegangen war, war mir eine Lehre. Wenn ich eins nicht wollte, dann mich zu verlieben und eine Beziehung einzugehen. Schon gar nicht mit jemandem, der so kompliziert wie James war.

Und mein Boss. Und verlobt. Und tausend andere Gründe. Das verbot sich von selbst.

»Alles okay?«, fragte Tina von gegenüber. »Oder hat dir die Tischplatte was getan?«

»Ups, nein. Sorry«, antwortete ich und hielt die Hand still. Die einfachste Idee, um aus dieser Nummer herauszukommen, war eine Zusage an Cole.

›Lass uns einen Deep Dive machen‹, schrieb ich ihm endlich zurück.

›Ich hole dich im Büro ab, sobald ich Zeit habe.‹

Ich schickte ihm einen Daumen hoch und entspannte mich. Ich hatte alles unter Kontrolle.

Keine Gefühle. Nur Sex.

Der Nachmittag verstrich, aber ich hatte nicht damit gerechnet, dass Cole tagsüber zu mir kam, um mich für einen Quickie abzuholen. Stattdessen schrieb er mir um halb fünf, ob wir uns unten vorm Haus treffen wollten.

Midge und Tina packten gerade zusammen, also antwortete ich, dass ich noch fünfzehn Minuten brauchte.

Midge und ich waren am Samstag verabredet, aber heute hatte sie etwas vor. Zum Glück, so kam sie nicht auf die Idee, auf mich zu warten.

Ich packte in aller Seelenruhe ein und machte mich dann auf den Weg nach unten. Dabei fragte ich mich, warum wir uns draußen trafen.

Cole stand vor dem Haus und telefonierte. Als er mich sah, winkte er, also kam ich näher.

»Ich muss Schluss machen, habe noch was vor. Geht dich nichts an. Du mich auch. Bye«, sagte er ins Handy und legte auf. Ich zog die Augenbrauen hoch. »Meine Lieblingsschwester«, informierte er mich gut gelaunt.

»Jeannette?«, fragte ich, obwohl ich mir nicht vorstellen konnte, dass er so mit ihr redete, es sei denn, sie war privat ganz anders als im Büro.

Cole lachte herzhaft. »Von wegen. Nein, Clarissa. Sie ist in Liverpool und langweilt sich tödlich.«

Ich erinnerte mich, dass Clarissa das zweitälteste Kind der Watsons war. Und, was ich von Midge gehört hatte, ein ziemliches Biest. Darüber musste ich mich ja aber nicht mit Cole unterhalten.

»Wohin gehen wir?«, wollte ich wissen, denn jetzt schlenderte er los und griff nach meinem Ellenbogen. Es war mir recht, dass wir die Firma hinter uns ließen, denn es waren sicher noch Leute im Gebäude und ich wollte auf keinen Fall von James gesehen werden.

»Zu mir, wenn du willst«, sagte er und führte mich zum Parkplatz. »Ich dachte, im Büro hängen wir genug ab.«

»Das stimmt«, gab ich zu.

Cole hielt mir die Tür seines Wagens auf. Schwarzer BMW, M-Reihe, stellte ich fest. Sauteuer und viel zu hochmotorisiert, um damit in der Stadt zu fahren. Oder sonst wo. Mein Ex hatte auch ein Faible für die Dinger, deswegen kannte ich mich etwas damit aus, obwohl ich mir nichts aus Autos machte.

Mein eigenes stand seit Ewigkeiten in der Nähe der WG, weil ich es in Hamburg nicht brauchte. Die Strecken waren leichter mit den Öffis zu machen und die Parkplatzsuche war sowieso eine Katastrophe. Erst, wenn ich das nächste Mal nach Peine fuhr, musste ich es bewegen.

Ich stieg ein und war gespannt, wohin wir fuhren.

Wenig überraschend wurde es das Schanzenviertel. Ich hätte mir denken können, dass er sich hier im Szene-Viertel eine Wohnung gesucht hatte.

Auf der Fahrt unterhielt er mich mit Small Talk, sodass keine peinliche Stille entstand, dann legte er mir die Hand auf den Oberschenkel. »Schön, dass du noch mal Zeit für mich hast.«

»Ich fand die beiden letzten Male so gut, dass ich nicht widerstehen konnte«, erwiderte ich keck. Mit dem Zeigefinger malte er ein Muster auf meinen Schenkel und tastete sich dabei höher.

»Ging mir ähnlich. Ich mag, dass du so unkompliziert bist. Und wie sehr du beim Sex abgehst«, erwiderte er und erreichte meine Hüfte. Gleichzeitig rollte er in die Tiefgarage.

»Das kommt doch quasi von allein«, erwiderte ich und bekam Gänsehaut, denn jetzt öffnete er meine Schenkel und strich über den Stoff meines Slips.

Hier unten, ohne die sengende Sonne, baute sich ein anderes, elektrisierendes Gefühl auf. Cole parkte und stellte den Motor aus, dann beugte er sich zu mir und küsste mich. Dabei zog er meinen Slip beiseite und streichelte meine Pussy. Ich stöhnte an seinen Lippen und spreizte die Beine. Mit seiner Zunge drang er tief in meinen Mund ein und imitierte die Bewegungen seiner Finger.

›*Oh Gott, das ist tausendmal besser als Sex mit James!*‹

Ich spürte, wie ich feucht wurde. Jetzt strich er mir den Träger meines Kleides von der Schulter und schob meinen BH hinunter. Langsam wanderten seine Lippen über meine Kehle zu meinem Nippel. Ich holte zischend Luft, als er mit seiner Zunge darüberfuhr. Gleichzeitig schob er zwei Finger in meine Pussy.

»Oh Gott!«, wimmerte ich und drückte mich in den Sportsitz. Cole sah mich an und lächelte.

»Freut mich, dass es dir gefällt«, erwiderte er gelassen und fingerte mich weiter. Ich presste die Lippen zusammen und ließ mich fallen, dabei konnte ich es nicht verhindern, dass mein Stöhnen immer lauter wurde. Es fühlte sich einfach zu gut an.

Ich schob mein Sommerkleid hoch, damit er besser sehen konnte, was er da tat. Es lag nicht an mir. Die Sexpleite mit James war nicht meine Schuld. Aber dafür bekam ich heute eine Entschädigung, das wusste ich.

Cole saugte an meinem Nippel und machte es mir so, wie ich es brauchte. Ich spreizte meine Schenkel, damit er mir alles geben konnte. Hier in der Tiefgarage könnte jeden Moment jemand vorbeikommen und uns sehen. Heute machte mich das noch schärfer.

Mit einem lauten Schrei kam ich. Meine Beine machten sich selbstständig und ich krallte meine Finger in das Leder des Beifahrersitzes. Mir blieb die Luft weg und ich zitterte am ganzen Körper. Mein Hinterkopf schlug gegen die Kopfstütze und ich sah Cole hilfesuchend an.

Er machte ungerührt weiter und ließ mich noch ein zweites Mal kommen. Ich sah Sterne und verlor mein Gefühl für meinen Körper.

›Mehr als entschädigt. Jetzt schon, dabei sind wir erst beim Vorspiel.‹

Schweratmend strich ich mein verschwitztes Haar aus meinem Gesicht, während er in aller Seelenruhe mein Kleid richtete. Meinen Slip ließ er, wo er war.

»Wunderbar«, gurrte er in mein Ohr. »Damit habe ich in der ersten Runde genau das erreicht, was ich wollte.«

»Wie sehen die anderen Runden aus, wenn ich fragen darf?«, fragte ich benommen.

»Hochgehen, dich lecken, um zu sehen, wie scharf es dich schon gemacht hat. Dann darfst du dich mit einem Blowjob revanchieren, wenn du willst. Und danach werde ich dich die ganze Nacht vögeln. Du hast doch morgen früh nichts vor, oder?«

Wäre ich nicht schon nass vor Lust gewesen, wäre meine Pussy es spätestens jetzt. Ich lächelte Cole an, dabei streichelte ich die Innenseiten meiner Oberschenkel und schob dann zwei Finger in die Feuchtigkeit. Ich hob sie zu meinem Mund und leckte langsam mit der Zunge darüber.

»Mmmmhhh, das wird dir gefallen«, stöhnte ich und tastete nach dem harten Schwanz in seiner Hose. Er war prall und drängte gegen meine Hand. Coles braune Augen brannten.

Ich hielt den Blickkontakt. »Ich bin mir sicher, dass uns viel einfällt, um Spaß zu haben.«

Er nahm meine Finger und leckte ebenfalls darüber. »Und so hemmungslos, wie du bist, sind uns da wenig Grenzen gesetzt.«

»Dann zeig mir, was du vorhast. Ich bin mir sicher, dass wir viel Spaß haben werden«, flüsterte ich und öffnete seine Hose. Coles Augen verdunkelten sich, als ich meine Finger um seinen Schwanz schloss.

Ich war erst am nächsten Mittag wieder zu Hause und lief wie auf Wolken.

Mein Gott, war ich durchgevögelt! Cole hatte nicht zu viel versprochen und ich hatte kaum geschlafen. Dafür war ich so oft gekommen, dass ich es nicht mehr zählen konnte.

Mit jemandem wie Cole an der Hand war es leicht, meinen Prinzipien treu zu bleiben: Spaß, keine Gefühle. Nicht einmal jetzt war ich mir sicher, ob ich ihn überhaupt mochte. Es war scheißegal. Er besorgte es mir und in der Zwischenzeit war es nett und belanglos. Mehr brauchte ich nicht.

Ich betrat die WG und blieb überrascht stehen, als ich Kay und Pavel am Küchentisch sitzen sah. Ihre Gesichter waren viel zu ernst für meinen Geschmack.

»Hey, ist alles okay?«, fragte ich alarmiert und setzte mich zu ihnen. »Geht es allen gut?«

Pavel sah mich an, er war nicht halb so down wie Kay. Der jedoch schniefte.

»Jana und ich haben Schluss gemacht«, murmelte er. »Es ging einfach nicht mehr. Wir machen uns gegenseitig kaputt. Ich werde immer genervter und will nur noch, dass wir nicht streiten, und sie zieht sich an jedem Scheiß hoch. Das hat nichts mehr.« Er starrte auf seine Kaffeetasse. »Dreieinhalb Jahre. Ich dachte, ich heirate sie.«

Ich fühlte mich, als wäre ich in ein Loch getreten. So ging es mir nach der Trennung von Kolja.

Die gleichen Erkenntnisse. Beinahe der gleiche Ablauf.

Kay tat mir so leid. Ich wusste genau, wie er sich fühlte. Und auch, wie es Jana jetzt wahrscheinlich ging.

»Tut mir ehrlich leid für euch. Aber wenn ihr die schlechtesten Versionen von euch macht, die ihr sein könnt, ist es besser so«, sagte ich sanft. »Das ist nicht gut für dich und auch nicht für sie. Und ich schätze, dass du das auch für keinen von euch willst, oder?«

Kay schüttelte den Kopf. »Nein, wirklich nicht.« Er atmete durch und schien zu wachsen. Leichter zu werden. Ja, er war traurig, aber er würde es schaffen, das spürte ich. Ich tauschte einen Blick mit Pavel. Wir würden ihm dabei helfen, dafür hatte man schließlich Freunde.

»Kommt, wir kochen uns was Schönes«, sagte Pavel plötzlich und stand auf. Irritiert beobachtete ich, wie er an den Kühlschrank ging und Lebensmittel herausholte. Seit wann war der Kühlschrank so voll?

Er bemerkte meinen Blick und grinste. »Ich date gerade einen Koch. Er kommt heute Abend vorbei und wir wollen zusammen kochen, aber ich denke, ich kann ihn davon ablenken, dass die Vorräte geplündert sind.« Er streichelte die Zucchini in seiner Hand. »Ich kann sehr überzeugend sein.«

»Das glaube ich unbesehen. Und jetzt lass das arme Gemüse in Ruhe«, meinte ich.

»Nicht, dass noch Saft austritt«, lachte Kay. Ich warf ihm einen überraschten Blick zu. Solche Witze kannte ich von ihm gar nicht. Anscheinend steckte in ihm doch ein fröhlicherer und lockerer Mensch als gedacht. Wenn das bei der Trennung herauskam, hatte er gewonnen.

Ich hoffte für Jana, dass sie einen ähnlich positiven Effekt erlebte und auch fröhlicher und lockerer wurde.

Ich traf mich am Samstag mit Midge auf Drinks und erzählte ihr von meiner Nacht mit Cole. Die Geschichte mit James behielt ich weiter für mich.

Ich konnte diese Pleite noch immer nicht in Worte fassen. Ich fragte mich, wie er dazu stand, aber ich hatte Angst vor einer Konfrontation. Es war besser, wenn wir die Sache stillschweigend abhakten. Bestimmt sah er es genauso.

Umso überraschter war ich, als am Montagnachmittag eine Nachricht von ihm kam. ›Bitte komm in meinem Büro vorbei.‹

Ich sagte Midge Bescheid, zuckte bei ihrem fragenden Blick mit den Schultern und machte mich auf den Weg zu ihm. Noch überraschter war ich, dass ich ihn allein in seinem Büro antraf. Ich hatte mit Pam gerechnet.

»Hi«, sagte ich und fühlte mich befangen.

Keine Ahnung, wie ich ihm nach letzter Woche gegenübertreten sollte. In dem Wissen, dass sein Bruder mich am Freitag und Samstag um den Verstand gevögelt hatte.

Das sollte er nie erfahren, denn das gäbe Ärger.

»Ich wollte dich fragen, ob du heute Abend Zeit hast«, sagte er, nachdem ich die Tür geschlossen hatte.

Ich blinzelte. Damit hatte ich im Leben nicht gerechnet. »Ich ... Also ...«, begann ich. »Warum?«

Mein Gott, habe ich das gerade wirklich gefragt?

»Ich möchte Zeit mit dir verbringen. Letzte Woche geht mir nicht aus dem Kopf«, sagte er. Ich wartete lieber ab, bevor ich etwas falsches sagte. »Ich habe es genossen, aber es war noch nicht so, wie ich es mir vorgestellt habe«, sagte er und lehnte sich an seinen Schreibtisch. Sein Blick hielt mich fest. »Du warst anders als sonst. Wie kommt das?«

Ich holte Luft. Was sollte ich denn dazu sagen?

›Nach Möglichkeit nicht die Wahrheit.‹

»Es war etwas seltsam, weil es anders zwischen uns war. Ich hatte gedacht, dass es noch intensiver wird, jetzt, wo wir uns berühren«, erwiderte ich und sammelte meinen Mut. »Aber ich fand, dass wir nicht den richtigen Draht zueinandergefunden haben.«

Er zog eine Augenbraue hoch. »Ja, manchmal dauert es ein wenig, bis sich so was einspielt.«

Ich zuckte mit den Schultern. »Mag sein, aber James, das ist doch sowieso endlich. Ich denke nicht, dass wir diese Zeit investieren sollten.«

»Ich möchte das gern tun, auch wenn es dir vielleicht wie Zeitverschwendung vorkommt. Meine Verlobung ist eine Farce. Niemand gewinnt mit ihr. Anne nicht und ich auch nicht. Nur unsere Väter und ihre Unternehmen. Aber du ... du bist die einzige, auf die ich mich freue.«

Ich holte Luft. Seine Worte überforderten mich.

Ich hätte nie damit gerechnet, dass er etwas für mich empfinden könnte. Ich dachte, das wäre ein Spiel für ihn. Erst Trockensex und als ich das nicht mehr wollte, eben richtiger Sex. Es war nie von Gefühlen die Rede.

»James, ich ...«

»Bitte«, sagte er in einem Tonfall, der alles außer einer Bitte war. Ich zuckte zusammen und verzog wütend den Mund. »Entschuldige bitte«, sagte er, bevor ich etwas erwidern konnte. »Für jemanden, der beruflich Kontakte pflegen muss, bin ich privat furchtbar schlecht darin. Bitte, Lilian. Gib uns eine Chance. Nur eine kleine.«

Er trat an mich heran, sein Atem streifte meine Wange und meinen Hals. Er war einen halben Kopf größer als ich. Jetzt legte er seine Hände an meine Taille, rutschte tiefer zu meinen Hüften und streichelte sie.

Ich bekam Gänsehaut. Mir wurde warm. Dass er mich wollte, schmeichelte mir. Dass er mir ein bisschen mehr von seiner Persönlichkeit zeigte, nahm ich als Geschenk an. Er meinte es ernst. Und doch war ich mir sicher, dass das ganze zum Scheitern verurteilt war.

Seine Lippen küssten meinen Hals und wanderten zu meiner Kehle. »Nur eine winzig kleine Chance«, wiederholte er leise. »Ich glaube, wir verdienen sie. Du bist mir wichtig. Ich möchte dich bei mir haben. Am liebsten ständig.«

»Kann nicht jeden Moment jemand reinkommen?«, fragte ich und streichelte seine Arme.

»Ja. Du hast recht«, sagte er und ließ widerstrebend von mir ab. »Sehen wir uns heute Abend? Ich würde dich gern mit zu mir nehmen. Jeannette wohnt gerade bei mir, aber sie ist heute nicht da.«

Ich zögerte, doch die Bitte in seinen Augen war riesengroß. »Okay«, gab ich nach.

»Darf ich etwas tun, um uns das Warten zu versüßen?«

Ich blinzelte. »Was denn?«

Er zog mich zu seinem Schreibtisch und setzte mich auf die Platte. Dann hob er meinen knielangen Plisseerock an und griff zu einer Schere auf dem Tisch. Langsam schob er seine Finger unter das Bündchen meines Slips, zog ihn von der Haut ab und setzte die Schere an.

Mit angehaltenem Atem beobachtete ich, wie er den Stoff so einschnitt, dass meine Pussy freigelegt wurde.

James legte die Schere beiseite und fuhr mit dem Finger in den Schnitt, direkt zwischen meine Schamlippen. Ich stöhnte, als er ihn in mir versenkte.

Oh Gott, vielleicht lohnte es sich doch, ihm noch eine Chance zu geben! Allein diese Nummer machte mich so scharf, dass ich beinahe gekommen wäre.

Draußen auf dem Flur waren Schritte zu hören, also sprang ich vom Schreibtisch. James stand ebenfalls auf. Mein Atem ging heftig, als ich mein Laptop in die Hand nahm. »Dann bis heute Abend.«

Pam kam herein. Ich grüßte sie, während ich das Büro verließ. Meine Pussy pochte vor Erregung. Ich konnte es kaum erwarten, dass wir heute Abend weitermachten.

›Du bist eine Idiotin‹, schalt ich mich. ›Die Aussicht auf Sex lässt dich all deine Entschlüsse über Bord werfen. Immer wieder. Was ist bloß los mit dir?‹

»Wenn ich das wüsste«, murmelte ich. »Dann wäre ich zumindest ein Stück weiter.«

KAPITEL 9

James schrieb mir um fünf eine Nachricht, dass er noch eine halbe Stunde brauchte, also wusste ich, dass ich heute nicht ewig im Büro bleiben musste.

Jede Bewegung erinnerte mich an meinen zerstörten Slip erinnert. Zwischendurch war ich so scharf, dass ich mich kaum auf meine Arbeit konzentrieren konnte.

Zum Glück war ich die meiste Zeit allein im Büro. Einmal konnte ich nicht widerstehen und streichelte mich selbst. Ich schloss die Augen und genoss, wie feucht ich den ganzen Tag war.

James würde leichtes Spiel heute Abend mit mir haben. Das war mir mehr als recht. Nach der Pleite beim letzten Mal konnte es nur besser werden. Ich war bereit, alles dafür zu tun, dass sie sich nicht wiederholte. Wenn wir uns außerhalb des Büros trafen, waren wir entspannter und James nicht so ungestüm. Ich hoffte, dass er sich viel Zeit mit mir ließ, von mir aus die halbe Nacht. Ich war zu allem bereit und hoffte, dass das auch für James galt.

Ich atmete tief ein und spürte die Ränder meines Slips und einen kühlen Lufthauch, als ich die Beine spreizte. Das war ein guter Anfang. Bestimmt ging es so weiter.

Midge sah mich stirnrunzelnd an, doch ich sagte ihr nichts. Das war mein schmutziges Geheimnis. Ich wollte nicht, dass sie dazu einen Kommentar abgab, egal, wie gut sie es meinte. Ich wusste, dass ich mit dem Feuer spielte und mich höchstwahrscheinlich verbrannte.

Ich konnte mich nur leider nicht überzeugen, vernünftig zu sein und es sein zu lassen. Meine Neugier auf heute Abend war viel zu groß. Ich fühlte mich verwegen, weil ich ja gesagt hatte. Noch verwegener, weil mein letztes Treffen mit Cole erst so kurze Zeit her war.

Einen exklusiven Geschmack hatte Midge das genannt. Ich fand, dass ich mir einfach nahm, worauf ich Lust hatte. Ich schuldete niemandem eine Erklärung oder eine Entschuldigung.

Dass die beiden mir so viel Aufmerksamkeit schenkten, hatte ich nicht beabsichtigt, aber warum sollte ich es ignorieren? Der Sex mit Cole war fantastisch und ich hoffte, dass James sich darin einreihen würde.

›*Das alles wäre nie passiert, wenn Dean hier wäre*‹, schoss mir durch den Kopf, doch gleich darauf schüttelte ich den Gedanken ab. Es brachte nichts, solche Was-wäre-wenn-Szenarien durchzuspielen.

Stattdessen sollte ich mich auf heute Abend freuen.

Um halb sechs lief ich zum Firmenparkplatz. James hatte mir das Nummernschild seines Wagens genannt und mich gebeten, dort auf ihn zu warten. Das Auto war offen, ich sollte einsteigen.

James' Wagen stand im Schatten, also konnte ich das trotz der Hitze tun. Seine sauteure Luxuskarosse war noch größer als Coles. Ich rollte mit den Augen. Männer und ihre Autos. Wenn ich es nicht besser wüsste, würde ich denken, James kompensierte damit etwas.

Mich hatte sowas noch nie beeindruckt.

Wenn ein Mann sich über ein Auto definierte, tat mir das leid und ich war definitiv die falsche Frau für ihn. Ich stieg hinten ein, wo die Scheiben getönt waren, lehnte mich gegen das schwarze Leder und schloss die Augen.

Wieder erinnerte ich mich an meine feuchte Pussy. Hier konnte mich außer James niemand finden. Stattdessen könnte ich ihm eine Show bieten und schon in unseren Abend starten.

›Das ist eine exzellente Idee.‹ Lächelnd hob ich meinen Rock und machte es mir bequem. Meine Finger glitten über meinen Venushügel und ich schauderte. Immer noch feucht. Oder schon wieder?

Ich stellte mir vor, wie es heute Mittag weitergegangen wäre, wenn wir wüssten, dass niemand kommen konnte. Andererseits war er der CEO, ihm konnte es egal sein, ob ihn jemand beim Vögeln erwischte.

Ich rieb lächelnd über meine Klit. Vorhin hatte er mich fast so weit. Es fehlte nicht mehr viel, um mich kommen zu lassen. Heute hatte er die Chance, es mir richtig zu besorgen. Und dann würden wir weitersehen.

›Du bist mir wichtig. Ich möchte dich bei mir haben. Am liebsten ständig‹, hatte er gesagt. Meinte er das ernst? Konnte ich ihm das glauben?

Mein Atem ging heftiger, als ich es mir selbst machte.

Undeutlich bekam ich mit, dass die Fahrertür geöffnet wurde. James setzte sich auf den Fahrersitz und drehte sich zum mir um. Kurz sah er verblüfft aus, dann lächelte er. Meinen Rock hatte ich so weit hochgezogen, dass er genau sehen konnte, was ich machte.

»Schnall dich an, aber hör bitte nicht auf«, sagte er und startete den Motor. Ich schloss fahrig den Gurt und machte weiter. James fuhr los, dabei verstellte er den Rückspiegel so, dass er mich beobachten konnte.

»Bau bloß keinen Unfall«, keuchte ich und schob zwei Finger in meine Pussy.

»Wenn ist es deine Schuld«, erwiderte er. »Zum Glück ist der Weg nicht weit. Zehn Minuten.«

»Das ist lang, wenn man so scharf ist wie ich gerade«, sagte ich und genoss den Druck meiner Finger. »Ich wünschte, du wärst hier hinten.«

»Und ich bin gespannt, ob du kommst, bevor wir bei mir sind«, erwiderte er.

Diese Wette schloss ich gern ab. Dass er mich beobachtete und wir zum ersten Mal außerhalb des Büros waren, ließ meine Hemmungen verschwinden. Ich schob mein Shirt und meinen BH hoch und zeigte ihm meine Brüste, meine harten Nippel. Dabei kümmerte ich mich hingebungsvoll um meine Pussy, rieb über meine Klit und machte es mir selbst mit zwei Fingern. Der Gurt war mir im Weg, aber das spornte mich nur noch mehr an. Ich setzte meinen rechten Fuß gegen die Kopfstütze des Beifahrersitzes und hob mein Becken an.

James stöhnte und sah mich über seine Schulter an, als wir an einer roten Ampel hielten. »Oh Süße, du ahnst nicht, wie scharf das aussieht. Ich könnte durchdrehen, weil ich nicht hinten bei dir bin. Bitte hör nicht auf.«

Das hatte ich nicht vor. Ich war wie im Tunnel und spürte schon die ersten Zuckungen in meinem Unterleib. Meine Muskeln pulsierten und meine Beine wurden langsam taub. »Ich wünschte auch, du wärst hier hinten«, stöhnte ich. »Dann könntest du mich lecken und herausfinden, wie scharf ich bin. Mein Gott, so was habe ich noch nie gemacht!«

Hinter uns hupte jemand. James fuhr an, das war der Moment, als ich mit einem Schrei kam. Mein Becken hob sich weiter und ich schlug mit dem Hinterkopf gegen die Kopfstütze. Ich wand mich unter meinen Fingern und krallte meine freie Hand in meinen Rock. Dabei machte ich immer weiter.

»Jetzt hab ich es verpasst«, murmelte James enttäuscht.

Ich öffnete die Augen und blickte in den Spiegel.

Unsere Blicke trafen sich. Seine dunklen Augen brannten. »Das werde ich nachholen«, versprach er mir.

»Bitte tu das«, sagte ich heftig atmend. »Ich bin mehr als bereit für eine Wiederholung.«

James fuhr in die Tiefgarage seines Wohnhauses, einem teuren Neubau mit Blick aufs Wasser in der HafenCity, und parkte ein. Noch bevor ich mich abgeschnallt und meine Kleidung gerichtet hatte, riss er die Tür auf und stürzte zu mir auf die Rückbank. Ich keuchte auf, als er sich neben mich kniete und zwei seiner Finger tief in meiner Pussy versenkte.

Sein Mund nahm meinen in Besitz und drückte mich mit einem harten Kuss in die Polster. Mir blieb die Luft weg. Er fingerte mich nachdrücklich, so hart, dass es beinahe schmerzte. Das ging so nicht, so verlor ich den Faden. Anscheinend war das Setting nicht das Richtige für uns, James wirkte, als wäre er wieder kurz davor, die Kontrolle zu verlieren.

Dann wurde es so beschissen wie beim letzten Mal.

Ich musste etwas unternehmen, also stemmte ich mich gegen ihn und rutschte ein Stück ab.

»Lass uns hochgehen«, sagte ich atemlos und legte meine Hand um sein Handgelenk. »Und wir gehen es etwas langsamer an, okay? Ich habe viel Zeit für dich.«

Er sah kurz aus, als wollte er protestieren, doch dann zog er sich zurück. Dabei zog er mir meinen Slip aus und ließ ihn in seiner Sakkotasche verschwinden.

Anscheinend war das so ein Ding bei den Watsons.

Ich bedeckte meine Brüste, richtete meinen Rock und ergriff seine Hand, die er mir hinhielt. Ich blickte in seine Augen und Zweifel kamen in mir hoch. Wieder fragte ich mich, ob das eine gute Idee war.

›Ist es nicht, verdammt. Es ist eine beschissene Idee und langsam frage ich mich, wie ich aus der Sache heil herauskommen soll, wenn er weiter so darauf abfährt. Nein, ich sollte nicht so negativ da rangehen. Ich werde abwarten, ob es noch besser wird. Und wenn nicht ... auch das sehe ich dann. Mir fällt schon was ein.‹

Im Fahrstuhl drückte er mich gegen die Wand und küsste mich. Wieder überforderte mich, wie forsch er war. Er nahm sich einfach, was er wollte. Wieder waren seine Finger zwischen meinen Schenkeln und suchten den Weg in meine Pussy. Ich war noch feucht, doch ich spürte, dass ich abkühlte.

Seinetwegen.

Ich musste die Sache schnell in die richtige Richtung lenken, um sie zu retten. Ich musste ihm begreiflich machen, dass er anders mit mir umgehen musste, wenn er mich kommen lassen wollte. Und dass er etwas Geduld brauchte. Auch für sich selbst.

Sein Handy klingelte und riss uns aus der Situation.

»Fuck, das ist mein Vater.« James schnaubte frustriert und ließ mich los. Mit finsterem Gesicht holte er das Smartphone aus seiner Tasche und nahm das Gespräch an. Ich wartete mit einem blöden Gefühl im Magen. James' Gesicht wurde immer angespannter, je länger er zuhörte. »Ja, das weiß ich. Ich habe Clarissa gebeten, sich darum zu kümmern. Ja, die Pressestelle hat das in die Wege geleitet. Alle wissen Bescheid, sei unbesorgt. Ja, auch das ist organisiert. Die Suite, wie gewünscht. In Ordnung. Ich rufe dich gleich zurück, ich muss noch kurz etwas erledigen.« Er legte auf. »Fuck, das darf doch nicht wahr sein!«, fluchte er unterdrückt. Die Fahrstuhltür ging auf und er stellte sich in die Lichtschranke. »Das war mein Vater. Es geht um die Gala am Freitag.«

Ich nickte stumm. Von der Gala hatte ich gehört. Alle wichtigen Leute aus der Firma waren eingeladen, dazu Kunden, die Presse und Persönlichkeiten aus Gesellschaft und Politik. Ich wusste, dass Tran hinging.

Ich war nicht eingeladen.

»Kommst du auch hin?«, fragte er. Der Fahrstuhl piepte warnend, weil er immer noch in der Lichtschranke stand.

Ich blinzelte. »Bitte?«

»Ich muss mich um einiges kümmern, leider sofort. Meine Eltern kommen morgen an, genau wie meine Schwester. Mein Vater ruft gleich noch einmal an, um einige Details mit mir zu besprechen und Jeannette ist bereits auf dem Weg hierher. Tut mir leid«, er trat an mich heran und küsste mich auf den Mund. Zum ersten Mal tat er das sanft. Und zum ersten Mal spürte ich doch einen Hauch von Chemie zwischen uns.

Ein Gefühl, ganz zart und beinahe flüchtig. Und doch war es da.

»Ich würde mich freuen, wenn ich wüsste, dass du am Freitag auch da bist. Der Stress ist groß, vor allem, weil meine Eltern dabei sind. Es kommen zweihundert Leute und ich mag gerade einmal eine Handvoll von ihnen. Wenn du da bist, geht es mir besser.«

»Ich hab nichts anzuziehen«, stammelte ich.

»Ich kümmere mich«, versprach er. »Also: Kommst du hin und unterstützt mich?«

»Okay«, gab ich nach.

Er küsste mich erneut, dann trat er aus dem Fahrstuhl. »Tut mir leid, diesen Abend habe ich anders geplant«, sagte er, da schlossen sich schon die Türen. Ich brauchte ein paar Sekunden, um das alles zu verarbeiten. Was gerade passiert war, musste ich erst einmal verstehen.

›Krass. Mehr fällt mir dazu leider gerade nicht ein.‹

Ich schüttelte den Kopf, weil ich mich total lost fühlte, dann drückte ich den Knopf fürs Erdgeschoss. Dabei fragte ich mich, was zum Teufel hier eigentlich los war.

Als ich am nächsten Tag nach Hause kam, warteten Kay und Pavel auf der Couch auf mich, Bierflaschen in den Händen. Ich war von dem harten Tag erledigt. Mit James hatte ich heute nicht gesprochen, aber das war okay. Der gestrige Tag saß mir immer noch quer.

»Hey, was ist los?«, fragte ich meine Mitbewohner erschrocken. Sie sahen so ernst aus.

»Es kam heute eine Lieferung für dich.« Kay deutete auf ein großes Paket. Es war so hoch wie ich. »Du hattest gar nichts gesagt.«

»Ich wusste davon auch nichts.« Ich besah den Karton. Der Name einer Boutique stand drauf und langsam ahnte ich, woher es kam. ›James Watson‹, dachte ich genervt. ›Jetzt schickst du mir auch noch Kleider nach Hause wie in einem amerikanischen Kitschfilm. Hoffentlich klingelt nicht gleich eine überdrehte Schneiderin an der Tür, die mir die Dinger anpassen will.‹

Es kam keine und von den sechs Kleidern im Karton passte genau eins. Pavel und Kay saßen auf der Couch wie Begleiter beim Brautkleid-Shoppen (nur mit Bier statt Prosecco) und kommentierten jedes Outfit.

»Nummer drei fand ich gut«, sagte Pavel abschließend.

»Das war viel zu eng, meine Brüste quellen aus dem Oberteil«, widersprach ich.

»Deswegen gefällt es mir ja.«

Ich rollte mit den Augen. Das einzige Kleid, das passte, hätte ich mir niemals ausgesucht. Es war rosa, bodenlang und hatte ein Glitzerornament an der Brust. Ich fühlte mich komplett verkleidet darin.

Doch die anderen saßen unmöglich, waren entweder zu klein oder zu groß. Und furchtbar teuer. Ich hatte die Preisschilder gesehen und schluckte. Ich hoffte, dass ich sie zurückschicken konnte.

»Was mache ich denn jetzt?«, murmelte ich und zupfte an dem rosa Teil herum. »So kann ich doch nicht unter die Leute. Aber irgendwas muss ich ja anziehen.«

»Ganz einfach«, sagte Pavel entspannt. »Ich rufe meine liebe Cosima an. Sie ist Modedesignerin. Sag ihr einfach, wo du hingehst, und sie wird dir ein Kleid leihen. Und die Fummel da schickst du zurück.«

»Wie gut, dass du auch eine Modedesignerin vögelst«, sagte ich dankbar. »Du bist ein Schatz.«

»Weiß ich, aber du liegst falsch.« Pavel schüttelte lächelnd den Kopf. »Cosima ist lesbisch, ich habe keine Chance bei ihr. Wir kennen uns von Fetischpartys.« Er holte sein Handy heraus und rief sie an, bevor ich etwas sagen konnte.

Eine halbe Stunde später waren meine Mitbewohner und ich auf dem Weg zu Cosimas Atelier in Altona.

»Danke für deine Hilfe«, sagte ich zu Pavel.

Er grinste nur entspannt. »Zieh noch mal was an, wo deine Brüste so hübsch aussehen, und wir sind quitt.«

»Weißt du eigentlich, dass du der einzige Mensch bist, der so was sagen darf, ohne sich eine einzufangen?«, fragte ich.

Er grinste. »Vergiss die Brüste. Ich habe alles, was ich brauche.« Er küsste mich auf die Wange.

Ich musste lachen, weil er so unmöglich war.

Am Freitag machte ich pünktlich Feierabend, um vor der Gala zum Friseur zu gehen. Midge wusste von meiner Einladung zur Gala und hatte mich ausgequetscht.

Mir blieb nichts anderes übrig, als ihr nun doch alles zu erzählen. Jedes verdammte Detail, auch, wie groß meine Zweifel in Bezug auf James waren und was er zu mir gesagt hatte. Wieder reagierte sie verhalten, in ihrem Gesicht arbeitete es. Dass sie nichts sagte, machte mich nervös. Das kannte ich von ihr nicht.

»Ich weiß, dass du das für eine schlechte Idee hältst«, sagte ich, als mir das Warten zu lang wurde.

»Gut, dann spare ich mir alles Weitere«, sagte sie zu meiner Überraschung. »Du bist schließlich erwachsen und ich bin zum Glück nicht deine Mutter. Viel Spaß heute Abend. Hast du morgen Zeit für Drinks und einen detaillierten Bericht?«

»Auf jeden Fall. Ich rufe dich an«, versprach ich und nahm meine Tasche.

Ich hatte mich mit Tran auf der Gala verabredet. Die Info über meine Einladung hatte er vorab bekommen, vermutlich von Pam. Er hatte mich danach gefragt und ich hatte nur hilflos mit den Schultern gezuckt und gesagt, dass ich selbst überrascht von der Einladung war. Das hatte ihm zum Glück gereicht. Davon abgesehen war ich froh, dass ich nicht ganz allein dort sein würde.

Wir trafen uns am Eingang. Ich musste lächeln, weil mein Boss natürlich überpünktlich war und schon auf mich wartete. Als er mich sah, bekam er große Augen. »Wow, tolles Kleid.«

Das stimmte. Cosima hatte mir ein nachtblaues Dress ausgesucht, das perfekt zu mir passte. Es war schlicht und doch elegant, mit einem tiefen Rückenausschnitt und einem schönen Dekolleté, das genau die richtige Tiefe hatte, um nicht zu viel zu zeigen, aber zu versprechen, dass es etwas zu sehen gäbe. Ich fühlte mich unglaublich wohl darin. Ich war ich selbst und keine, die vorgab, etwas zu sein, das sie einfach nicht war.

»Danke, Tran, das ist lieb. Mein Mitbewohner ist mit einer Modedesignerin befreundet und ich durfte mir das Kleid ausleihen. Also falls sich die Gelegenheit ergibt, werde ich ›das Kleid ist von Cosima Valeska‹ schreien. Nur, dass du Bescheid weißt,« informierte ich ihn.

Tran lächelte. »Danke für die Warnung.« Er bot mir gentlemanlike seinen Arm an. »Wollen wir? Ich habe zwar immer noch nicht verstanden, warum du eingeladen wurdest, aber ich freue mich darüber. Du machst deinen Job gut. Wenn du hier sein darfst, bin ich zuversichtlich, dass es über die Probezeit hinausgeht.«

»Das hoffe ich auch«, antwortete ich. »Ich wäre ungern umsonst nach Hamburg gezogen.«

»Bestimmt nicht«, sagte er.

Wir betraten den Festsaal und mir stand der Mund offen. Die Firma hatte ein maritimes Museum gemietet und noch gefühlt ganze Heerscharen von Eventmanagern durchgeschickt, die das Ambiente einfach atemberaubend gemacht hatten.

Ich sah mich um und fühlte mich überwältigt. Unter den Gästen entdeckte ich Politiker, Sportler, Unternehmer, Fernsehpersönlichkeiten, Influencer, Blogger und nur eine Handvoll Kolleginnen und Kollegen. Dies war ein Event für Auserwählte, obwohl gut zweihundert Leute anwesend sein mochten.

Es dauerte nicht lange, da entdeckte ich Cole. Bei ihm stand eine blonde Frau, die ich von Fotos kannte: seine Schwester Clarissa. *Die Bitch*, wie Midge sagen würde. Sie war wirklich hübsch, wenn auch auf eigenwillige Art. Ihr Blick und ihre Lippen sagten mir deutlich, dass man ihr besser nicht in die Quere kam. Sie war groß, schlank und trug ein knallpinkes Kleid, das ihre Brüste in den Vordergrund rückte. Sie sah aus wie eine Barbie aus einem feuchten Männertraum. Sicher war das Absicht.

Sie war gar nicht mein Fall. Doch wenn ich richtig informiert war, waren sie und Cole ein Herz und eine Seele. Am besten hielt ich mich von den beiden fern, bis Clarissa wieder verschwunden war.

Dann sah ich James. Ich machte einen Schritt zurück, als ich die Frau an seiner Seite sah: Anne war auch hier. Direkt neben den beiden standen seine Eltern. Diese Anblick war für mich wie eine eiskalte Dusche.

»Komm, wir holen uns etwas zu trinken«, sagte Tran, da entdeckte er die Besitzerfamilie auch. »Oh, es sind wirklich alle da, die mit der Firma zu tun haben.«

»Müssen wir hingehen und sie begrüßen?«, fragte ich und versuchte, meine Angst vor einem Ja zu verstecken. Das wäre das schlimmste, was mir jetzt passieren könnte.

Ich war so gestresst, dass mir das Wort ›Affäre‹ quasi auf die Stirn geschrieben stand. Ich konnte das nicht. Gerade merkte ich, dass mein moralischer Kompass nicht mitspielte. Wenn ich vor Anne stünde, würde ich mich trotz allem bei ihr dafür entschuldigen, dass ich ihren Verlobten vögelte.

›Oh Gott, bitte nicht! Dann bin ich erledigt! Und James gleich mit!‹

»Nein, ich denke nicht«, sagte Tran. »Um uns geht es heute nicht. Lass uns lieber etwas trinken gehen.«

Ich folgte ihm erleichtert zur Bar. Dort trafen wir Pam, die sich gerade einen Drink organisierte. Sie hatte ihr Handy in der Hand und wirkte gestresst.

»Hey ihr beiden«, sagte sie und sah mich forschend an, als hätte sie eine Frage, die sie mir nicht stellen konnte. Die Antwort interessierte sie brennend, das spürte ich.

Ich fragte mich, wie viel sie wusste. James hatte ihr den Auftrag gegeben, mich auf die Gästeliste zu setzen und das mit unserer Zusammenarbeit begründet. Falls sie etwas ahnte, agierte sie ihrem Job entsprechend und sagte nichts. Sogar ihr Blick war betont neutral.

»Hey, du siehst gestresst aus. Läuft etwas nicht nach Plan?«, fragte Tran.

Pam rollte mit den Augen. »Es läuft nie nach Plan«, antwortete sie und blickte auf ihr blinkendes Smartphone. »Vor allem heute nicht. Ausgerechnet.«

»Ist etwas Besonderes geplant?«, fragte Tran. Pams Augenlid zuckte, dann blickte sie schnell zu mir.

»Heute wird das Hochzeitsdatum bekannt gegeben«, sagte sie leise, damit sie niemand hören konnte.

Ich versuchte, mir nichts anmerken zu lassen, denn sie beobachtete mich immer noch.

Das Hochzeitsdatum. Auch das noch.

Warum versetzte mir das einen Stich? Ich hatte doch gewusst, dass James und Anne heiraten würden. Es war unvermeidlich.

Und trotzdem traf es mich.

›*Weil er gesagt hat, dass er etwas für mich empfindet.*‹

Das war umso verwirrender, weil ich mir selbst nicht sicher war, wie meine Gefühle für ihn aussahen.

Nach den wenigen Treffen mit ihm, bei denen wir kaum gesprochen hatten, hatte ich keine Grundlage, um seine Gefühle für mich zu verstehen. Und nach dem Sex, der so schiefgegangen war, war ich mir sicher gewesen, dass die Chemie zwischen uns nicht stimmte.

Und trotzdem blickte ich jetzt zu dem Paar hinüber mit einem Gefühl, als wäre mein Magen ein kalter Klumpen.

Verdammt.

War alles, was er mir gesagt hatte, nur gelogen, damit ich mich von ihm vögeln ließ? Das war unnötig, ich hätte es auch so gemacht. Aber mich anzulügen ... Wenn ich mir die beiden ansah, wirkten sie vertraut und zufrieden miteinander. Keine Spur von einem erzwungenen Arrangement. Jetzt unterhielt Anne sich mit Clarissa und die beiden lachten.

Ich wandte mich ab, weil ich das Gefühl hatte, dass Pam mich noch beobachtete. Jetzt kreuzte mein Blick Coles. Der nächste Watson. Aber immerhin hatte er mir noch nie etwas versprochen, was er nicht gehalten hatte.

Er prostete mir zu, wurde aber angesprochen und drehte sich weg.

»Ich denke, das wird ein spannender Abend«, riss ich mich endlich los und sah Pam an.

Diese blickte längst wieder auf ihr Smartphone und nickte abwesend. »Ja, bestimmt.«

»Und, wie war's?«, fragte Midge am nächsten Tag, als wir uns auf Drinks trafen.

Ich zuckte mit den Schultern. »Das Essen war gut und die Drinks auch. Und mit James habe ich kein einziges Wort gewechselt.«

Midge nickte bedächtig und rührte in ihrem Cocktail. »Warum wundert mich das nicht?«

»Weil du wusstest, dass er mich verarscht«, sagte ich und versuchte, locker zu wirken. In Wahrheit war die Erkenntnis bitter. Und sie ließ mich ratlos zurück. Was zum Geier wollte James von mir? Was sollte diese ganze Scheiße? Warum log er mich an, um mir dann deutlich zu zeigen, dass er in anderen Kreisen zu Hause war? Die Welt, in der er sich bewegte, war nicht meine, sondern Annes.

Es hatte mich nie gestört, dass ich nicht zur High Society gehörte. Bis gestern. Seinetwegen fühlte ich mich minderwertig. Wie jemand, den man verstecken musste, weil sie inakzeptabel war.

Das hatte ich nicht nötig.

James sollte die reiche Erbin heiraten, das Familien-Unternehmen übernehmen, wenn sein Vater ihn eines Tages ließ, und damit glücklich werden. Ich würde das tun, was längst überfällig war: Mich nicht mehr von ihm einwickeln lassen.

»Du bist wütend«, stellte Midge fest.

»Ja, aber mehr auf mich selbst als auf ihn. Ich hätte es wissen müssen«, sagte ich. »Solche Typen nehmen sich, was sie wollen und sind dafür bereit, zu lügen und zu betrügen. Er hätte mir diesen Mist nicht erzählen müssen. Er hätte mir keine Auswahl schrecklicher Kleider schicken müssen, um mir deutlich zu machen, dass ich nicht in seiner Liga spiele. Dazu muss ich nicht auf einer Gala neben einem Tennisstar sitzen.« Ich rollte mein Glas zwischen den Händen. »Weißt du was, Midge? Eigentlich ist es gut, dass es so gekommen ist. Es hilft mir, mich an meinen Vorsatz zu erinnern: Keine Beziehung und mich garantiert nicht zu verlieben. James macht es mir leicht mit seinem Verhalten. Dafür sollte ich ihm dankbar sein.«

»Gut gesprochen, weise Frau«, sagte Midge und aß die Olive von ihrem Martini. »Also kein stranger Sex mehr mit dem Älteren. Wie sieht es mit dem Jüngeren aus?«

»Der ist wenigstens ehrlich. Und gut im Bett. Wir haben gestern gesprochen und sehen uns morgen.«.« Ich schauderte wohlig. »Das Treffen hat zumindest eine Orgasmus-Garantie.«

»Schön, wenn man diese Gewissheit hat«, meinte sie und stieß mit mir an.

Ich war zur verabredeten Zeit in der Schanze und stand vor Coles Tür. Die Enttäuschung wegen Freitag steckte immer noch wie ein Stachel in meiner Brust, aber ich war entschlossen, mir von diesem Bruder zu holen, was der andere mir nicht geben konnte und wollte.

Und wenn James mir das nächste Mal über den Weg lief, würde ich ihm klar machen, dass sich das mit uns erledigt hatte. Endgültig. Ich hatte keine Lust mehr, mich von ihm verarschen zu lassen.

Ich klingelte und öffnete die obersten Knöpfe meines Tops. Ein Lächeln schlich sich auf mein Gesicht, als ich drinnen Schritte hörte. Ich konnte es kaum erwarten.

Cole öffnete mir. Er trug nur eine Jeans, deren Knopf bereits geöffnet war.

»Schön, dich zu sehen.« Er zog mich in die Wohnung und schloss die Tür hinter mir, dann drückte er mich gegen die Wand daneben und küsste meinen Mund.

Anders als bei James fühlte sich das gut an. Cole zeigte mir, dass das zwischen uns locker und ungezwungen war, er sich trotzdem in diesem Moment aber nichts schöneres vorstellen konnte, als mich zu vögeln.

Genau, was ich wollte.

Seine Hand fuhr in meinen Ausschnitt und schob ihn beiseite, sodass er meine Brüste entblößte. Auf einen BH hatte ich vorsorglich verzichtet, genau wie auf einen Slip, wie er jetzt grinsend feststellte, als er seine Finger über meinen Oberschenkel und meine Hüfte wandern ließ.

»Du kannst es ja kaum erwarten«, flüsterte er und führte meine Hand in seine geöffnete Hose. Ich seufzte auf, als sich meine Finger um seinen harten Schwanz schlossen.

Langsam ging ich in die Knie und zog seine Jeans mit hinunter, sodass seine Erektion mir entgegensprang. Ich öffnete den Mund und schloss meine Lippen um seine pralle Eichel. Mit einem genüsslichen Seufzen saugte ich daran und strich mit den Fingerspitzen über seine Hüfte. Dann sah ich zu ihm auf, weil ich wusste, dass das die meisten Männer verrückt machte.

Langsam gab ich ihn frei und leckte über seine Spitze. Dabei behielt ich ihn fest im Blick.

Cole fuhr sanft mit seinen Fingern durch meine Haare und schob meinen Kopf vor, sodass ich seinen Schwanz wieder tief in meinen Mund nahm. Ich ließ ihn gewähren, das machte mich gerade auch scharf. Außerdem war es bei ihm ein Angebot, kein Befehl.

Mit der freien Hand fuhr ich zwischen meine Schenkel und streichelte meine Pussy. Ich war schon feucht. Cole drehte sich ein Stück. Ich sah zur Seite und wusste, warum: Er konnte im Flurspiegel beobachten, was ich machte. Also hob ich meinen Rock höher und spreizte meine Schenkel, damit er mich besser beobachten konnte.

Ich erzeugte einen Unterdruck mit meinem Mund und genoss, wie scharf mich der Blowjob machte. Der Blickkontakt zwischen uns war intensiv, zwischen meinen Schenkeln baute sich Druck auf, Hitze ballte sich in mir zusammen.

»Oh Süße, wenn du so weitermachst, ist der Spaß gleich vorbei«, stöhnte Cole und zog mich langsam an meinen Haaren zurück, sodass ich seinen Schwanz freigeben musste. »Aber ich will es dir lieber länger besorgen.«

Er schnappte meine Taille und schob mich ins Wohnzimmer. Dort setzte er mich auf die Kopfstütze des Sofas und spreizte meine Schenkel. Genüsslich leckte er über meine harten Nippel und streichelte meine nasse Pussy. Ich legte den Kopf in den Nacken und genoss die Reibung. Die Hitze wurde immer stärker. Meine Knie wurden weich und ich biss mir auf die Unterlippe.

»Oh ja, bitte mach weiter«, stöhnte ich und strich durch sein dichtes blondes Haar. Jetzt versenkte er zwei Finger in mir. Ich stieß einen Schrei aus.

»Oh Mann, ich störe wohl«, sagte eine weibliche Stimme auf Englisch.

Ich fuhr zusammen und schloss schnell die Schenkel.

In der Wohnzimmertür stand Clarissa, Coles Schwester, und schüttelte den Kopf. In ihrer Hand hielt sie ein Smartphone und einen Schlüssel. Ihre Designertasche baumelte an ihrem anderen Arm.

Cole richtete sich auf und schloss dabei seine Hose. Ich nutzte die Zeit, um meine Brüste zu bedecken. Meine Wangen brannten, mein Gesicht war zweifellos knallrot.

»Clary, du sollst doch anrufen, bevor du herkommst«, sagte Cole gelassen.

»Nur, wenn du was wichtiges vorhast, sonst hättest du mir ja Bescheid gesagt, dass es nicht passt.« Sie würdigte mich keines Blickes. »Ich muss mit dir reden.«

Coles Blick zuckte zu mir herüber. Ich checkte nicht, was gerade abging. Okay, sie blieb cool und sagte nichts dazu, dass sie ihn gerade beim Vögeln unterbrochen hatte, aber langsam kam ich mir dumm vor. Unerwünscht und ... jetzt sah sie mich doch an und verzog verächtlich den Mund, dabei betrachtete sie mich abschätzig von oben bis unten. Ihre braunen Augen sagten mir deutlich, dass sie mich für eine billige Schlampe hielt. Das bildete ich mir nicht ein.

»Ähm, Cole ..?«, sagte ich leise.

»Sorry, Herzchen, aber wenn meine große Schwester mich braucht, habe ich leider keine Zeit mehr für dich«, sagte er und stand auf. »Danke, dass du da warst.«

Mir stand der Mund offen, dann machte ich, dass ich von der Couch runterkam. War das sein Scheißernst?

Clarissa trat eine Spur zur Seite, ich musste mich trotzdem an ihr vorbeidrücken. Ich öffnete die Tür und hörte noch, wie sie »oh Gott, was war das denn? Wo hast du die denn aufgesammelt?«, sagte.

Cole lachte, als wäre das völlig okay. »Lass mir doch meinen Spaß. Eigentlich müsste ich wegen der Unterbrechung sauer auf dich sein. Ich bin noch nicht fertig.«

»Du findest Ersatz«, sagte sie herablassend. »Auch adäquaten.« Ich ließ die Tür hinter mir ins Schloss fallen, trotzdem hörte ich ihn lachen.

Meine Wangen brannten und ich fühlte mich so vor den Kopf gestoßen, dass ich den Fahrstuhl nehmen musste. Ich hatte Angst, dass ich sonst stolperte und fiel.

Als ich unten ankam und mir ein bisschen Luft um die Nase wehte, schaffte ich es, den Kopf zu schütteln.

Was zum Teufel war da gerade passiert?

Was fiel diesen Menschen eigentlich ein?

Clarissa ...

Was für eine Bitch! Wie sie mich angegrinst hatte! Als wäre ich der letzte Dreck! Irgendeine Schlampe, die er in der Gosse aufgelesen hatte. Ich wollte ihr am liebsten das Gesicht zerkratzen, bis ihr das Lachen verging.

Ich lachte fassungslos. Unglaublich, was ich mir alles von diesen Leuten gefallen ließ! War ich von allen guten Geistern verlassen? Das hatte ich gar nicht nötig!

Ich ballte die Hände zu Fäusten und beschloss, dass dies das letzte Mal war, dass ich mich mit Cole traf. Einen gut aussehenden Typen für losen Sex fand ich überall - auch ohne mich von ihm scheiße behandeln zu lassen.

»Wenigstens bin ich beide los«, murmelte ich und lief zur U-Bahn. »Jetzt kann ich mich auf meinen Job konzentrieren und einen Riesenbogen um die Watsons machen. Das klappt bei allen anderen schließlich auch.«

Jetzt musste ich es nur noch schaffen, diesen giftigen Stachel aus meiner Brust zu entfernen, der aus Eifersucht und verletztem Stolz bestand.

KAPITEL 10

Als ich am Montag ins Büro kam, sprang Midge auf und zerrte mich in die Kaffeeküche, bevor ich abgelegt hatte. Ich schnappte im Rausgehen mein Handy, da zerrte sie mich schon mit sich.

»Hey, was ist los?«, fragte ich. »Du machst mir Angst.«

»Ich glaube, ich weiß, was gestern bei dir und Cole passiert ist«, sagte sie mit schmalem Mund. Sie sah aus, als könne sie selbst nicht glauben, was sie sagte.

»Was? Woher? Ich habe dir doch nur geschrieben, dass das Treffen scheiße war«, erwiderte ich verwirrt.

»Ja, ich weiß. Kurz danach habe ich in meine Social Media-App geschaut und das hier gefunden.« Sie drückte mir ihr Smartphone in die Hand. Ich betrachtete das Display und blieb stehen, dabei spürte ich, wie meine Wangen brennend heiß wurden.

Ich sah ein Posting von clary.watson. Clarissa und Cole, die auf dem wohlbekannten Sofa lagen, jeder ein Weinglas in der Hand. Clarissa trank aus dem Glas und Cole streckte die Zunge zwischen seine gespreizten Finger. Die Stelle auf dem Sofa müsste ungefähr die sein, auf der ich saß, als Clarissa hereinkam.

I usually prefer wine for a good flavour on the tongue. Fortunately, I was also able to convince @cole.watsss that this was the better choice.

›Normalerweise bevorzuge ich Wein für einen guten Geschmack auf der Zunge. Glücklicherweise konnte ich @cole.watsss auch davon überzeugen, dass das die bessere Wahl ist‹, hatte sie darunter gepostet.

Mehr musste sie zu diesem Bild auch nicht schreiben. Coles Geste war eindeutig genug, dass jeder verstand, worum es ging. Es gab schon über einhundert Kommentare und mehrere Tausend Likes, dabei war der Post erst ein paar Stunden alt. Sicher war es besser, mir keinen einzigen davon durchzulesen.

Als ich Midge das Telefon zurückgab, pochte mein Puls in meinem ganzen Kopf. Midge sah mich angespannt an. »Oh Mann, ich hab's geahnt«, murmelte sie. »Sie hat euch beim Vögeln unterbrochen, oder?«

Ich sah mich schnell um, doch wir standen in einer ruhigen Ecke und die Kollegen an der Kaffeemaschine unterhielten sich angeregt.

»Ja. Und dann hat sie deutlich gemacht, dass ich unerwünscht und unter Coles Würde bin«, erwiderte ich und gab das kurze Gespräch wieder, das ich durch die Tür mitbekommen hatte. Das war das erste Mal, dass ich Midge schlucken sah. Zu Clarissas Verhalten fiel nicht einmal meiner schlagfertigen Freundin etwas ein.

»Oh Mann«, murmelte sie wieder. »Ich wusste ja, dass sie eine Bitch ist, aber das ist echt widerlich.«

»Ja, mit Wertschätzung hat sie es nicht so.« Ich sah aus dem Fenster hinaus auf den Hafen und die Werften.

Ich fragte mich, ob ich hier noch richtig war. Und wenn ich ihr hier über den Weg lief? Knallte sie mir dann so was an den Kopf? Am besten so, dass es alle hörten? Und wenn sie es James sagte?

Mir wurde schlecht. Bis eben hatte ich mir darüber keine Gedanken gemacht, doch jetzt hatte ich Angst davor, aufzufliegen. Wenn die Brüder voneinander erfuhren, war ich meinen Job los. Selbst wenn Cole das gelassen sah, James tat das todsicher nicht.

»Fuck«, murmelte ich. »Ich stecke in der Scheiße. Jetzt ist es voll in die Hose gegangen.«

Midge schob mich ans Fenster, sie sah ernst aus.

»Clarissa ist fast nie hier, ich habe gehört, dass sie heute oder morgen nach Hause fliegt. Allerdings habe ich sie heute schon gesehen«, sagte sie leise.

Ich zuckte zusammen. Dieses Treffen musste ich vermeiden. Das Letzte mit ihr hatte gereicht und ich konnte ja schlecht der Tochter des Inhabers sagen, was ich von ihr hielt.

»Sie ist ein Miststück, ihr Ruf wird ihr gerecht. Wenn ich du wäre, würde ich von zu Hause aus arbeiten und ihr aus dem Weg gehen«, sagte Midge. »Und dann solltest du dir überlegen, wie du Cole gegenübertrittst.«

»Du hast recht«, sagte ich und schluckte, weil mein Mund so trocken war. »Ich habe noch einen Termin, aber dann fahre ich nach Hause. Und was das andere angeht: Ich werde einen Bogen um diese Familie machen. Man hat mir ja auf mehrere Arten deutlich gemacht, dass ich mich in eine Welt vorgewagt habe, in der ich nichts zu suchen habe. Ich werde diesen Rat endlich annehmen.«

»Ich glaube, das ist eine kluge Entscheidung«, sagte sie. »Ich komme heute zu dir und bringe Wein mit, okay?«

»Bevorzugst du auch Wein statt Pussys?«, flüsterte ich.

Ihr Mundwinkel zuckte. »Allerdings. Wenn ich aber zwischen Wein und Schwänzen wählen muss, wird es deutlich schwieriger.« Sie drückte mich kurz. »Das geht vorüber. Wahrscheinlich schneller als wir denken.«

Ich zog meinen Termin durch und fuhr dann nach Hause. Ich hatte zuvor erst ein oder zweimal von dort aus gearbeitet. Ich war lieber im Büro bei meinem Team und hatte alle Ansprechpartner vor Ort.

Heute war ich froh über diese Möglichkeit, denn allein der Gedanke, Clarissa über den Weg zu laufen, bereitete mir Übelkeit.

Zu Hause kochte ich mir einen Kaffee und versuchte dann, mich mit Arbeit abzulenken.

Kay und Pavel kamen erst nachmittags nach Hause, beide arbeiteten heute. Das verschaffte mir Ruhe - beinahe zu viel. Ich kämpfte mit dem Verlangen, mir Clarissas Posting und alle Kommentare dazu anzusehen und mich in der Scheiße zu wälzen, die ich mir selbst eingebrockt hatte.

Ich war stolz auf mich, dass ich der Versuchung widerstand. Ich wollte mich nicht runtermachen lassen.

Wie Clarissa über mich dachte, obwohl sie mich gar nicht kannte, durfte ich nicht an mich heranlassen. Noch viel weniger, dass Cole nicht eingegriffen hatte.

›So viel zum Thema, ob wir uns mögen‹, dachte ich grimmig. ›Frage beantwortet.‹

Ich war froh, als ich meine Stunden voll hatte (was mir normalerweise fremd war) und die Wohnungstür zufallen hörte. Endlich jemand, der mich ablenkte.

Es war Kay, der von seinem Nebenjob nach Hause kam.

»Hey, willst du ein Bier?«, fragte ich ihn.

Er blinzelte, weil er mit mir noch nicht gerechnet hatte, nickte dann aber. »Klar. Je kälter, desto besser. Gott sei Dank wird es langsam etwas kühler draußen. Diese dauernde Hitze ertrage ich nicht.«

Ich holte zwei Flaschen aus dem Kühlschrank und setzte mich dann mit ihm auf die Couch. Wir stießen an und tranken schweigend.

»Harter Tag?«, fragte Kay schließlich.

»Ja,«, erwiderte ich. »Manchmal ist der Wurm drin.«

»Kenne ich.« Er nahm einen Schluck. »Nicht unterkriegen lassen. Und wenn ich eins aus der Beziehung mit Jana gelernt habe, dann, dass man es nicht so lassen muss, wenn es einen unglücklich macht. Du findest auch einen anderen Job, wenn es dir in dieser Firma nicht mehr gefällt.«

»Es ist gar nicht der Job«, sagte ich langsam. »Sondern ein paar Leute dort. Ich hab das Gefühl, dass ich mich unabsichtlich zur Zielscheibe gemacht habe.«

Kay zog die Augenbrauen hoch. »Du? Wie das? Du bist so nett. Na ja, meistens zumindest. Zu Leuten, die du magst.«

»Na vielen Dank auch. Soll ich dich weiterreden lassen, damit du es weiter einschränken kannst?«, fragte ich.

Kay grinste. »Ach Quatsch. Niemand kann immer gut drauf sein. Aber du bist nie unhöflich oder gemein. Das mag ich an dir.«

»Ja, das gilt aber nicht für jeden«, erwiderte ich leise.

Es klingelte an der Tür. Offenbar hatte Midge heute auch überpünktlich Feierabend gemacht.

»Ich geh schon«, sagte Kay.

»Ist aber für mich.«

»Dann freu ich mich, mal jemanden kennenzulernen, mit dem du befreundet bist.« Er verschwand im Flur und öffnete. Ich hörte sie reden.

Und dann schweigen.

Ich zog die Augenbrauen hoch.

Midge und schweigen? Unmöglich.

War das doch jemand anderes?

Ich stand auf und ging in den Flur.

Doch, es war Midge. Und sie starrte Kay an, als wäre er der erste Mann, den sie in ihrem Leben gesehen hatte.

Was war denn da los? Gefiel er ihr etwa?

»Hey«, sagte ich.

Sie riss sich von meinem Mitbewohner los und sah mich an. »Hey Lil, wie gehts dir?«

»Ganz gut mittlerweile.« Ich warf ihr einen irritierten Blick zu und sah dann zu Kay. Midge lächelte und zuckte mit den Schultern. Dann strich sie ihr Haar zurück wie eine Filmdiva. »Wollen wir hier ein Glas Wein trinken oder lieber ausgehen?«

»Beides?«, bot ich an und sah Kay an. »Lust und Zeit?«

»Klar«, meinte er und ging in die Küche, um Gläser zu holen.

Ich zog die Augenbrauen hoch. »Alles klar?«

»Jepp. Es ist nur ... dein Mitbewohner ist nett«, sagte sie, dann musste sie über sich lachen. »Ist er Single?«

»Seit Kurzem. Na dann, mach dich ran«, sagte ich und entkorkte die Flasche. Wenn jemand nie eine Szene machen würde, dann war das Midge, dafür war sie viel zu cool und selbstbewusst. Und Kay verdiente jemanden, der ihn wie einen Erwachsenen behandelte.

Ich setzte mich wieder aufs Sofa und war gespannt, was der Abend noch so brachte.

Ich blieb auch am Dienstag im Homeoffice. Midge hielt mich auf dem Laufenden und berichtete am Mittag, dass Clarissa sich auf den Weg zum Flughafen machte - das wusste sie von Pam.

Ich atmete auf. Wenigstens über diese Sache musste ich mir keine Gedanken mehr machen. Außerdem erfuhr ich, dass James seine Schwester nach Liverpool begleitete. Die Luft war also rein.

Am Mittwoch war ich wieder im Büro und versuchte, mich zu entspannen.

»Wie sieht es bei dir aus?«, fragte Midge, als wir allein im Büro waren. Tina hatte Jeannette zu einem Termin mitgenommen, wofür ich sehr dankbar war. Ich ertrug gerade keine Watsons um mich herum. Leider gab es für meinen Geschmack zu viele von ihnen.

»Unverändert«, erwiderte ich. »Und es hat sich auch niemand bei mir gemeldet. Cole nicht und James auch nicht. Ich denke, die Botschaft ist beiderseits angekommen: halt dich fern. Aber«, fuhr ich fort. »Steht jetzt eigentlich dein Date mit Kay?« Das hatte Midge am Montagabend nämlich noch in die Wege geleitet. Und ich war froh, endlich mal über etwas anderes zu sprechen als mein Dilemma mit den Brüdern.

Sie verzog den Mund. »Ich war ja kurz geneigt, einfach das Angebot deines anderen Mitbewohners anzunehmen und in seinem Bett zu schlafen, aber ich denke, das hätte mir alle anderen Türen verschlossen.«

»Davon gehe ich auch aus. Sollte aus euch nichts werden, kannst du aber jederzeit auf dieses Angebot zurückkommen. Pavel ist da entspannt«, erwiderte ich. Pavel war später dazugekommen, hatte mit uns getrunken und sich Midge als ›Übernachtungspartner‹ angeboten.

Ich fand es immer wieder faszinierend, mit welchem Selbstverständnis er diese Angebote machte. Und dass ihm niemand ernsthaft böse sein konnte.

Midge hatte abgelehnt und Kay ihre Nummer zugesteckt. Offenbar hatte er mittlerweile angerufen. Das freute mich, denn zwischen den beiden war etwas. Es war süß und irgendwie unschuldig.

Das mitzubekommen sorgte dafür, dass ich mich besser fühlte. Es zeigte mir, dass es auch noch andere Arten gab, mit jemanden zusammen zu sein. Und das musste nichts mit Trockensex, bitchigen Schwestern und beruflichen Abhängigkeitsverhältnissen zu tun haben.

Das war tröstlicher, als ich gedacht hätte. Es machte Hoffnung, dass ich auch irgendwann mal wieder in ein gesundes Verhältnis mit einem Mann kam. Wenn ich mich von dem Shit hier erholt hatte.

»Am Freitag gehen wir was trinken. Mal sehen, ich bin entspannt«, sagte sie lächelnd.

Ganz so entspannt wirkte sie zwar nicht, aber ich wollte sie nicht ärgern. Sie wusste schon, was sie tat.

Am Donnerstag lief ich James in die Arme, als ich das Gebäude betrat. Er stand im Foyer, das Handy in der Hand. Als er mich sah, weiteten sich seine Augen.

Ich blieb stehen und wusste nicht, was ich sagen sollte. Jetzt, wo er mir gegenüberstand, kamen die Enttäuschung und der Frust wegen seines falschen Spiels wieder hoch. Meine Eingeweide waren ein harter Knoten und ich hatte einen Kloß im Hals.

»Hallo Lilian«, sagte er und kam einen Schritt näher. Sein Mund verzog sich zu einem Lächeln.

Ich widerstand dem Drang, ihm den Mittelfinger zu zeigen. Diese ganze Familie war dermaßen beschissen, dass ich kotzen könnte.

›Tut er jetzt ernsthaft so, als wäre nichts gewesen? Das passt zu ihm. Dieser Mann ist dermaßen fake!‹

»Hallo«, sagte ich rau, denn außer uns waren noch mehr Leute hier. Es käme merkwürdig rüber, wenn ich nicht mit ihm redete. »Wie war Liverpool?«

»In Ordnung. Ich hatte ein Meeting mit meinem Vater, das er unbedingt persönlich abhalten wollte.« Er sah sich um. Ein paar Leute gingen vorbei und grüßten. Er nickte ihnen zu und wandte sich wieder an mich. »Ich möchte mich mit dir über den Status unseres Projekts unterhalten. Hast du heute Nachmittag Zeit?« Seine Augen sagten mir deutlich, dass dieses Projekt Sex beinhaltete.

›Der Typ hat echt Nerven!‹

»Ich muss mal in meinem Kalender nachsehen«, wich ich aus. »Ansonsten kann Jeannette dir sagen, wie es im K+R-Projekt aussieht. Sie ist auf dem Laufenden.«

James wollte etwas erwidern, da kam eine Kollegin aus der Finanzabteilung und sprach ihn an. Ich nutzte die Chance, um abzuhauen, aber ich ging nicht davon aus, dass er mich so leicht vom Haken ließ.

Erwartungsgemäß kam am Nachmittag eine Nachricht von ihm: ›Konntest du deinen Kalender konsultieren? Ich würde mich lieber von dir updaten lassen. Komm bitte vorbei, sobald du es einrichten kannst.‹

Was denn jetzt? Wollte er wirklich mit mir über das Beratungsprojekt sprechen oder war das wieder ein Code für Sex? Schlechten Sex, erinnerte ich mich. Und beim letzten Mal, als es gerade heiß wurde, hatte er abgebrochen. Um mich dann voll auflaufen zu lassen.

›Ich kann jetzt rüberkommen‹, antwortete ich. Jetzt waren noch genug Leute da, sodass er mir nicht zu nahe kommen würde.

›Ich habe noch Termine bis siebzehn Uhr.‹

›Dein Pech‹, dachte ich trotzig. ›Ich bin schließlich keine Hure, die man einfach buchen kann, wenn es einem in den Kram passt.‹

Ich hielt inne, als mir klar wurde, dass er mich so oder so bezahlte. Mein Gehalt zahlte schließlich seine Firma.

›Ich versuche, es einzurichten‹, antwortete ich mit zusammengepressten Lippen. Was auch immer er wollte, Sex bekam er sicher nicht von mir.

Ich ging erst um zwanzig nach fünf zu seinem Büro. Midge war schon losgezogen, Tina und Jeannette packten gerade zusammen.

»Machst du noch lange?«, fragte Tina.

»Ich hoffe nicht. Ich muss noch mal zu James und ihm ein Detail wegen des Projekts geben. Ich hoffe, das geht schnell«, antwortete ich.

»So was fällt meinem Bruder leider immer erst spät ein«, sagte Jeannette mit ihrer leisen Stimme und sah mich entschuldigend an, als wäre sie für James verantwortlich. »Ich drücke dir die Daumen, dass er schnell macht. Bis morgen.«

»Danke. Bis morgen.« Ich zwang mir ein Lächeln aufs Gesicht. Jeannette war anders als ihre Geschwister (also nett) und sie konnte nichts für ihre Familie.

Allerdings war es immer noch möglich, dass sie sich auch als Arschloch entpuppte. Jederzeit.

Ich schnappte mir mein Laptop und ging hinüber zu besagtem Bruder, der schon auf mich wartete. Er stand sogar auf, als ich hereinkam.

»Danke, dass du da bist«, sagte er und kam auf mich zu. »Ich habe die ganze Zeit nach einer Gelegenheit gesucht, damit wir unser Treffen von letzter Woche beenden können.« Er trat an mich heran und legte die Hände an meine Taille.

Ich machte einen Schritt zurück. »Ich hatte ehrlich gesagt den Eindruck, dass du mir auf der Gala deutlich gemacht hast, dass wir uns nicht mehr sehen werden.«

»Wie kommst du darauf?«, fragte er überrascht.

»Weil du mich eingeladen und dann kein einziges Wort mit mir gewechselt hast, nicht einmal gegrüßt. Das habe ich nicht verstanden und ich kam mir dumm vor.«

»Ich dachte, es wäre klar, dass ich dich als moralische Unterstützung brauche«, sagte er stirnrunzelnd.

»Dir vielleicht, aber mir nicht. Hör mal, James, ich bin niemand, der versteckt werden muss«, sagte ich und sammelte meinen Mut, um ihm endlich zu sagen, was mich die ganze Zeit quälte. »Und ich will mir das auch nicht einreden lassen. Ich tauge nichts als heimliche Geliebte. Das ist nicht mein Ding.«

»Es tut mir leid«, sagte er sofort und küsste meinen Hals. Ich bekam Gänsehaut. Von der guten Sorte.

Verdammt, was war denn mit mir los?

»Wirklich sehr leid«, flüsterte er in mein Ohr und fuhr die Kontur der Muschel mit der Zunge nach.

Mir entwich ein Seufzen und ich lehnte mich an ihn. *›Scheiße, irgendwie tut es gut, dass er sich entschuldigt.‹*

»Ich kann dir gern zeigen, wie sehr.« Damit griff er nach meinem Rock und zog ihn langsam nach oben, zeitgleich ging er in die Knie vor mir. »Wenn du mich lässt.« Er sah zu mir hoch.

Ich konnte nicht anders, ich musste nicken.

›Fuck, Lilian, du dämliche Kuh! Von wegen, es gibt keinen Sex. Und kaum entschuldigt er sich bei dir, knickst du ein und lässt es dir wieder machen! Hoffentlich macht er es heute richtig. Aber dass er vor mir kniet, ist genau die richtige Einstellung.‹

Atemlos beobachtete ich, wie mein Oberboss meinen Slip beiseitezog und mit der Zunge über meine Pussy fuhr. Oh Gott, das war leider viel zu gut, um ihn zu unterbrechen! Ich müsste es sofort tun, die Sache hier in diesem Moment beenden, aber mein verletzter Stolz hielt mich davon ab.

Ich war es wert, dass er vor mir in die Knie ging. Ich war es wert, dass er sich bei mir entschuldigte und sich bemühte, die Enttäuschung wiedergutzumachen.

›*Von wegen Wein*‹, schoss es mir grimmig durch den Kopf. ›*Weder er noch Cole geben Wein den Vorzug.*‹

James packte meine Hüften und setzte mich auf seinen Schreibtisch, dabei spreizte er meine Schenkel und legte wieder seine Lippen auf meine Pussy, neckte sie mit seiner Zungenspitze und saugte an meiner Haut. Ich verfolgte jede Bewegung wie hypnotisiert und langsam kam ich in Stimmung. Er leckte langsam über meine Klit und schloss dabei genießerisch die Augen.

»Davon träume ich schon seit unserem ersten Treffen«, raunte er. »Ich habe mich immer gefragt, wie du wohl schmeckst. Wie samtig sich deine Haut anfühlt. Und wie scharf du werden kannst.«

»Dann mach weiter und finde es heraus«, stöhnte ich und fuhr mit den Fingern durch sein Haar. Er versenkte seine Zunge in mir und leckte mich nachdrücklich. Jeden Zentimeter. Ich spreizte die Beine und ließ ihn machen.

Dabei behielt ich ihn im Auge.

Es war die reine Manipulation. Ich durchschaute ihn mittlerweile. Aber wenn ich diese Momente dafür bekam, dass er dachte, er könnte sein Spielchen mit mir treiben, dann nahm ich es eben noch einmal mit. Sein Gesicht zwischen meinen Schenkeln linderte meinen Ärger.

»Mach weiter. Weiter. Genau so«, trieb ich ihn an und rieb mich an seinem Gesicht. James machte weiter. Ich war scharf, ja, aber immer noch meilenweit davon entfernt, zu kommen. Vielleicht lag das an meinem Trotz, aber er musste sich mehr Mühe geben, wenn er mir einen Orgasmus bescheren wollte.

James nahm seine Finger zur Hilfe und mir wurde heiß. Ich legte den Kopf in den Nacken und stöhnte. Jetzt endlich kamen wir der Sache auf die Spur. Langsam fand er den richtigen Weg, um es mir zu besorgen. Das hatte ja auch lang genug gedauert.

»Mach weiter. Oh ja, mach weiter«, wimmerte ich und wand mich unter seinen Fingern, die immer wieder tief in meine Pussy eindrangen. Ich sank auf meine Ellenbogen zurück und massierte meine Brüste. Meine Nippel waren hart und empfindlich. Ich rieb über sie und ergötzte mich an diesem Gefühl.

Langsam braute sich der Orgasmus in meinem Unterleib zusammen. Die ersten Zuckungen kamen und mein Stöhnen wurde lauter und unkontrollierter.

»Ja, genau so«, flüsterte ich. »Besorg's mir richtig. Du machst das gut.«

James lächelte mich an. Undeutlich bekam ich mit, dass er an seiner Hose herumfummelte, aber das war mir egal. Sollte er doch seinen Schwanz herausholen! Ich brauchte ihn gleich noch, hart und tief in mir. Ich kam bei diesem Gedanken und stieß einen Schrei aus.

Im gleichen Moment richtete James sich auf und versenkte seine harte Erektion in mir. Dieses Mal war es keine Frage der Chemie, ich war so dabei, dass ich fast durchdrehte. Sein Schwanz dehnte meine krampfenden Muskeln wieder auf und verlängerte und intensivierte den Orgasmus beinahe unerträglich.

Ich schrie noch einmal und kam nicht mehr klar.

›Fuck, wenn das doch schon eher so zwischen uns gewesen wäre!‹ Ich schlang die Arme um seinen Nacken und küsste ihn auf den Mund, während er mich mit tiefen

harten Stößen vögelte. Ich nahm jeden von ihnen auf und genoss es, wie wild und ungehemmt er dieses Mal war. Er hatte den Kopfmenschen ein wenig hinter sich gelassen und das hatte einen enormen Effekt.

Ich war beinahe ein bisschen stolz auf mich deswegen. Das hatte ich möglich gemacht. Meinetwegen ließ er los. Meinetwegen legte er sich ins Zeug.

Schließlich verkrampften sich seine Hände an meinen Oberschenkeln und er kam ebenfalls mit einem heiseren Schrei.

Ich hielt ihn fest und presste ihn an mich, während er in seinem Orgasmus krampfte. Sein Herz hämmerte gegen meine Rippen und ich bekam selbst nur mühsam Luft.

Schweratmend sanken wir auf seinen Schreibtisch.

Erst jetzt merkte ich, dass wir einiges heruntergefegt hatten. Papiere und sogar seine Tastatur lagen auf dem Boden.

Wohlige Erschöpfung breitete sich in mir aus, doch ich ließ es nicht zu. Ich musste ihm noch etwas wichtiges sagen: »Wir können uns so nicht mehr treffen.«

James Kopf ruckte hoch, seine dunkelblauen Augen waren weit aufgerissen. »Was?«

»Wir beide. Ich möchte mich nicht mehr mit dir zum Sex treffen«, präzisierte ich. »Das klappt einfach nicht. Wie schon gesagt bin ich niemand, den man verstecken muss. Ich verstehe, dass ich nicht in deine Welt passe, aber das muss ich auch nicht. Und ich muss mich von dir auch nicht so behandeln lassen.« Ich rappelte mich auf und zupfte meine Kleider zurecht. »Tut mir leid, ich weiß, du hast etwas anderes erwartet. Vor allem jetzt.«

»Lilian, warte. Ich will dich nicht verstecken, darum geht es nicht!«, sagte er. Zum ersten Mal war er ehrlich emotional. »Du weißt, dass ich Verpflichtungen habe.«

»Alles gut, das ist mir vollkommen bewusst. Ich weiß auch, dass die Erwartungen an dich hoch sind. Das tut mir leid, aber das ist nicht mein Problem«, erwiderte ich. »Ich muss mich nicht für Sex zu jemandem machen, der ich nicht bin. Ich will keine Mätresse sein, die heimlich auf dem Schreibtisch gevögelt wird. Etwas anderes oder mehr will ich aber auch nicht von dir. Ich hatte bis vor ein paar Monaten eine Beziehung und danach suche ich aktuell nicht.« Ich zuckte mit den Schultern. »Eigentlich will ich momentan keinen Mann ständig an meiner Seite haben. Ich komme allein gut klar.«

»Aber wenn du keine Beziehung und auch keine Affäre willst, was dann?«, fragte er kopfschüttelnd.

Er verstand meinen Punkt nicht. Wie auch? Er durfte schließlich nie allein sein und andere entschieden für ihn.

»Ich will Spaß. Ohne Druck. Und ohne mich verstecken zu müssen. Daran ändern auch Kleider nichts oder was auch immer du mir gerade anbieten wolltest«, kam ich ihm zuvor, denn er hatte schon zu einem Aber angesetzt.

»Tut mir leid, James. Ich weiß, du hast dir etwas anderes vorgestellt, aber ich kann dir das nicht bieten.« Ich schluckte, weil ich Angst vor der nächsten Frage hatte. »Bekomme ich deswegen ein Problem im Job?«

James schüttelte stumm den Kopf.

»Okay, danke.« Ich trat unschlüssig von einem Bein aufs andere, da klingelte sein Handy.

Er sah auf das Display und sein Gesicht wurde noch verkrampfter. Sicher war das sein Vater. »Ich muss da rangehen. Aber Lilian, können wir noch mal reden? Ich habe dazu auch noch etwas zu sagen.«

»Ja, okay, das können wir machen«, sagte ich, obwohl ich das gar nicht wollte. James nahm das Gespräch an und ich flüchtete aus dem Büro.

Noch während ich meine Sachen holte, fragte ich mich, ob ich gerade einen Fehler gemacht hatte. Und wenn ja, welchen.

Ich rief Midge auf dem Heimweg an und erzählte ihr von meinem Treffen mit James. Sie pfiff durch die Zähne, als ich fertig war.

»Das war Klartext. Ich bin ein bisschen stolz auf dich. Und schockiert, wie ehrlich und mutig du bist. Das hätte sich nicht jede getraut.«

»Aus gutem Grund wahrscheinlich. Ich kam mir selbst ziemlich dumm dabei vor, aber es musste gesagt werden. Ich wollte ehrlich zu ihm sein, wenn er das schon nicht hinbekommt. Wir werden noch sehen, ob das gut oder schlecht war«, antwortete ich.

»Aber du hast ihn gefragt, ob du dir Gedanken wegen deines Jobs machen musst«, erinnerte sie mich. »Und er hat Nein gesagt.«

»Ja, die Frage ist aber, ob er das noch genauso sieht, wenn ich ihn auch beim nächsten Mal sage, dass ich nicht mehr zur Verfügung stehe. Ich vermute nämlich, dass er mir nicht glaubt.«

»Aber warum solltest du bluffen?«, hielt sie dagegen. »Du weißt, dass ihr nie offiziell zusammen wärt und dass er auch die Hochzeit nie absagen würde. Ich finde, du warst absolut transparent.« Sie atmete durch. »Andererseits hören Typen wie James Watson sicherlich viel zu selten, dass jemand nein zu ihnen sagt.«

»Und genau das ist das Problem, das ich sehe«, sagte ich und stieg in die U-Bahn. Es tat gut, Distanz zwischen mich und das Büro zu bringen. Es fühlte sich an, als würde ich einen Teil der Last los.

»Kopf hoch«, sagte Midge. »Ich bin mir sicher, dass sich bald eine andere findet, mit der er vögeln kann. Jemand, der sich mit Geschenken zufriedengibt.«

»Ich will weder Geschenke noch eine Beziehung«, stellte ich klar. »So, wie es mit Dean war, war es perfekt: keine Verpflichtungen, einfach Spaß und eine gute Zeit. Und, was das Beste daran war: keine Abhängigkeit. Das stört mich nämlich am meisten an der Sache. Ich bin schließlich nicht von zu Hause weg, damit der Nächste kommt, der denkt, dass er über mein Leben bestimmen und mir sagen kann, was ich tun soll.«

Midge kannte die Geschichte mit der Gärtnerei und meinem Vater, ich hatte sie ihr eines Abends bei Drinks erzählt.

»Ich weiß und das hast du auch nicht nötig«, erwiderte sie. »Es ist schade, dass Dean wieder in England ist. Ihr habt gut zusammengepasst.« Sie verstummte, aber ich ahnte, was sie sagen wollte: Auch als Paar. Ich hatte absolut keine Lust, dieses Gespräch mit ihr zu führen. Das war eh sinnlos.

»Gut, James hast du also abgefrühstückt. Was willst du wegen Cole unternehmen?«, fragte sie jetzt. »Willst du mit ihm auch noch einmal sprechen?«

»Nur wenn es sich ergibt«, sagte ich. »Ich will ihm zumindest noch einmal sagen, dass ich die Aktion am Sonntag total daneben fand und mich nicht noch einmal mit ihm treffen werde. Vor allem nicht, wenn Clarissa in der Stadt ist. Nach diesem Posting vermute ich aber, dass es sich von seiner Seite sowieso erledigt hat. Trotzdem würde ich es ihm gern noch einmal sagen.«

»Kann ich auch verstehen«, erwiderte sie. »Du kannst ihm ruhig sagen, wie beschissen sein Verhalten war. Von

Clarissa brauchen wir gar nicht erst anfangen. Mal sehen, wann es sich ergibt, dass ihr sprecht.«

Ja, darauf war ich auch gespannt. Fürs Erste fuhr ich nach Hause und gönnte mir mit den Jungs ein paar Drinks. Das hatte ich mehr als verdient nach diesem Tag.

Der nächste Tag war zum Glück Freitag.

Ich hatte mich selten so auf das Wochenende gefreut. Mein Bruder hatte am Samstag Geburtstag und ich wollte schon heute Abend nach Peine fahren, damit sich der Weg lohnte. Obwohl ich keine Lust auf Diskussionen mit meinem Vater hatte, war ich trotzdem froh, ein bisschen Abstand zu Hamburg und *Watson Shipping* zu gewinnen.

Ich würde bei Florian übernachten, so war der Kontakt zu meinem Vater auf das Nötigste beschränkt. Wir beide wollten zusammen in seinen Geburtstag feiern und uns eine gute Zeit machen. Darauf freute ich mich. Doch als Erstes musste ich den Freitag überstehen.

Der Vormittag war verplant, doch der Nachmittag sah gut aus. Ich hoffte, dass ich rechtzeitig Feierabend machen und losfahren konnte. Momentan sah es gut aus.

Nach dem Mittagessen setzte ich mich mit Midge auf die Dachterrasse in die Sonne. Hier gab es ein paar Loungemöbel für die Mitarbeitenden zum Entspannen und Pause machen. Wir machten es uns auf einer Bank mit hoher Rückenlehne gemütlich, die etwas im Schatten lag. Heute war es nicht mehr so heiß. Auch das war gut, die dauernde Hitze machte mich müde.

Außer uns war niemand auf der Terrasse und wir unterhielten uns leise. Heute Abend stand Midges Date mit Kay an.

»Ich bin gespannt, wie es wird«, sagte ich. »Hätte nie gedacht, dass du ihn gut finden könntest, aber er ist echt ein netter Kerl. Seine Ex war der Horror, aber seit der Trennung lebt er richtig auf.«

»Gut zu wissen«, sagte sie. »Und ich lass es einfach auf mich zukommen. Mit Druck kann ich bei Dates nichts anfangen. Entweder es passt oder wir haben maximal Sex.« Sie seufzte. »Wird auch mal wieder Zeit.«

Ich wollte gerade antworten, da hörten wir, wie die Tür geöffnet wurde und jemand auf die Terrasse kam.

»Nicht rühren, dann haben wir unsere Ruhe. Ich will noch einen Moment hierbleiben«, flüsterte Midge und setzte ihre Vintage-Sonnenbrille auf. Wir lehnten uns zurück und genossen die leichte Brise, die vom Wasser herüberwehte.

Ich schloss kurz die Augen und gönnte mir diesen Moment, fuhr dann aber wieder auf, als ich Coles Stimme hörte. Und Clarissas.

Ich dachte, sie wäre wieder in London! Sofort kamen die Wut und Scham wegen unserer letzten Begegnung wieder hoch. Ich machte mich noch kleiner auf der Bank und betete, dass sie uns nicht entdeckten. Das könnte ich gerade nicht ertragen.

Midge warf mir einen angespannten Blick zu, als würde sie damit rechnen, dass ich aufsprang und Clarissa über die Brüstung warf.

Keine schlechte Idee eigentlich.

»Mein Gott, bin ich froh, wenn ich morgen wieder nach Hause fliege«, sagte Clarissa gelangweilt. »Ich hatte mir Hamburg aufregender vorgestellt, aber allein dieser stinkende Hafen kotzt mich an. Morgen zu Hause muss ich mir erstmal einen gönnen.«

»So übel ist es hier nicht«, meinte er gelassen. »Man gewöhnt sich daran, dass es anders ist als London. Und im Ernst, ätzender als in Liverpool ist es hier nicht.«

»Kein Wunder, dass du das sagst, du hast dir ja auch direkt *Gesellschaft* gesucht«, stichelte sie. Mein Herz pochte. Neben mir nahm Midge die Sonnenbrille ab. Sie presste die roten Lippen zusammen und ihre hellen Wangen röteten sich.

»Hättest du auch machen können, wenn du wolltest. Ist ja sonst auch kein Problem für dich«, erwiderte er. »Warum so schüchtern, Schwesterherz?«

»Von wegen. Henry ist in London und hier habe ich niemanden gefunden, der mich angesprochen hätte. Meine Ansprüche sind höher als deine. Ich nehme nicht alles, was sich mir anbietet«, versetzte sie zickig.

Er lachte. »Manchmal muss man einfach nehmen, was da ist. Hätte schlimmer kommen können.«

Midge stand der Mund offen. Mir auch.

»Pfff ... Du hattest schon mal ein besseres Händchen. Wird Zeit, dass du nach Hause kommst. Ich kann dich ja offenbar nicht allein lassen. Allein letzten Sonntag ...«

»Das hast du mir schon hinlänglich erklärt«, unterbrach er sie schnell. »Ich verzichte auf eine Wiederholung deiner Argumente.«

»Oh, Cole, willst du deine kleine Freundin etwa verteidigen?«, spottete sie. »Was für ein Gentleman du doch bist. Manchmal.«

»Nicht gegen dich, Schwesterherz. Aber wir haben wirklich lang genug über sie geredet. Fast, als wäre sie wichtig.«

Sie zögerte kurz. »Hast recht. Kommst du morgen mit nach London? Ich brauche ein Partywochenende.« Sie betonte das letzte Wort so bedeutungsvoll, dass mehr dahinterstecken musste, doch das registrierte ich nur am Rande, ich war viel zu schockiert über die beiden.

Darüber, wie sie über mich sprachen.

Wie herablassend und bösartig. ›Als wäre sie wichtig.‹
›Ihr verdammten Arschlöcher.‹

Midge legte ihre Hand auf meine und drückte sie. In ihren Augen stand der gleiche Schock und sie schüttelte langsam den Kopf. Sogar meine Freundin, die nie auf den Mund gefallen war, war sprachlos.

»Ja, gute Idee«, erwiderte Cole. »Dann bin ich am Montag so hangover, dass ich den Mist hier nächste Woche besser ertrage, weil ich nur die Hälfte mitbekomme.«

»Oder du bleibst einfach in London und gibst keinen Fuck auf James und seine Scheiße, die er hier abzieht.«

»Auch eine gute Idee. Ich denke drüber nach.«

»Ja, bitte tut uns allen einen Gefallen und haut einfach ab«, flüsterte Midge und drückte meine Hand noch fester.

Wieder ging die Tür auf und ich hörte weitere Stimmen. Midge lehnte sich vorsichtig nach vorn und blickte um die Rückenlehne des Sofas in die Richtung, in der die Watson-Geschwister gestanden hatten.

»Sie sind weg«, murmelte sie.

KAPITEL 11

»Willst du noch einen Moment warten?«, fragte Midge leise, als ich mich nicht rührte.

Ich nickte stumm. Mir fehlten die Worte. Ich kam nicht mehr klar. Dieses Gespräch zog mir den Boden unter den Füßen weg. Wie Menschen so sein konnten, wollte mir nicht in den Kopf. Und nie zuvor hatte jemand so über mich gesprochen.

»Geht es dir gut?«, fragte Midge leise.

Ich zuckte mit den Schultern. »Nein. Wie soll es mir denn gehen? Du hast sie doch gehört.« Meine Stimme klang belegt, als hätte ich einen Frosch im Hals.

»Lilian«, sagte meine Freundin und sah mir ins Gesicht. So ernst hatte ich sie noch nie erlebt. »Bitte zieh dir das nicht rein. Das sind Menschen, die dich nicht kennen und deren Menschenbild extrem problematisch ist. Sie denken, dass sie über allen anderen stehen. Tun sie nicht, hörst du? Du solltest darauf scheißen, was Clarissa von dir denkt. Sie ist ein Miststück. Und dumm, das merkt man daran, wie sie redet. Wenn sie nicht aus einer reichen Familie käme, wäre sie ganz allein, weil niemand so jemanden erträgt, ohne, dass für ihn etwas dabei herausspringt. Du bist nicht so wie sie, du hast Verstand und Herz. Und was Leute, denen Herz und Verstand fehlen, über dich denken, sollte dir egal sein, denn das Niveau ist nicht deins.«

»Leichter gesagt als getan«, murmelte ich. »Cole ist genau wie sie. Ich hätte ihm das nicht zugetraut. Ich wusste, dass er nicht ganz sauber ist, aber dass er so mies ist, habe ich nicht erwartet.«

»Cole ist ein Clown«, sagte sie fest. »Ein kleiner Wicht, der sich bei seiner Schwester anbiedert, weil ihn auch niemand leiden kann. Er redet ihr nach dem Mund und hat null Persönlichkeit, geschweige denn eine eigene Meinung. Auf jemanden wie ihn kannst du in deinem Leben verzichten. Seine Performance beim Sex und sein Aussehen scheinen seine einzigen Pluspunkte zu sein.«

»Und sein Geld«, erinnerte ich sie.

»Das macht ihn geistig nicht reicher«, versetzte sie und tätschelte mein Bein. »Ach Süße, ich wünschte, du hättest diesen Schwachsinn nicht hören müssen. Das tut mir so leid. Ich sehe, was es mit dir macht.«

»Ich frage mich gerade, ob ich in dieser Firma richtig bin«, antwortete ich. »Ob ich für solche Menschen arbeiten und ihnen dabei helfen kann, noch reicher und einflussreicher zu werden.«

»Ich könnte verstehen, wenn du es nicht könntest«, sagte sie. »Aber ich habe dich gern bei mir und möchte nur ungern auf dich verzichten.«

»Lass mich darüber nachdenken, ich habe ja das ganze Wochenende über Zeit«, sagte ich matt und stand mit wackligen Knien auf. »Komm, wir geben zurück an die Arbeit und bringen den Tag hinter uns.«

Midge folgte mir zurück ins Gebäude. Die Tür der Dachterrasse führte in die Küche. Dort stand Cole mit ein paar Kollegen an der Kaffeemaschine und unterhielt sich. Von Clarissa war nichts zu sehen.

Er sah mich hereinkommen und sein selbstsicheres Grinsen verrutschte. Er erriet, dass ich draußen war, als er mit Clarissa gesprochen hatte. Und dass ich sie gehört hatte. Für einen kurzen Moment wirkte es, als würde er seine Worte bereuen.

Vielleicht bildete ich mir das aber auch nur ein.

Ich unterbrach den Blickkontakt und lief zu meinem Büro. So schnell wie möglich, ohne dass es als Rennen durchging.

Ich überstand den Nachmittag und war froh, als es endlich Zeit für den Feierabend war. Ich warf mein Laptop in meinen Rucksack und sprintete aus dem Büro. Mein Auto stand auf dem Firmenparkplatz. Als ich vom Hof rollte und mich auf den Weg nach Peine machte, fühlte sich mein Herz etwas leichter an.

Zweifel stiegen in mir hoch, ob nach Hamburg zu kommen die richtige Entscheidung gewesen war. Ich war jetzt vier Monate hier und erlebte einen Irrsinn nach dem anderen. Und Irrsinn war eine freundliche Untertreibung.

Ich biss mir auf die Unterlippe.

Niemand hatte mich gezwungen, mit James und Cole zu vögeln. Das hatte ich allein entschieden. Midge hatte mich vor ihnen gewarnt, aber ich wollte ja nicht hören.

Das Dumme war, dass ich meinen Job mochte. Auch die Firma. Trotzdem fühlte ich mich fehl am Platz. Das war auch meine Schuld, denn ich hätte einfach nur Nein sagen müssen.

Das hatte ich jetzt davon.

»Und was jetzt?«, murmelte ich. »^Du hast keinen Plan B. Und nach Hause zurückzukehren kommt nicht infrage. Das würde sich anfühlen wie versagen. Papa würde denken, dass er recht hatte und ich es allein nicht schaffe. Wieder nicht.« Ich schluckte den Kloß in meinem Hals hinunter und gab Gas, als ich auf die Autobahn fuhr. Ich rief Florian an, um ihm zu sagen, dass ich unterwegs war.

»Super, ich freu mich auf dich«, sagte er sofort. »Aber was ist los bei dir? Du klingst komisch. Ist alles okay?«

Ich zögerte. »Ich glaube, das ist keine gute Geschichte für eine Autofahrt und ich bin doch eh auf dem Weg zu dir«, sagte ich stockend.

»Ich habe schon alles vorbereitet und Zeit«, sagte er. »Ich sitze hier allein am Schreibtisch in der Gärtnerei und habe Langeweile. Eigentlich müsste ich die Belege für den Steuerberater zusammensuchen, aber darauf habe ich echt keine Lust. Also bitte, erzähl mir, was bei dir los ist. Vielleicht kann ich helfen.«

»Die Geschichte ist haarig«, meinte ich. »Vielleicht kannst du mir danach nicht mehr ins Gesicht sehen.«

»Dann ist es ja gut, dass wir telefonieren. Komm schon, was kannst du getan haben, das so schlimm ist?«

Also erzählte ich es ihm. In einer leicht abgespeckten brudergerechten Fassung, in der ich die pikantesten Details auslieβ oder durch »du weißt schon« ersetzte.

Trotzdem wurde Florian immer stiller und seine Kommentare immer kürzer.

Als ich fertig war, hatte ich die halbe Strecke hinter mir.

»Okay, ich korrigiere mich, das ist echt eine ziemlich krasse Geschichte«, sagte er. »Wie lange musst du noch fahren, Lilly?« Niemand außer ihm nannte mich Lilly. Und er war der einzige, dem ich das durchgehen ließ.

»Eine knappe Stunde«, sagte ich mit Blick aufs Navi.

»Okay, folgender Vorschlag: Wir legen jetzt auf und ich lasse deine Geschichte sacken, bis du da bist. In der Zwischenzeit hole ich noch was zu trinken, ich habe nur Bier da und wir brauchen etwas Stärkeres.«

»Dem kann ich nicht widersprechen«, erwiderte ich. »Und ja, das können wir so machen.«

»Okay, dann bis gleich. Fahr bitte vorsichtig.«

»Versprochen.«

Florian erwartete mich in seiner Wohnung mit Ouzo und einem widerlichen Kräuterlikör, der immer besser schmeckte, je mehr ich davon trank.

Immer wieder sah er mich kopfschüttelnd an. »Ich komme nicht damit klar, was du erlebt hast«, sagte er. »Das klingt wie aus einem Film. Oder aus einem Buch.«

»Ja, einem Buch oder Film für Erwachsene. Ich habe es nicht erfunden«, versprach ich. »Aber ich wünschte, ich könnte ein paar Szenen streichen.«

»Und jetzt willst du kündigen?«, fragte er.

Ich zuckte mit den Schultern und rollte mein Shotglas zwischen den Handflächen. »Keine Ahnung. Eigentlich nicht. Aber ich weiß auch nicht, wie ich weitermachen soll. Clarissa wird immer mal wieder in Hamburg sein. Genau wie Cole. Ich habe keine Lust, ihnen über den Weg zu laufen.«

»Kann ich verstehen. Die haben dich echt beschissen behandelt. Da erwacht mein Bruderinstinkt und ich will mich mit den beiden Typen prügeln. Und mit der Schwester auch. Was für eine Bitch.«

»Danke, das ist süß von dir«, sagte ich und knuffte ihn in die Seite. »Aber ich glaube, sie macht dich fertig.«

»Wahrscheinlich.« Er schmunzelte, dann wurde er ernst. »Lilly, es dauert nicht mehr lange, dann überträgt Papa mir die letzten Anteile der Gärtnerei. Und wenn es so weit ist, würde ich mich freuen, wenn du einsteigst und wir das zusammen machen können. Als Partner. Ich werde unsere Eltern überzeugen, dass das richtig ist. Wenn du es auch willst.«

Ich wollte rundheraus ablehnen, doch das wäre unfair ihm gegenüber.

Es wäre nur mein Trotz, der aus mir sprach und das wollte ich ihm nicht antun. Das verdiente er nicht.

»Gib mir noch etwas Zeit, um mich zu sortieren«, bat ich ihn. »Aber danke für deine Loyalität. Du müsstest das nicht tun.«

»Das hat damit nichts zu tun«, sagte er und drückte mich. »Ich bin immer für dich da.«

»Das weiß ich. Ich auch für dich«, sagte ich und erwiderte seine Umarmung. Gleichzeitig merkte ich, dass es mir schon etwas besser ging. Die Unterstützung meines Bruders half mir dabei, mich der Sache zu stellen. Und ich bekam eine Ahnung, was ich tun musste, damit es mir wieder besser ging.

Als ich am Montag ins Büro kam, wartete ein Haufen Arbeit auf mich.

»Am Freitag ist der nächste Meilenstein-Termin mit K+R«, sagte Midge. »Kam am Freitagnachmittag noch rein. Pam ist total gestresst, offenbar ist in Liverpool etwas los. Und, es tut mir leid, dir das sagen zu müssen, aber sie erwähnte auch, dass Clarissa nächste Woche wiederkommen wird. Wie es aussieht, hat sie einen Auftrag von Daddy bekommen.«

Tina kam herein und verhinderte eine ehrliche Antwort. Sie hatte aber die letzten Sätze mitbekommen.

»Ich dachte, wir sind das Miststück los«, stöhnte sie. »Wenn ich schon ihr Gesicht sehe, bekomme ich einen Anfall.« Ich hätte ihr gern gesagt, dass sie mir aus der Seele sprach.

Die Tür ging erneut auf und Tran kam mit Jeannette herein. Obwohl James' jüngste Schwester nichts für ihre Geschwister konnte, schaffte ich es nicht, sie zu mögen.

Bisher waren alle Watsons, die mir über den Weg liefen, falsch, hinterhältig und hatten einen schlechten Charakter. Ich glaubte einfach nicht, dass Jeannette eine Ausnahme bildete. Sie kaschierte es einfach besser.

»Wir haben viel zu tun«, sagte Tran gestresst. »Der Termin am Freitag ist superwichtig. Alle Zahlen und Berichte müssen stimmen. Ich habe eine lange Liste mit Anforderungen von K+R bekommen, die wir abarbeiten müssen.«

»So schlimm ist es also, dass du uns auch noch dabei auf die Nerven gehst?«, fragte Midge spöttisch.

Tran warf ihr einen gereizten Blick zu. »Ja. Deswegen werden Tina und ich in dieser Woche an dem Projekt mitarbeiten. Sieh dir die Liste an. Das schafft ihr drei nicht allein.«

Midge rief die Mail auf, ich sah ihr dabei über die Schulter. Meine Augen wurden groß. »Tja, das werden wohl vier Nachtschichten«, murmelte ich.

»Sehe ich auch so«, erwiderte Tran. »Dann los. Lunch geht auf mich.«

Wir zogen durch, als hinge unser Leben davon ab. Auch Jeannette, die sich kein einziges Mal beklagte. Trotzdem rissen wir uns alle zusammen, wenn sie im Raum war. Niemand sprach es aus, aber jeder ging davon aus, dass sie zumindest James Bericht erstattete, vielleicht sogar ihrem Vater.

Obwohl ich mir sicher war, dass meine Tage in diesem Unternehmen gezählt waren, wollte ich das Datum selbst bestimmen, an dem ich es verließ. Ich wollte jetzt nicht gekündigt zu werden.

Wir schlossen uns die ganzen Tage im Büro ein, damit uns niemand störte. Nur am Donnerstag gönnten wir uns eine Pause am Nachmittag, als die Liste endlich kürzer und die Haken hinter den To-Dos mehr wurden.

Midge und ich gingen auf die Dachterrasse. Ich leistete ihr beim Rauchen Gesellschaft. Die anderen organisierten etwas zu essen. Das war auch nötig, denn Pausen machten wir kaum.

»Ich hole uns etwas zu trinken«, sagte ich und lief noch einmal in die Küche.

Dort blieb ich wie angewurzelt stehen, als ich Clarissa, Cole und James vorbeigehen sah.

Sie entdeckte mich und stieß Cole an. »Sieh nur, deine Abgelegte ist da«, sagte sie halblaut, aber laut genug.

Ich fühlte mich, als träfe mich der Schlag. James sah in meine Richtung und einen Moment entgleisten seine Gesichtszüge völlig. Er war nicht dumm, er verstand sofort, was Clarissa gemeint hatte.

»Oh Mann, Cole«, sagte er nur und schüttelte den Kopf, dann sah er schnell weg.

Cole sagte nichts, er mied auch den Blickkontakt mit mir und sah stur in eine andere Richtung. Er wusste, dass ich auch etwas mit James hatte. Wir hatten nie darüber gesprochen, aber es war ein offenes Geheimnis zwischen uns gewesen. Er hatte diese Karte nie ausgespielt, um mich dumm dastehen zu lassen. Wenigstens so viel Anstand hatte er bewiesen.

Das hatte Clarissa jetzt erledigt.

Und erledigt war ich sicherlich auch.

Ich hatte nicht noch einmal mit James gesprochen, aber das war jetzt auch bestimmt nicht mehr nötig.

Ich konnte mich auf die Kündigung gefasst machen.

Sein Blick ... diese Fassungslosigkeit.

Diese Enttäuschung.

Trotz meiner Ansage neulich hatte er offenbar damit gerechnet, dass ich nachgab und seine Geliebte wurde.

Daran hatte er jetzt sicher kein Interesse mehr.

Endgültig.

Das war vielleicht das einzig Gute daran.

Der Rest war einfach nur beschissen.

Mein Herz schlug mir bis zum Hals und Tränen stiegen in meine Augen.

›Deine Abgelegte.‹

Wie ein altes Kleidungsstück, das keiner mehr wollte.

Ich hasste Clarissa von ganzem Herzen. Diese miese Bitch, die nur dafür lebte, andere niederzumachen. Mit nur einem Satz machte sie alles, was eh schon schwierig war, zur Katastrophe.

Vielleicht hatte Cole ihr sogar mein Geheimnis verraten und sie hatte es jetzt extra platziert.

Ich traute diesem Miststück alles zu.

Ich drehte mich um und ging mit langen Schritten zurück auf die Terrasse. Meine Kehle war zugeschnürt, ich bekam kaum noch Luft. Mein Brustkorb war viel kleiner als sonst, meine Lunge hatte zu wenig Platz.

»Lilian, ist alles okay?«, fragte Midge erschrocken. Jetzt erst merkte ich, dass ich weinte. Mein Körper wurde von Schluchzern durchgeschüttelt. Ich war kurz vorm Durchdrehen.

»Er weiß es«, kiekste ich. »Clarissa hat es ihm gesagt.«

»Was? Ich verstehe nicht, was los ist.« Midge kam zu mir und legte mir die Hände auf die Schultern. »Bitte rede mit mir.«

»Clarissa hat zu Cole gesagt, dass ich seine Abgelegte sei. Vor James. Er weiß es jetzt. Ich bin raus. Todsicher.«

»Seine Abgelegte?« Midges Gesicht wurde erst blass und dann rot. Energisch schüttelte sie den Kopf, sodass ihre ondulierten Haare flogen. »Ich fasse es nicht. Ich ... nein, ich fasse es einfach nicht. Mehr kann ich dazu nicht sagen. Diese kleine hinterhältige miese ... Argh! Ich könnte sie ohrfeigen. Das hätte sie dringend nötig! Wie kann sie so über dich sprechen?«

»Es ist doch egal, Midge«, sagte ich müde. »James weiß es jetzt und er wird mich feuern. Spätestens morgen nach der Präsentation bekomme ich den Brief. Todsicher.«

Midge holte Luft, um mir das auszureden, doch dann presste sie die Lippen zusammen und nickte stumm. Dazu gab es nichts mehr zu sagen.

»Komm, wir gehen rein und machen weiter«, sagte ich. Mein Kopf fühlte sich merkwürdig taub an. Beinahe, als wäre er gar nicht mehr auf meinem Hals. Wahrscheinlich klinkte sich mein Verstand langsam aus.

Arbeit würde helfen.

Ich würde das hier jetzt noch fertig machen und dann auf meine Kündigung warten.

Der Termin mit K+R stand am Freitagmorgen um neun an und war für zwei Stunden angesetzt, mit Puffer nach hinten. Pam lief so gestresst durchs Büro, als würde sie auf die Polizei warten, die sie abholen kam.

Ich sah James von Weitem, doch ich machte, dass ich wegkam. Ich stand das alles nicht durch.

Zum ersten Mal hatte ich ein schlechtes Gewissen, weil ich Cole hinter seinem Rücken gevögelt hatte. Ich kam mir wie eine Verräterin vor. Als hätte ich ihn betrogen, obwohl wir nie eine Exklusivität verabredet hatten. Als ich das erste Mal Sex mit Cole hatte, waren James und ich noch in der Trockensex-Phase.

Ich hatte nie behauptet, Gefühle für James zu haben. Ich schuldete ihm nichts. Zu keiner Zeit.

Es tat mir trotzdem leid, dass ich ihn verletzt hatte.

Bei allem Scheiß, den er mit mir abgezogen hatte, musste ich es ihm nicht mit gleicher Münze heimzahlen. Und noch einen draufsetzen. Ich dachte, wir würden es schaffen, im Guten auseinanderzugehen. Vielleicht wäre ich dann doch in der Firma geblieben.

Das sah ich nicht mehr.

Ich war schon im Besprechungsraum und bereitete mit Pam zusammen die Technik vor, als die Info kam, dass die Beraterinnen da waren.

»Könntest du sie abholen?«, bat Pam mich. »Ich schaffe das hier alles sonst nicht.«

»Kein Problem. Ich hole sie ab, gehe mit ihnen zur Kaffeemaschine, dann kommen wir entspannt her. Du hast mindestens zehn Minuten«, versprach ich und lief los.

Heute standen nicht nur Brina und Lucia am Empfang, sondern auch die schwarzhaarige Chefin der beiden, die beim Kick-off dabei gewesen war. Edina Kellermann, kramte ich den Namen aus meinem Gedächtnis.

»Hallo, schön Sie und euch zu sehen«, sagte ich und gab den drei Frauen die Hand.

»Hallo Lilian, danke gleichfalls«, sagte Brina und schenkte mir wieder dieses Lächeln, das meine Mundwinkel selig verzog. Ich konnte mich an ihr niemals sattsehen.

»Lilian Meyers, richtig?«, fragte Frau Kellermann. »Ich bin Edina. Meine Kolleginnen haben mir von dir erzählt. Danke, dass du uns von WS-Seite so gut supportest.«

»Danke, das habe ich gern gemacht«, sagte ich.

»Vergangenheitsform?«, hakte Edina nach. »Scheidest du aus dem Projekt aus?«

»Oh, ich ... also, na ja ...«, stammelte ich. »Ich weiß nicht ... also, es ist etwas kompliziert aber ...«

Aus dem Augenwinkel sah ich Clarissa, sie kam gerade zur Tür herein und warf mir im Vorbeigehen einen herablassenden Blick zu, als würde sie sich fragen, warum zum Teufel ich noch hier war und nicht schon vor Scham im Erdboden versunken war. Die drei Externen würdigte sie keines Blickes. Dieses Miststück. Sie hatte weder ihr Leben noch ihre Familie verdient. Und ich trug auch noch dazu bei, dass sie noch reicher wurde.

»Ich glaube nicht, dass ich noch lange hier arbeiten werde«, sagte ich zu Edina.

Ihre Augenbrauen wanderten über ihre Stirn und auch die anderen beiden tauschten einen Blick.

»Wie schade«, sagte Edina langsam. »Na ja, falls du ein neues Team brauchst, melde dich bei mir. Ich sammle kompetente Frauen.« Sie lächelte Brina zu. »Ganz ohne Abwerbegedanken natürlich. Aber wenn Lilian *Watson Shipping* eh verlässt ...«

»Edie, jedes weitere Wort macht es nur schlimmer«, sagte Brina mit einem leichten Lächeln, dann sah sie mich an. »Du hast sie gehört. Aber bis dahin machst du hier sicher einen guten Job, oder?«

»Natürlich«, erwiderte ich. »Das ist Ehrensache.«

Edina lächelte wieder. »Dann mal los. Wir müssen hier einen schwierigen und sehr wichtigen Kunden zufriedenstellen.« Während wir die Treppe hochgingen, steckte sie mir unauffällig ihre Karte zu. »Nur für alle Fälle.«

Ich lächelte und fühlte mich auf einmal nicht mehr ganz so mies. Ich hatte Optionen. Mehr als mir bewusst war.

Und keine von ihnen hing auf Gedeih und Verderb von jemandem ab, der Watson mit Nachnamen hieß.

Ich zog das Meeting durch und mied den Blickkontakt mit James. Genau wie er.

Wenn einer von uns redete, sahen wir jeden im Raum an, nur einander nicht. Ich hatte zwar das Bedürfnis, die Sache zu klären, aber was, wenn er das nicht wollte?

Es hätte sicher Gelegenheiten im Laufe dieser Woche gegeben, aber von ihm kam auch nichts. Das musste ich akzeptieren. Noch mehr Scheiße ertrug ich gerade nicht.

›Er ist wütend auf mich. Vielleicht ist er auch verletzt. Er hat mir gesagt, dass er Gefühle für mich hat, und ich habe mit seinem Bruder gevögelt. Aber ich habe ihm nie gesagt, dass ich ähnlich empfinde. Ich habe ihm nichts vorgemacht. Wir beide wussten von Anfang an, dass das zwischen uns nie mehr werden kann als Sex. Ich bin nicht dafür verantwortlich, dass er eine Frau heiraten wird, die er nicht liebt. Ich bin aber dafür verantwortlich, mich nicht unglücklich zu machen. Als Geliebte wäre ich unglücklich geworden. Außerdem will ich nicht auf den Gefühlen anderer herumtrampeln. So bin ich nicht.‹

Das musste ich ihm so sagen, wenn ich noch einmal die Gelegenheit bekam, mit ihm zu sprechen. Vielleicht konnte ich es ihm erklären und erreichen, dass wir zumindest im Guten auseinandergingen.

Ich gab in der Präsentation mein Bestes und zeigte Edina, wie gut ich war. Wenn sie es ernst gemeint hatte (davon ging ich aus), sollte sie gleich sehen, wen sie sich ins Team holen könnte.

Nach dem Meeting verabschiedeten wir uns.

»Du hast ja meine Kontaktdaten für Rückfragen«, sagte sie unverbindlich freundlich und gab mir die Hand. »Ruf einfach an.«

»Danke, das mache ich auf jeden Fall«, versprach ich und spürte dabei Midges neugierigen Blick im Nacken.

Das gab noch ein Gespräch.

Sie beobachtete mich den restlichen Tag argwöhnisch, aber es war immer jemand mit uns im Raum, also konnte ich ihr nichts sagen.

›Ich erzähle dir alles nachher. Hast du Zeit für Drinks?‹, schrieb ich ihr im Chat.

›Ja. Und auf jeden Fall‹, antwortete sie.

Also warteten wir, bis Tina und Jeannette Feierabend machten. Ich zog meine Jacke über. Es war Mitte September und herrschten draußen erträgliche Temperaturen. Der Sommer war vorbei. Seine Zeit war ebenso abgelaufen wie meine bei *Watson Shipping*.

»Sie hat dir einen Job angeboten, oder?«, fragte Midge ohne Umschweife, als wir draußen vor dem Gebäude waren und zur Fähre gingen.

Ich zuckte zusammen, weil sie direkt den Nagel auf den Kopf traf, aber ich schuldete ihr Ehrlichkeit.

»Ja«, erwiderte ich und betrat die Fähre. Dabei sah ich mich um, um sicherzugehen, dass uns niemand aus der Firma hören konnte. Wenn es so weit kam, wollte ich die Nachricht selbst überbringen. An James.

Midge machte ein unglückliches Gesicht. »Ich wusste es. Sie hat dich richtig beobachtet. Erst dachte ich, dass sie auf dich scharf ist, aber dann habe ich es verstanden, weil sie Brina nach einem Beitrag von dir zugenickt hat. Da wusste ich, dass ihr geredet habt. Wie kam das?«

»Ich habe mich ein bisschen verplappert, als ich sie und die Kolleginnen unten abgeholt habe. Ich wollte ja zurückrudern, aber dann kam Clarissa vorbei und hat mir einen beschissenen Blick zugeworfen. Sie gibt mir das Gefühl, Dreck zu sein und als hätte ich in der Firma nichts zu suchen. Und das, obwohl wir noch nie miteinander gesprochen haben. Kein einziges Mal. Trotzdem schafft sie es ohne Worte, dass ich mich ätzend und minderwertig fühle.« Ich sah zurück auf die Werft, die man von der Fähre aus beobachten konnte. »Ich bin bei *Watson Shipping* nicht mehr richtig, Midge. Vielleicht war ich es auch nie und habe es bisher einfach nicht verstanden. Ich finde es toll, dass ich dich kennengelernt habe. Und Tran und Tina. Auch Dean. Aber ansonsten hat mir diese Firma nicht gutgetan. Ich habe mich verändert und bin eine Version von mir geworden, die ich nicht sein will. Ich habe auch jemandem wehgetan und war rücksichtslos, genau wie James, Cole und Clarissa. Ich war trotzig und habe Dinge aus Berechnung getan. So will ich nicht sein und so mag ich mich nicht.« Ich zögerte einen Moment, aber dann traute ich mich und sah meine Freundin an. »Was sagst du dazu?«

»Dass du schön blöd wärst, das Angebot abzulehnen«, antwortete sie prompt. »Und ich fände es beschissen, dich als Kollegin zu verlieren, aber ich bin mir sicher, dass das unserer Freundschaft nicht schaden wird.« Sie drückte meine Hand. »Mach es, Lilian. Du musst dich nicht unglücklich machen, sondern verstehen, dass du immer liebenswert bist. Ich kann dich aber verstehen. Niemand möchte ein Arschloch sein. Wenn es an der Firma oder James oder wem auch immer liegt, lass das hinter dir. Und selbst wenn K+R auch nicht die richtige Firma für dich sein sollte, schlimmer als bei WS können sie da nicht mit dir umgehen.«

»Danke für deine Unterstützung«, sagte ich und lehnte mich an sie. »Wir werden trotzdem Freundinnen sein. Immerhin hängst du ja jetzt öfters in der WG rum, oder?«

»Nicht, wenn es sich vermeiden lässt. Ich liebe dich, aber Pavel ist echt ein Fall für sich«, lachte sie. »Um seine Sprüche und seine Attitüde zu verarbeiten, muss ich in der richtigen Stimmung sein.«

»Das kann ich verstehen, geht mir manchmal auch so. Morgen ist dein zweites Date mit Kay, oder?«

»Ja. Erwarte nicht, dass er nachts nach Hause kommt.«

»Gönnt euch eine heiße Nacht«, schmunzelte ich und war dankbar für ihre Unterstützung. Meine Entscheidung hing nicht von ihrer Meinung ab, aber so fühlte es sich besser an.

Ich dachte übers Wochenende gründlich über alles nach und rief meinen Bruder an, um seine Meinung zu hören. Auch er unterstützte meinen Entschluss, mit Edina zu reden und, wenn sie mir ein gutes Angebot machte, es anzunehmen.

Am Montag rief ich sie an und vereinbarte einen Termin mit ihr für Dienstagabend.

Ich machte früher Feierabend und fuhr zum Dammtor, wo sich das Büro von K+R befand.

Ich hatte ein gutes Gespräch mit Edina und Brina, die mir von dem Projektmanagement ihrer Firma erzählten und dass sie hier Unterstützung brauchten. Die Aufgaben waren vielfältig und es gefiel mir, nicht nur an einem großen Projekt arbeiten zu müssen.

»Wahrscheinlich können wir gehaltlich nicht mit WS mithalten«, sagte Edina und schob mir ein Muster für einen Arbeitsvertrag zu. Ich zog es zu mir heran und studierte es. Nein, es war weniger als bei WS, aber damit hatte ich gerechnet. Trotzdem war das Angebot gut.

»Das ist okay«, sagte ich. »Meine Kosten halten sich momentan in Grenzen.«

»Und du wohnst wirklich in einer WG?«, fragte Edina und schauderte leicht. War wohl nicht ihr Ding. Ich hatte das im Laufe des Gesprächs erwähnt, als ich erzählte, wie kurzfristig ich von Bremen nach Hamburg gezogen war.

Ich fand es lustig, dass sie sich ausgerechnet dieses Detail gemerkt hatte. Doch ich hatte schon gemerkt, dass Edina ein ganz anderer Typ Mensch war als James.

Für sie war ihr Team ihre Familie und so behandelte sie jeden einzelnen, hatte sie gesagt. Ich glaubte ihr das, deswegen konnte ich jetzt ehrlich antworten.

»Ja. Klingt gruselig, aber meine Mitbewohner sind cool drauf. Und weil einer von ihnen ein spezielles Verhältnis zu unserem Vermieter hat, zahlen wir kaum Miete.« Ich lachte, weil die beiden mich groß ansahen. »Das erzähle ich ein anderes Mal. Ich kann am ersten Oktober anfangen, wenn ihr wollt. Ich wäre dabei.«

»Das freut mich«, sagte Brina warm und reichte mir die Hand. »Willkommen an Bord, Lilian. Schön, dass du dich für uns entschieden hast.«

»Ich freu mich auch«, sagte ich. »Ich regle morgen alles bei WS, aber da sollte es keine Probleme geben.« Hoffte ich zumindest. Die Wahrheit war, dass ich durchaus mit Problemen rechnete, wenn ich mit James redete.

Edina schickte mir den Vertrag zur digitalen Unterschrift noch am selben Abend zu. Ich las ihn mir durch und unterschrieb.

Damit war es entschieden.

Am Mittwoch druckte ich mein Kündigungsschreiben im Büro aus und ging zu Tran. Ich fand, dass ich es ihm schuldete, es ihm als Erstes zu erzählen.

Er sah mich mit dem Umschlag in der Hand hereinkommen und schüttelte heftig den Kopf. »Nein, Lilian, vergiss es. Das kannst du auf keinen Fall ernst meinen. Es passt gerade nicht. Es wird niemals passen.«

»Ich wollte es dir zuerst sagen«, erwiderte ich. »Es tut mir leid, Tran, aber ich habe persönliche Gründe, die es leider unmöglich für mich machen, hier weiterhin zu arbeiten. Du bist keiner davon.«

»Das hätte mich auch gewundert«, sagte er. »Ich hatte immer den Eindruck, dass wir uns gut verstehen. Liegt es an Midge?«

»Sie ist auch nicht der Grund, genauso wenig wie Tina. Wir sind ein echt cooles Team und ich mag den Job und auch die Aufgabe.« Ich holte Luft. »Das Problem ist die Inhaberfamilie. Ich hatte mehrere unangenehme Situationen mit Clarissa, deswegen will ich hier nicht mehr arbeiten. Dabei sind Dinge gesagt worden, die ich einfach nicht stehenlassen kann.«

»Sie ist kaum hier«, gab er zu bedenken.

»Aber es ist mehr geworden und so oder so führt jeder Handschlag von mir dazu, dass sie und die Familie mehr Macht und Einfluss bekommen. Und das nutzen sie, um andere Menschen so runterzumachen, wie sie es bei mir getan hat.«

»Was hat sie gesagt?«, wollte er wissen.

»Sie hat mich behandelt, als wäre ich der letzte Dreck«, sagte ich. »Ich möchte nicht ins Detail gehen, aber das kann ich nicht hinnehmen.« Ich nahm den Umschlag in beide Hände. »Und deswegen werde ich direkt bei James kündigen. Ich will nicht, dass das auf dich oder das Team zurückfällt. Ich werde ihm meinen Grund persönlich mitteilen.«

Tran nickte und presste die Lippen zusammen. »Es tut mir ehrlich weh, dich zu verlieren.«

»Mir auch. Ich wünschte, es wäre anders«, sagte ich. Er stand auf und ich wollte ihm die Hand reichen, stattdessen drückte er mich. »Alles Gute, Lilian. Ich nehme an, heute wird auch dein letzter Tag sein, oder?«

»Ich rechne mit Freitag. Bis dahin werde ich eine ordentliche Übergabe schreiben, damit ihr es so leicht wie möglich habt.« Ich löste mich von ihm und machte mich auf den Weg zu James.

Ich hatte Pam gefragt, wann er eine Terminlücke hatte, und das Gespräch mit Tran entsprechend abgepasst.

Jetzt ging ich direkt zu ihm.

James saß an seinem Schreibtisch und starrte finster auf seinen Bildschirm. Er sah mich hereinkommen und seine Augen weiteten sich. Mit mir hatte er nicht gerechnet.

»Hast du ein paar Minuten?«, fragte ich und blieb in der Tür stehen. Er sah den Umschlag und seine Augen wurden noch größer. Ich schloss die Tür hinter mir und trat an seinen Schreibtisch.

Er blieb sitzen.

»James, ich möchte mein Arbeitsverhältnis bei *Watson Shipping* kündigen«, sagte ich und legte den Brief auf den Schreibtisch. »Ich kann hier nicht mehr arbeiten.«

»Hast du jetzt alle Kerle gevögelt, die du getroffen hast, oder ist noch jemand übrig?«, fragte er schneidend.

Ich schluckte. Damit hatte ich gerechnet und das hier war meine Chance, egal, wie weh seine Worte gerade taten und wie unfair sie waren.

»Es tut mir ehrlich leid, wie es gelaufen ist«, sagte ich. »Das mit Cole fing an, als wir noch in der Trockenphase waren. Ich war frustriert, weil das zwischen uns so unbefriedigend war. Das, was ich wollte, wolltest du mir damals nicht geben. Er schon. Ich fand aber nicht, dass ich es dir erzählen sollte. Das hätte nur für unnötigen Ärger gesorgt. Ich weiß nicht, was Cole und Clarissa dir erzählt haben, aber sie ist der Grund, warum ich gehe.«

»Ich denke, ich weiß genug«, grollte er.

»Ich verstehe, dass du sauer auf mich bist«, redete ich weiter. »Vor allem, nachdem du gesagt hast, dass ich dir wichtig bin. Aber James, ich habe dich nie belogen: Ich konnte mir nie vorstellen, eine Geliebte zu sein. Es tut mir leid, wenn ich dich verletzt habe, aber ...« Ich brach ab, als er höhnisch lachte.

»Verletzt? Ich bitte dich«, sagte er mit so viel Bitterkeit in der Stimme, dass ich einen Schritt zurückwich. »Du kannst mich nicht verletzen, Lilian. Du warst nur jemand, mit dem ich Sex hatte. Eine nette Abwechslung.«

»Dann weiß ich, woran ich bei dir bin«, sagte ich mit klirrender Kälte in der Stimme. Entweder er sagte das, um sich zu schützen, oder er hatte mich angelogen.

Letzteres war am wahrscheinlichsten bei dieser Familie.

»Gut, ich habe deinen Wisch bekommen. Du kannst gehen, wir brauchen dich hier nicht mehr«, sagte er und wandte sich demonstrativ wieder seinem Monitor zu.

»Ich wollte meine Aufgaben noch übergeben, damit das Team weiterarbeiten kann«, erwiderte ich. »Ich wollte einen fairen Abgang hinlegen.«

»Wir verzichten auf deine großzügige Fairness«, sagte er mit vor Sarkasmus triefender Stimme. »Dafür ist es eh zu spät. Tu mir einfach einen Gefallen und verschwinde aus diesem Gebäude. Ich will dich nicht mehr sehen.«

»Wenn ich doch nur jemand war, mit dem du bedeutungslosen Sex hattest, verstehe ich deine Reaktion nicht«, sagte ich.

»Das ist mir egal, Lilian!«, fuhr er mich an. »Du bist ja offenbar nicht in der Lage, zu begreifen, dass es sich nicht gehört, mit Brüdern ins Bett zu gehen! Sich durch eine halbe Firma zu vögeln. Und dich dabei von meiner Schwester erwischen zu lassen! Was meinst du, was ich mir anhören musste ...«, er brach ab und schüttelte heftig den Kopf. »Egal. Es ist, wie ich gesagt habe: Du hast hier nichts mehr zu suchen. Du gehörst nicht zu uns.«

»Nein, das weiß ich und das hat mir deine ganze Familie mehr als deutlich gemacht«, sagte ich eisig. »Ihr haltet euch für etwas Besseres und meint, es ist okay, auf anderen herumzutrampeln. Ich wünsche dir eine glückliche Ehe, James. Vielleicht lässt Anne sich von dir nicht so behandeln und wahrscheinlich ist es das Beste für dich, wenn du auch für sie nichts übrig hast. Ich denke nicht, dass ich dein Hauptproblem bin. Schönes Leben noch.« Ich drehte mich um und stürmte aus dem Büro, bevor ich vor Wut anfing zu weinen.

Seine Worte hatten mich bis ins Mark getroffen und verletzt. Ja, ich hatte mich falsch verhalten und es musste für ihn eine beschissene Situation gewesen sein, als er von meinem Sex mit Cole erfuhr. Das hatte seinen Stolz verletzt und das verstand ich. Und trotzdem war das kein Grund, mich so anzugehen. Dann hätte er mich lieber entlassen sollen.

Ich erreichte unser Büro. Midge sprang auf, als sie mich hereinstürmen sah. »Oh Gott, du warst bei James, oder?«, sagte meine Freundin alarmiert.

Ich nickte und blieb mitten im Raum stehen. Mein Atem ging heftig und erst jetzt merkte ich, dass Tränen über meine Wangen liefen. Ich war schockiert, wie das Gespräch abgelaufen war. Trotz allem.

Jetzt war alles gesagt und sein Befehl war auch deutlich gewesen.

»Er will, dass ich sofort verschwinde«, sagte ich dumpf.

Midge riss die Augen auf und kam zu mir. Sie nahm mich in den Arm und drückte mich.

»Fuck«, murmelte sie. »Das nimmt er dir übel, oder?«

»Ich weiß nicht, was am meisten, aber ja«, schluchzte ich. »Es tut mir wirklich leid, aber ich werde jetzt gehen. Ich traue ihm zu, dass er mir den Sicherheitsdienst auf den Hals hetzt, wenn ich es nicht tue.«

Midge nickte mit ernster Miene und half mir, meine Sachen zusammen zu suchen. Dann informierte sie Tran und die beiden begleiteten mich aus dem Gebäude.

Ich drückte sie noch einmal, dann lief ich los und drehte mich nicht noch einmal um.

Mit *Watson Shipping* war ich endgültig durch.

KAPITEL 12

Ich fuhr nach Hause und legte mich ins Bett. Dann schlief ich, bis Midge mich abends weckte.

Sie war eigentlich mit Kay verabredet, hatte ihm aber schon erklärt, dass es wichtiger war, mit mir zu sprechen. Mein Mitbewohner sah das ein, spätestens, als er mein verquollenes Gesicht sah.

»Verdammt, die waren aber echt richtig unfreundlich zu dir«, sagte er, nachdem Midge ihm eine kurze Zusammenfassung der Ereignisse gegeben hatte.

Pavel war mittlerweile auch zu Hause. Er beobachtete mich nachdenklich.

»Es ist wahrscheinlich besser, dass du sie los bist«, fuhr Kay fort. »Das musst du dir echt nicht geben.«

»Nein, wohl nicht«, murmelte ich und kuschelte mich in die Couch.

»Was möchtest du machen?«, fragte Pavel jetzt. »Wir sind bei allem mit dabei. Such es dir aus.«

Darüber hatte er also nachgedacht. Ich zweifelte nicht daran, dass er für alle Eventualitäten jemanden kannte, egal ob ich eine wilde Partynacht oder einen Schlägertrupp im Sinn hatte.

»Lass uns erstmal was essen, okay?«, bat ich ihn. »Und dabei überlegen wir uns etwas. Mir knurrt der Magen und nach dem Schreck habe ich mir eine richtig fette Pizza mit Käserand verdient.«

»Das sehe ich auch so«, sagte Midge und holte ihr Smartphone hervor. »Bestellungen zu mir.«

Meine Freunde gaben sich alle Mühe, mich aufzubauen, und es wurde ein netter Abend, an dem es mir gelang, nicht über das nachzudenken, was passiert war.

Doch als ich später in meinem Bett lag und an die Decke starrte, fühlte ich mich hohl. Als hätte ich etwas verloren. Ich rollte mich auf die Seite und ließ meinen Tränen freien Lauf.

Ich weinte nicht nur, weil ich schlecht behandelt worden war. Ich weinte auch, weil mir mein Verhalten leidtat. Ich war zu leichtfertig gewesen. Seine Reaktion hatte mir gezeigt, dass ich James verletzt hatte. Unter all seiner gefassten Borniertheit und dem Getue, dass er der Sohn des Bosses war und sich nichts aus mir machte, war er verletzlich.

Sehr verletzlich, wahrscheinlich mehr als ich. Das hatte er mir mehrmals gezeigt, wenn auch nur kurz. Ich hatte ihn auch schlecht behandelt, mindestens so schlecht wie Clarissa mich. Nur auf subtilere Weise.

Das verstand ich jetzt und es tat mir leid.

Ich rollte mich wieder auf den Rücken und starrte an die Decke. Wer weiß, in einer anderen Konstellation, wenn er nicht der Boss oder wenigstens nicht verlobt gewesen wäre, hätten wir vielleicht eine Chance gehabt.

So war ich zu sehr damit beschäftigt, mich nicht in ihn zu verlieben. Das hatte ich auch nicht getan, aber trotzdem hatte ich James irgendwie in mein Herz geschlossen.

Mein Verhalten war eine Nullnummer auf ganzer Linie. Wie er heute reagiert hatte, verstand ich sogar.

Ja, seine Worte waren mies gewesen, aber vermutlich hätte ich an seiner Stelle ähnlich reagiert.

Ich biss mir auf die Lippe, weil es nichts gab, was ich tun konnte, um mich bei ihm zu entschuldigen.

Das Ding war durch.

Das Einzige, was ich jetzt noch tun konnte, war Abstand zu halten und ihn in Ruhe zu lassen. Er würde sowieso in ein paar Monaten seine reiche Erbin heiraten. Es hatte für ihn keinen Wert, wenn ich mich aufdrängte, um mein Gewissen zu erleichtern. Ich hatte in seiner Welt keinen Platz.

Und Cole ... Eigentlich konnte er mir nur leidtun. So cool und unabhängig er auch immer getan hatte, ich hatte gesehen, wie stark seine Schwester ihn unter ihrer Fuchtel hatte. Er sprang, wenn sie nach ihm pfiff. Keine Ahnung, ob er das selbst schon verstanden hatte, aber das war nicht mein Problem.

Ich sollte mich jetzt darum kümmern, dass ich mein Leben wieder in den Griff bekam.

Neue Chance, neues Glück. Bei K+R würde ich es nicht so versauen. Das schwor ich mir.

Ich gönnte mir ein paar Tage Ruhe, dann rief ich meine Eltern an und erzählte ihnen von meinem Jobwechsel. Meine Eltern reagierten verhalten auf diese Neuigkeiten.

»Du kannst jederzeit nach Peine kommen«, sagte meine Mutter vorsichtig. Ich konnte mir vorstellen, wie sie dabei meinen Vater ansah, damit er nickte. »Wir finden für dich eine Wohnung und natürlich kannst du in der Gärtnerei arbeiten und ...«

»Danke Mama, aber ich habe schon einen neuen Job«, sagte ich freundlich und versuchte, mich nicht darüber aufzuregen, dass es plötzlich doch möglich wäre, in die Gärtnerei einzusteigen. »Und in Hamburg gefällt es mir gut. Ich glaube, ein Konzern war nicht das richtige für mich. Die neue Firma ist kleiner und persönlicher, das passt besser zu mir. Meine beiden Chefinnen sind nett, das passt auf jeden Fall.«

›*Und mit keiner von ihnen werde ich schlafen*‹, fügte ich in Gedanken hinzu. Von James und unserer Affäre würde ich meinen Eltern nur erzählen, wenn das mein Leben retten würde.

»Okay Schatz, aber wir sind immer für dich da«, sagte Mama wieder.

»Das weiß ich, danke«, erwiderte ich und kaute wieder an dem Trotz, der in mir aufsteigen wollte, weil sie mir jetzt umstandslos alles anboten, was sie im April einfach abgelehnt hatten. Meine Eltern wussten anscheinend auch nicht, was sie wollten.

Mein Vater hatte immer noch keinen Ton gesagt, als wir das Gespräch beendeten. Sicher war er enttäuscht von mir. Er dachte, ich hätte bei WS versagt und sie hätten mich rausgeschmissen.

Wenn er so über mich dachte, war es mir lieber, wenn er nichts sagte. Ich fühlte mich schon mies genug. Und ich wollte nicht darüber nachdenken, wie seine Meinung von mir wäre, wenn er die Wahrheit wüsste.

Am Sonntagabend ging eine Nachricht auf meinem Handy ein. Sie war von Dean.

Überrascht öffnete ich sie. Wir hatten schon seit ein paar Wochen nicht mehr privat geschrieben, sondern uns nur im Job gesprochen, deswegen war ich davon ausgegangen, dass es sich mit uns beiden erledigt hatte.

›Ich habe von Midge gehört, dass du nicht mehr bei WS bist. Was ist passiert?‹

Ich wollte schon anfangen, eine Nachricht zu tippen, überlegte es mir dann aber anders und rief ihn an. Das ersparte mir wunde Finger. Außerdem würde es mir guttun, seine Stimme zu hören.

»Hey mein liebstes Hamburger Mädchen. Wie schön, dass du anrufst. Aber was muss ich da hören? Du bist nicht mehr meine liebste Kollegin?«

Ich musste lächeln, wie immer, wenn ich seine Stimme hörte. Dean war Balsam für meine Seele. Ich vermisste es, ihn zu sehen.

Er war, wenn ich ehrlich zu mir war, derjenige, der am ehesten für eine Beziehung infrage gekommen wäre. Ich mochte ihn. Und mehr.

Doch das hatte keine Zukunft, das wussten wir beide.

»Ja, leider. Ich mochte den Job, aber die Umstände waren nicht gut. Ich fürchte, du musst dir eine neue Lieblingskollegin suchen«, erwiderte ich. »Wie wäre es mit Tina?«

»Lenk jetzt nicht ab, du weißt, was ich über Tina denke«, sagte er. »Was ist passiert?«

»Ach, das willst du nicht wissen«, wich ich aus.

»Warum? Hast du etwas verbrochen?«

»In gewisser Weise ja. Wenn auch nur moralisch.«

»Oh, jetzt wird es interessant. Ich möchte die Geschichte unbedingt hören«, sagte er. »En detail, bitte.«

»Du wirst hinterher schlecht von mir denken.«

»Lass das meine Sorge sein. Mit wem hast du dich getröstet, nachdem ich aus Hamburg weg bin?«

»Woher weißt du, dass es um Sex geht?«, fragte ich.

»Wusste ich nicht, aber ich hab's gehofft. So, mein unartiges Mädchen, erzähl mir alles. Auch wenn mir das Ende nicht gefällt, ich hab das Gefühl, das wird eine heiße Geschichte.«

»Du willst mein Leid für Telefonsex nutzen?«, fragte ich halb fassungslos, halb belustig.

»Natürlich nicht!« Er machte eine Pause. »Gut, na ja, vielleicht. Und wenn es dir die Sache leichter macht, wenn du dabei kommst, ist doch allen geholfen.«

»Sag das noch mal, nachdem du erfahren hast, dass es James Watson war.«

Es war einen Moment still am anderen Ende.

»Dean?«, fragte ich nach.

»Na ja, du musstest das Niveau noch steigern, oder?«, sagte er, doch es klang total aufgesetzt. War er etwa eifersüchtig? Beleidigt? Oder doch von mir enttäuscht?

»Das hat damit nichts zu tun«, erwiderte ich hitzig. »Er hat mitbekommen, dass zwischen uns etwas war und als du zurück in England warst, hat er meine Nähe gesucht. Es war eine komplett merkwürdige Geschichte. Vor allem, weil wir erst keinen richtigen Sex hatten.«

»Wie kann man keinen richtigen Sex haben?«, fragte er und vergaß seine komische Attitüde zum Glück gleich wieder. Dafür hatte ich gerade auch keinen Kopf.

»Indem man es ohne anfassen macht«, erwiderte ich. »Er ist verlobt, wie du weißt. Und er wollte sich nichts zuschulden kommen lassen.«

»Ach so, aber sich vor dir einen runterzuholen, während du es dir selbst machst, ist seiner Meinung nach im grünen Ehrlichkeitsbereich?« Dean war kein bisschen anklagend, sein Tonfall schwankte zwischen Fassungslosigkeit und einem Anflug von Amüsement.

»Hast du deine Hose noch an?«, fragte ich.

»Ähm, ja, allerdings. Hab vergessen, sie auszuziehen.«

»Das wundert mich nicht«, erwiderte ich.

Er atmete durch, als müsse er etwas abschütteln. Wahrscheinlich hatte er auch manchmal Meinungsverschiedenheiten mit seinem moralischen Kompass. Ich wünschte, meiner wäre stärker, dann hätte er mich sicher ein paar Entscheidungen anders fällen lassen.

»Könntest du mir die Szene beschreiben? Dann ziehe ich sie bestimmt aus«, sagte Dean jetzt und fand zu alter Form zurück.

Ich überlegte. »Findest du das nicht ziemlich verrückt?«

»Darling, das ist es auf jeden Fall.« Er hielt kurz inne. »Und ich muss gestehen, ich bin etwas geschockt. Okay, ich bin sehr geschockt. Aber weißt du was? Ich vermisse dich. Dich und es dir zu besorgen. Außerdem bin ich manchmal ein bisschen masochistisch veranlagt, also hätte ich jetzt gern die Story, wie unser Boss und du es trocken miteinander getrieben habt. Ich brauche schließlich Munition, falls ich mal in Therapie gehen will. Ich habe meine Hose jetzt ausgezogen und bin bereit für die schmutzige Geschichte, meine Süße.«

»Ach, wie könnte ich da nein sagen. Du bist sehr geschickt darin, Sticheleien und Komplimente miteinander zu verbinden«, sagte ich grinsend.

»Jeder Mensch hat Stärken«, erwiderte er. »Ich weiß, dass du gut Geschichten erzählen kannst, so lausche ich dir gebannt.«

Sollte ich das wirklich machen? Andererseits brauchte ich dringend Ablenkung. Dean war der richtige dafür. Und nach dieser charmanten Bitte konnte ich gar nicht mehr anders.

›Okay, dann versuche ich, eine gute Geschichte daraus zu machen. So haben wir wenigstens beide etwas davon.‹

»Sein Schreibtisch, ich sitze auf der Platte. Mein Rock ist hochgerutscht und ich trage keinen Slip. Er kann genau sehen, wie ich mich streichle. Er ist wie hypnotisiert. Dann macht er seine Hose auf und holt seinen harten Schwanz heraus. Er schließt seine Finger darum und fährt hoch und runter, während er zusieht, wie ich langsam einen Finger in meine Pussy schiebe.« Ich atmete durch, weil ich auf einmal auch in Fahrt kam. Deans Atem ging etwas heftiger.

»Ich denke, das machst du auch gerade, oder? Deine Hand um deinen harten Schwanz legen?«, flüsterte ich.

»Weißt du ... ich bin kurz davor«, erwiderte er.

»Gib mir einen Moment.« Ich beendete den Anruf und startete einen Videocall. Deans Gesicht erschien auf dem Display meines Handys.

»Das ist eine exzellente Idee«, lobte er mich.

»Es wird keine Nahaufnahmen geben«, warnte ich vor.

»Ich werde sie mir denken. Und es wird reichen, dein Gesicht dabei zu sehen. Und vielleicht deine Brüste?«

»Darüber lässt sich reden.«

»Also, meine Süße, du machst es dir selbst auf dem Schreibtisch des CEOs und hast einen harten Schwanz vor der Nase. Das ist kein Grund, um Kummer zu haben. Ich hoffe, du bist gekommen.«

»Bin ich. Und du hast natürlich recht«, erwiderte ich und zog mein Shirt hoch, sodass mein BH sichtbar wurde. Deans Augen wanderten mit. »Die Situationen waren heiß, aber irgendwann reicht das einfach nicht mehr.«

»Ich erinnere mich an ein entsprechendes Gespräch mit dir. Einen echten Schwanz spüren und so. Jetzt macht das alles noch mehr Sinn. Obwohl ich gehofft hatte, dass es um dieses Prachtexemplar hier geht.« Er schwenkte die Kamera kurz über seinen Körper. Er trug nur noch ein T-Shirt und seine Retropants, die sich bereits ausbeulten. Ihn hatte die Erzählung schon scharfgemacht.

»Ja, da erinnerst du dich richtig. Ich habe mir also einen richtigen Schwanz gesucht, damit ich voll auf meine Kosten komme.«

»Jetzt bin ich gespannt, wie die Geschichte weitergeht. Ich hoffe, sie wird noch etwas schmutziger.«

»Es war Cole.«

Dean fielen fast die Augen aus dem Kopf. »Lil, echt? Alter Schwede. Damit habe ich nicht gerechnet.«

»Sorry, ich auch nicht, du hattest mich schließlich auch vor ihm gewarnt. Es hat sich auf dem Sommerfest ergeben. Ungeplant, aber er war da und sehr leicht zu haben. Ich war frustriert wegen der Trockensex-Nummer mit James, also habe ich ihn gevögelt. So richtig. Es war fast, als hätten wir beide Sex.«

»Oh, jetzt bin ich wieder an Bord. Und danke für das Kompliment.«

»Das dachte ich mir. Gern geschehen.« Ich machte eine kurze Pause. »Die Wahrheit ist, dass ich mich mit dir so wohlgefühlt habe, dass es schwer ist, dafür einen Ersatz zu finden. Wir hatten einen Draht zueinander. Mit Cole hatte ich nur Sex. Ich weiß bis heute nicht, ob ich ihn mochte.«

»Kann ich verstehen. Er ist ein oberflächlicher Idiot, der sich auf der Kohle seiner Familie ausruht«, sagte Dean und klang dabei eine Spur angefasst.

»Bist du eifersüchtig?«, fragte ich überrascht.

»Ja«, gab er zu meiner Verwunderung zu. »Ich habe den Draht zwischen uns nämlich auch gespürt. Versteh mich nicht falsch, du kannst vögeln, wen du willst, am liebsten aber mich. Und einer wie Cole hat dich nicht mal für losen spontanen Sex verdient, bei dem du ihn nicht magst. Lass mich raten: Er hat dich mies behandelt.«

»Ja. Aber er war nicht halb so schlimm wie Clarissa. Sie hat uns beim Vögeln überrascht und war richtig gemein. Sie ist auch der Grund, warum ich gehe.«

Deans Augen wurden noch größer. »Clarissa? Moment, hattest du mit der ganzen Familie Sex?«

»*Don't fuck the company* funktioniert bei mir nicht so gut«, gab ich zu. »Aber nein, das Miststück kommt auf keine zehn Meter an mich heran.«

»Verstehe ich.«

»Dazwischen hat James übrigens seine Meinung geändert«, fuhr ich fort. »Auf einmal war Sex okay. Aber zwischen uns gibt es keine Chemie. Zumindest habe ich sie nicht gespürt. Er aber anscheinend schon. Er hat mir gesagt, dass er etwas für mich empfindet. Und dann hat er mich wochenlang ignoriert. Das hat mir bewiesen, dass es besser war, mich da zu distanzieren.«

»Du hast keine Gefühle für ihn?«, hakte er nach.

»Bist du wieder eifersüchtig?«

»Kommt auf deine Antwort an.«

Ich lächelte dünn. »Ich mochte ihn. Neben all diesem bossigen Gehabe war er nett. Aber das hatte sich zum Schluss auch erledigt, nachdem Clarissa ihm das mit Cole und mir gesteckt hatte. Wir hatten ein sehr unschönes Kündigungsgespräch, bei dem er mir einiges an den Kopf geknallt hat. Ich war nicht nett zu ihm, aber das war eindeutig ein harter Cut. Ich bin froh, dass ich die Firma verlassen habe. Und wenn es sich vermeiden lässt, rede ich nie wieder mit jemandem ein Wort, der Watson mit Nachnamen heißt.«

»Das war deutlich.« Dean rollte sich auf die Seite und stützte gedankenverloren seine Schläfe auf die Hand. »Ich vermisse dich, Lil. Und es tut mir leid, dass sie so schlecht mit dir umgegangen sind.«

»Danke, aber das braucht es nicht«, sagte ich. »Ich habe alles freiwillig getan und gewusst, dass das in die Hose gehen wird. Midge hat mich ausführlich gewarnt, genau wie du. Ich habe es trotzdem gemacht.« Ich zuckte mit den Schultern. »Das habe ich jetzt davon.«

Dean nickte bedächtig. »Du hast recht. Und einen Schlussstrich zu ziehen und einen Neuanfang zu wagen ist sicher das Beste, was du jetzt tun kannst. Aber davor würde ich dich gern aufmuntern. Darf ich?«, fragte er und schenkte mir dieses Lächeln, das ich so mochte. Das ist so vermisste.

»Ja bitte. Wie sieht dein Plan aus?«

»Zuerst ziehst du deinen Slip aus, dann rollst du dich auf die Knie«, wies er mich an. Ich lächelte und machte mit. Das Handy stellte ich so gegen meine Nachttischlampe, dass er mich beobachten konnte, ohne alles von mir zu sehen.

»Jetzt streichle die Innenseiten deiner Schenkel. Ganz langsam. Taste dich nach oben hoch und stell dir vor, es wäre meine Zunge, die sich ihren Weg bahnt.«

»Gerne.« Ich fuhr seufzend mit den Fingerspitzen über meine Haut und genoss die Berührung. Natürlich wäre mir Deans Zunge hundertmal lieber gewesen, aber so ging es auch.

»Jetzt streichle deine Pussy. Ganz langsam. Bist du schon ein bisschen feucht?«

»Mmmmhhh, ja«, erwiderte ich und tauchte meine Finger in die Feuchtigkeit. Dann fuhr ich mit den Kuppen über meine Lippen.

Deans Gesicht auf dem Display kam näher. »Fuck, ich würde dich so gern berühren. Du ahnst nicht, wie heiß du aussiehst«, flüsterte er heiser.

»Ich hätte dich auch gern hier«, seufzte ich und kehrte mit meiner Hand zurück zwischen meine Schenkel. »Oh, du würdest dich darüber freuen, wie bereit ich für dich bin. Ich wünschte, du wärst hier, hinter mir und dein

Schwanz fährt langsam zwischen meinen Schamlippen und meinen Pobacken auf und ab.« Ich biss mir auf die Unterlippe, als ich begann, meine Klit zu streicheln. »Und dann würdest du deinen harten, langen Schwanz langsam, Zentimeter für Zentimeter in mir versenken. Oh Gott, ist das scharf.«

»Süße, ehrlich, du hast ein Talent dafür«, schmunzelte er, doch ich sah an seiner Schulter, dass er mittlerweile bei sich selbst auch angefangen hatte.

»Und dann, wenn du ganz in mir bist, warten wir einen kleinen Moment«, flüsterte ich. »Du legst die Hände auf meine Hüften und streichelst mich. Ich sehe über meine Schulter zurück und wir schauen uns einen Moment lang an. Und dann legst du los.«

»Und zwar richtig. Du verdienst den besten Sex der Welt, meine Süße«, keuchte er. »Das will ich in deinen Augen sehen. Ich beobachte dich genau, während ich es dir mit harten tiefen Stößen besorge. Ich will sehen, wann du kommst.«

»Das kann nicht mehr lange dauern«, stöhnte ich.

Meine Bewegungen wurden unkontrollierter. Der Telefonsex machte mich dermaßen an, dass ich schon kurz davorstand, zu kommen. Dean am Telefon zu haben und zu wissen, dass er fast genauso weit war wie ich, machte das Ganze noch besser.

Das mit dem Blickkontakt war mir rausgerutscht, aber dass er darauf einstieg, ließ etwas Kleines in meinem Brustkorb klingen. Ich lächelte und gab mich meinen Berührungen hin.

Ich rieb meine Klit immer härter und versuchte noch, das Gespräch fortzusetzen, doch es klappte einfach nicht. Es war zu gut. Und ich zu scharf.

Ich zwang mich, die Augen offen zu halten und ihm ins Gesicht zu sehen. Seine Wangen waren gerötet, seine Bewegungen wurden ruckartiger.

»Ich wünschte, ich könnte deinen Schwanz blasen, bis du kommst«, stieß ich noch hervor, dann kam ich mit einem erstickten Schrei. Ich presste meine Schläfe ins Kissen, während die Hitze zwischen meinen Schenkeln explodierte. Mein Atem ging heftig und ich wand mich köstlich in dem Orgasmus, der meinen ganzen Körper zum Beben brachte. Ich schluchzte und rieb mich immer weiter an meinen Fingern, dabei wimmerte ich seinen Namen.

»Oh Fuck«, stöhnte er und krümmte sich zusammen. Ihn dabei zu beobachten, wie er ebenfalls kam, gab mir einen weiteren Kick. Ich gab mich meinem Orgasmus hin und verlängerte ihn, soweit es ging. Dann schloss ich die Augen und lauschte dem Klopfen meines Herzens.

»Ich komme nach Hamburg«, sagte Dean.

»Wie bitte?«, murmelte ich.

»So schnell es geht, das verspreche ich dir. Halt mir einen Platz in deinem Bett frei, ja? Wir werden das hier wiederholen. So oft, dass wir beide nicht mehr klarkommen und alle Wünsche erfüllt sind.«

»Versprochen«, sagte ich mit einem Lächeln.

Es war merkwürdig, den ganzen Tag zu Hause zu sein.

Mittlerweile war meine Kündigung eine Woche her und mir fiel die Decke auf den Kopf.

Ich telefonierte regelmäßig mit Midge und beantwortete ihr Fragen zum Projekt. Teilweise machten wir lange Videokonferenzen, in denen wir die Punkte durchgingen. Es tat mir von Herzen leid, dass ich ihr nicht helfen konnte. Tran, Tina und Jeannette taten ihr Bestes, aber sie waren nicht so tief in der Thematik wie ich. Stattdessen musste Dean wieder aushelfen, doch das war auch nur eine Notlösung, mit der niemand zufrieden war.

»Es ist beschissen«, grollte Midge am Dienstagabend. Sie wollte eigentlich mit Kay ausgehen, saß aber schon seit einer Stunde mit uns beiden auf der Couch und trank Sherry. Kay verlegte gerade die Reservierung im Restaurant um eine weitere halbe Stunde. »James hätte dich einfach eine Übergabe machen lassen sollen. Das hat er jetzt davon. Am Freitag ist das nächste Meeting und wir werden definitiv nicht fertig. Es ist aussichtslos«, klagte sie. »Und ich habe keine Lust mehr, ständig bis elf Uhr nachts im Büro zu sitzen und es gegen alle Vernunft doch zu versuchen. Dafür zahlen sie mir nicht genug. Und da du ja jetzt nicht mehr da bist, wollten sie allen Ernstes meinen Urlaub im Oktober streichen.«

»Oh Mann, das tut mir so leid«, sagte ich betroffen, doch sie winkte ab.

»Das ist nicht deine Schuld. Sie hätten Dean nie zurück nach Liverpool schicken sollen, damit er Platz für Cole macht. Wir wissen ja, was dabei herausgekommen ist. Jeannette macht sich, sie wird mir eine echte Hilfe. Ach so und ich habe Tran gesagt, dass ich kündige, wenn sie mir den Urlaub streichen. Danach war Ruhe und er hat ihn genehmigt.«

»Das hat ihm bestimmt nicht gefallen, oder?«

»Er versteht es«, sagte sie. »Und er versucht ja nur, unsere Ärsche zu retten. Aber er hat sofort gemerkt, dass es mir ernst ist. Deswegen hat er kleinbeigegeben.«

»Umso besser«, sagte ich. »Wenn er dich auch noch verliert, ist das Projekt so gut wie geplatzt.«

»Midge, wollen wir heute noch los?«, fragte Kay. »Bald lohnt es sich nicht mehr.«

»Ach Süßer, für dich wird es sich immer lohnen. Aber ja, wir können.« Midge stand auf und strich ihr aufregendes Retro-Kleid glatt. Kay beobachtete sie mit brennenden Augen.

Die beiden waren verdammt süß zusammen. Es fehlten nur noch ein paar Dates und sie machten es offiziell.

Ich freute mich mit ihnen. Sie waren liebe Menschen, die einander verdienten.

Wenn ich sie so ansah, spürte ich zum ersten Mal seit Monaten den Wunsch, auch wieder jemanden zu haben. Ich mochte es, morgens neben jemandem aufzuwachen, der mir wichtig war.

Ich winkte den beiden, als sie sich auf den Weg zum Restaurant machten, dann kuschelte ich mich wieder auf die Couch und machte den Fernseher an. Pavel war heute Abend unterwegs, ich hatte die Wohnung für mich.

Kurzentschlossen holte ich mir ein Glas Wein dazu. Im Kühlschrank stand noch eine offene Flasche.

Ich wollte mich gerade wieder hinsetzen, als es an der Wohnungstür klingelte.

Stirnrunzelnd sah ich auf die Uhr. Es war fast neun, wer klingelte um diese Zeit noch?

Ich ging zur Tür und sah durch den Spion.

Erschrocken wich ich zurück und hatte das Gefühl, mich träfe der Schlag.

Draußen stand James.

Ohne klaren Gedanken riss ich die Tür auf und sah in sein Gesicht.

»Was zum Teufel machst du denn hier?« Vor lauter Stress redete ich Deutsch mit ihm.

»Ich ... nun ... ich wollte noch einmal mit dir reden«, rang er sich ab. Er wirkte hier so deplatziert, wie es kein Mensch vorher jemals gewesen war.

Nicht mal in meinem Kopf machte seine Anwesenheit Sinn. Ich war nur froh, dass Kay und Midge weg waren.

»Okay«, sagte ich langsam.

Ich kam nicht mehr klar, aber ich würde nie jemanden vor der Tür stehen lassen. Außerdem mussten unsere Nachbarn dieses Gespräch nicht mitanhören.

James folgte mir durch die Wohnung. Erst wollte ich zurück ins Wohnzimmer gehen, entschied mich dann aber für die Küche. Er sah sich um und nahm Notiz von den Männerjacken und Schuhen im Flur.

»Die gehören meinen Mitbewohnern«, sagte ich, obwohl mir eine bissige Bemerkung auf der Zunge lag. »Ist nicht das, was du gewohnt bist, oder?« Okay, das war bissig genug, ich sollte mich zusammenreißen.

»Momentan nicht, aber ich habe vier Geschwister«, erinnerte er mich.

»Wie könnte ich die vergessen?«, murmelte ich und stellte mein Weinglas auf die Arbeitsfläche, dann lehnte ich mich dagegen. James blieb unschlüssig in der Tür stehen. »Worüber wolltest du mit mir reden?«, fragte ich.

James zögerte, weiterzusprechen fiel ihm sichtlich schwer. Mir hingegen fiel es schwer, dabei zuzusehen, wie er mit den Worten rang, aber immerhin war er zu mir gekommen. Und nachdem, wie er mich behandelt hatte, würde ich ihm auch keinen Zentimeter entgegenkommen.

Ja, ich hatte ein schlechtes Gewissen und wie das alles abgelaufen war, tat mir von Herzen leid, aber gerade schaffte ich es nicht, mich darauf zu konzentrieren. Jetzt, wo ich ihn sah, kam die Wut darüber, wie es zwischen uns abgelaufen war und wie er mich behandelt hatte, wieder hoch.

Ich wollte jetzt wissen, warum er hier war. Danach konnte ich mich immer noch entschuldigen.

»Wie das Gespräch letzte Woche gelaufen ist, tut mir leid«, rang er sich endlich ab. Ich verschränkte die Arme vor der Brust und wartete. »Ich war noch sauer wegen der Sache mit Cole«, sprach er stockend weiter.

»Das habe ich gemerkt«, sagte ich. »Du hast deinen Standpunkt sehr klar gemacht.«

»Ich war wütend«, sagte er etwas lauter. »Ich hatte erfahren, dass du mit meinem Bruder im Bett warst, verdammt!«

»James, das verstehe ich, aber du hast kein Recht, auf mich wütend zu sein«, sagte ich. »Das mit Cole lief, als zwischen uns klar war, dass wir nie Sex haben würden. Ich konnte damals nicht ahnen, dass du deine Meinung änderst. Ich verstehe deinen Ärger, weil ausgerechnet er es war, aber wir waren nie zusammen und es gab nie eine Vereinbarung, dass wir niemand anderen treffen. Warum auch? Du wirst bald heiraten. Es gab nichts, worauf ich hätte Rücksicht nehmen müssen.« Ich atmete durch. »Es tut mir ehrlich leid, dass dich mein Verhalten getroffen hat, ich bin nicht stolz darauf. Dass ich mich mit Cole eingelassen habe, war ein Fehler, für den ich aber teuer bezahlt habe, dank eurer Schwester.«

»Clarissa ist kein einfacher Charakter«, sagte er leise.

»Es gibt bestimmt Leute, die finden, dass sie gar keinen hat«, versetzte ich, bremste mich aber. James warf mir einen gereizten Blick zu, der mich wütend machte. War er hergekommen, um sich mit mir zu streiten? Wollte er mich auch runtermachen, so wie die anderen beiden? Darauf hatte ich keinen Nerv. Mir ging es seit Wochen beschissen und das war auch seine Schuld. Ich wollte einfach, dass er ging und ich es endlich hinter mir hatte.

»Warum bist du hier, James? Was willst du heute von mir, nachdem du mich letzte Woche aus dem Haus gejagt hast? Ich durfte nicht mal meine Aufgaben übergeben und musste mein Team hängenlassen. Weißt du, ich bin nicht gern gegangen. Ich mochte den Job und die Leute. Aber das zwischen uns war ein Fehler. Ich hätte nie etwas mit dir anfangen dürfen. Und mit Cole auch nicht. Das mit ihm war übrigens nicht geplant, um dich zu ärgern, falls du das gedacht hast. Es hat sich einfach ergeben. Glaub mir, zum damaligen Zeitpunkt wärst du mir viel lieber gewesen.« Ich zuckte mit den Schultern. »Ist dumm gelaufen. Ich wollte nie, dass du es auf eine so bescheuerte Art erfährst, aber deine Schwester hat echt ein Händchen für furchtbares Timing.«

»Habe ich auch festgestellt«, knurrte er und schüttelte sich, als müsste er etwas loswerden, das hartnäckig in seinem Kopf festsaß. Dann sah er mich an, das erste Mal mit klarem Blick und ohne Wut. Ich machte überrascht einen Schritt rückwärts. Was kam jetzt?

»Ich werde die Geschichte mit Cole abhaken«, eröffnete er mir. »Und ich möchte mich in aller Form bei dir dafür entschuldigen, wie ich dich letzte Woche behandelt habe. Das hattest du nicht verdient. Ich finde, dein Verhalten war auch diskussionswürdig, aber ich habe mich nicht korrekt verhalten, weder auf der persönlichen, noch auf der professionellen Ebene. Das tut mir leid.«

Ich brauchte einen Moment, um das sacken zu lassen. Seit ich ihn vor der Tür gesehen hatte, hatte ich mich gefragt, ob er gekommen war, um sich zu entschuldigen.

Zwischendurch hatte ich nicht mehr daran geglaubt. Doch die Worte aus seinem Mund zu hören, war trotzdem ein Schock, den ich verdauen musste.

»Danke«, sagte ich schließlich hölzern. »Das weiß ich zu schätzen.«

»Kommst du zurück?«, fragte er sofort.

Ich blinzelte. »Nein, warum sollte ich?«

»Du kannst morgen wieder anfangen. Wir können über alles reden«, sagte er, als wäre er dabei, die Konditionen für einen Vertrag zu verhandeln.

»James, meine Kündigung war keine Erpressung«, sagte ich und war baff, dass er mir das zutraute. »Ich habe ein anderes Angebot bekommen und einen Vertrag unterschrieben. Und ich werde dort anfangen.«

»Und wo ist das?«

»Das geht dich nichts an«, erwiderte ich sofort, denn ich wusste, dass das Schwierigkeiten bedeutete, wenn ich ihm sagte, dass ich zu Edina ging.

James' Mund verzog sich grimmig. Jetzt war der Punkt gekommen, an dem er nicht mehr bekam, was er wollte, und ungemütlich wurde. »Wie gesagt, wir können über alles reden. Und Verträge kann man kündigen.«

»Es geht mir nicht ums Geld. Aber deine Reaktion zeigt mir, dass ich mich richtig entschieden habe. Was denkst du eigentlich, warum ich mich auf dich eingelassen habe? Ich will nichts von dir, James, keine Geschenke und auch kein Geld. Ich wollte nur unverbindlichen Sex. Aber du bist mein Boss und das war einfach eine dumme Idee. Du hast zwischendurch gesagt, dass du mich magst. Ich spüre davon nichts. Stattdessen behandelst du mich jetzt wie eine Hure. Ich werde nie wieder mit dir vögeln, okay? Ich möchte nichts mehr mit dir zu tun haben. Danke für deine Entschuldigung, aber ich habe nicht das Gefühl, dass die viel wert ist.«

Ich machte einen Schritt zurück, um so viel Distanz wie möglich zwischen uns zu bringen. Mein Herz pochte vor Wut und meine Wangen waren heiß.

Wie konnte er nur? Was er gerade mit mir abzog, war noch schlimmer als alle dummen Kacksprüche von Clarissa. Sie war wenigstens geradeheraus scheiße.

James starrte mich verdattert an, dann hob er die Hände. »So war das nicht gemeint, Lilian. Ich wollte nur sagen, dass du die Wahl hast.«

»Danke für den Hinweis, ich habe sie schon getroffen. Und meine Kündigung bleibt bestehen«, sagte ich kalt.

»Ehrlich, es tut mir leid.« Er kämpfte mit sich. Da war wieder dieses Zucken in seinem Mundwinkel, das auf Stress hindeutete. »Ich bin hergekommen, um dir zu sagen, dass ich dich gern wiedersehen würde und dass ich hoffe, dass wir unsere Differenzen beilegen können.«

Er redete, als würden wir einen Vertrag aufsetzen.

Ich schüttelte den Kopf, weil ich die Schnauze voll hatte. »Tut mir leid, aber das wird nichts«, sagte ich fest.

Er riss die Augen auf. Über seine Fassungslosigkeit hätte ich fast gelacht, doch dass der Mann es einfach nicht gewöhnt war, dass jemand nein zu ihm sagte, war fast traurig. Er hatte die Realität noch nie erlebt.

Ich hatte keine Lust, es ihm zu erklären. Das wäre der Job seiner Eltern gewesen.

»Aber ...«, er rang mit den Worten. »Lilian, ich weiß nicht, was ich dir noch sagen soll, um dich zu überzeugen. Ich habe dir alle Argumente dargelegt.«

»Ich habe mir auch alles angehört, aber es geht hier nicht darum, dass du mich überzeugen musst«, sagte ich und fühlte mich erschöpft. »Es ändert sich nichts an der Sache, dass ich nicht deine Mätresse sein möchte. Wie gesagt: Du heiratest bald. Ich will nicht die Frau sein, die du heimlich triffst und von der keiner wissen darf. Ich will nicht von irgendwem gejagt und von dir verleugnet werden, wenn es doch herauskommt.«

»Das würde ich niemals tun«, erwiderte er.

»James, das hast du schon. In dem Moment, als du Clarissas Kommentar auch noch befeuert hast. Oder hast du ihr und Cole gesagt, dass wir etwas miteinander hatten und du eine Beziehung mit mir haben willst?« Sein betretenes Gesicht war Antwort genug und reichte mir, um meine Schuldgefühle endgültig zu begraben. Für ihn war ich genauso minderwertig wie für seine Geschwister, auch wenn ihm das nicht bewusst war. Ich aber hatte ein für alle Mal genug davon.

»Okay, danke, das reicht mir. Ich denke, du merkst es selbst. Mach's gut, James«, sagte ich und drängte mich an ihm vorbei zurück in den Flur. Ich musste diese Farce endlich beenden, bevor ich komplett den Verstand verlor und doch noch wütend über seine Dreistigkeit wurde.

»Ich soll gehen?«, fragte er irritiert.

»Ja, was hast du denn gedacht?«, fragte ich mindestens so verwirrt zurück.

»Ich dachte, dass wir so lange reden, bis ich herausfinde, was du willst, und es dir dann gebe.«

Der Mann spürte die Einschläge einfach nicht. Ich hätte beinahe darüber gelacht, wie realitätsfern und unempathisch er war. Nur fast, denn eigentlich war mir nach heulen zumute.

»Das habe ich dir schon mehrfach gesagt, aber ich wiederhole mich gern noch mal. Hör mir jetzt genau zu: Ich möchte nicht mit dir zusammen sein. Ich möchte keinen Sex mehr mit dir. Und ich möchte dich nicht mehr sehen. Das ist eine kausale Kette, die sehr logisch ist. Und du wirst das jetzt bitte endlich akzeptieren und meine Wohnung verlassen.«

James sah mich an wie vom Donner gerührt. Endlich schien er zu verstehen, dass ich mich nicht zierte, und einen auf unnahbar machte - es war mir ernst. Todernst.

Und diese Erkenntnis gefiel ihm ganz und gar nicht.

»Es ist mir nicht leichtgefallen, herzukommen«, sagte er anklagend.

»Das glaube ich«, erwiderte ich.

»Ich habe mich bei dir entschuldigt.«

»Ja, das stimmt. Und ich habe deine Entschuldigung angenommen. Aber bitte, mach es nicht noch schlimmer, indem du mein Nein diskutierst. Das hier ist keine Verhandlung, James. Es gibt keine Strategie, kein Szenario und kein Angebot, dass dich zum Gewinner macht, falls es das überhaupt gibt. Was du von mir willst, kann und werde ich dir nicht geben. Und ich bitte dich ein letztes Mal, das zu akzeptieren und mich in Ruhe zu lassen.«

»Ich tue nichts, was dir wehtut«, knirschte er. »Ich hatte nur den Eindruck, dass dir auch etwas an mir liegt, und ich wollte das mit dir klären.«

»Tatsächlich gab es ein paar Momente, in denen ich dachte, dass da etwas sein könnte«, gab ich zu. »Und quasi im gleichen Moment hast du mir immer zu verstehen gegeben, dass ich kein Teil deines Lebens sein kann. Und es gibt auch keine Umstände, unter denen das möglich wäre.«

»Du willst nicht, weil ich verlobt bin«, mutmaßte er.

Der Groschen fiel bei ihm langsam. Und das bei einem Mann, der so viel Verantwortung trug. Doch zwischen logischem unternehmerischen Denken und Wünschen, die von Emotionen gesteuert wurden, lag ein himmelweiter Unterschied.

Ich bekam langsam eine Ahnung, dass James' Defizite nicht nur in seinen eigenen Gefühlen lagen. Anscheinend hatte er auch kein Verständnis für das, was in anderen Menschen vorging.

»Ja, das ist ein sehr wichtiger Grund«, sagte ich und öffnete die Wohnungstür. »Ein anderer ist, dass ich diesen Dünkel, mit dem deine Familie sich für etwas Besseres hält, nicht akzeptieren kann. Sie würden mich auch nie akzeptieren. Also machen wir es uns doch etwas leichter und sehen ein, dass das nichts wird. Vielleicht kannst du es deinem König nachmachen und dir eine Geliebte in der gleichen Liga suchen, dann wird es leichter zu schlucken sein für alle, wenn es rauskommt. Alles Gute, James. Ich wünsche dir nur das Beste.«

»Danke, das wünsche ich dir auch«, sagte er steif. Endlich trat er hinaus in den Flur und lief zur Treppe, ohne sich noch einmal umzudrehen.

Ich ließ die Tür zufallen und lehnte mich dagegen, weil ich das Gefühl hatte, ihn aussperren zu müssen.

Ein etwas irres Kichern sammelte sich in meiner Kehle, weil ich einfach nicht fassen konnte, wie dieses Gespräch abgelaufen war. Der Mann hatte echt Nerven! Unfassbar, dass er echt gedacht hatte, er könnte mich manipulieren.

Jetzt kicherte ich doch, also ging ich schnell in die Küche und holte meinen Wein.

Ich trank einen großen Schluck und atmete durch. Gleichzeitig hoffte ich, dass dies mein letztes Treffen mit James gewesen war.

KAPITEL 13

Endlich war der September herum und ich startete bei K+R. Am Morgen meines ersten Tages war ich furchtbar aufgeregt, aber es war eine positive Aufregung.

›Dieses Mal wird alles besser‹, sagte ich mir und zog meinen neuen Blazer an. *›Das wird mein Traumjob.‹*

Ich fuhr zum Firmensitz in der Hamburger Innenstadt und betrat mit klopfendem Herzen das Büro. Edina holte mich am Empfang ab und führte mich herum. Ich lernte so viele Leute kennen, dass ich mir ihre Namen unmöglich merken konnte.

Dann brachte sie mich in das Büro, das ich mir mit meiner neuen Kollegin teilen sollte. Ich kannte sie schon von meinem Vorstellungsgespräch.

»Hallo Lilian, schön, dass du da bist!«, sagte sie fröhlich und reichte mir die Hand.

»Hi Em, ich freu mich auch. Wow, cooles Outfit«, sagte ich und bewunderte ihre pinke Bluse und den Ledermini. Neben ihr kam ich mir wie eine graue Maus vor.

Em grinste mit roten Lippen. »Mode kann ich. Projekt- und Mandanten-Management auch. Wie siehts bei dir aus?«

»Deswegen bin ich doch hier«, sagte ich gut gelaunt.

»Das will ich doch hoffen«, erwiderte sie. »Komm, wir holen uns einen Kaffee und dann starten wir.«

»Bei Em bist du in guten Händen«, versprach Edina. »Sie ist noch kein Jahr hier, aber sie hat es voll im Griff. Ihr beide werdet das rocken.«

»Verlass dich drauf, Herzchen«, sagte Em frech. Ich mochte ihr loses Mundwerk, auch wenn ich sicher war, dass hier nicht jeder Herzchen zu Edina sagen durfte.

Ich folgte ihr zur Kaffeemaschine und freute mich, dass ich hier war. Das wurde richtig gut. Ich spürte es.

Am Abend war ich platt, aber glücklich. Midge kam zu mir, um ihre Neugier zu stillen. Hingerissen lauschte sie meinem Bericht und nippte an ihrem Martini. Kay wurde immer besser im Mixen der Old-fashioned-Drinks, die Midge so mochte.

»Das klingt super, aber davon bin ich ausgegangen. Das Team macht im Projekt mit WS einen tollen Eindruck. Ich bin froh, dass du dort angefangen hast«, sagte sie. »Ich vermisse dich, aber ich freue mich für dich.«

»Danke dir.« Ich drückte sie. Mein Smartphone auf dem Wohnzimmertisch vibrierte, als eine Nachricht einging. Sie war von Dean: ›Ich bin nächstes Wochenende in Hamburg. Nimm dir lieber nichts vor ...‹

»Uuuuuhhhh, das klingt vielversprechend«, sagte Midge über meine Schulter und grinste. »Das hast du dir so was von verdient.«

»Finde ich auch«, meinte ich und tippte: ›Ich halte mich bereit für dich und freu mich drauf.‹

›Das wirst du nicht bereuen‹, versprach er.

›Ich weiß‹, antwortete ich lächelnd.

Die ersten zwei Wochen im neuen Job liefen super.
Dank Em fand ich mich immer besser zurecht und die Aufgaben lagen mir. Ich fühlte mich wohl. Endlich wieder. Der Druck und das dumme Gefühl, mich mit meinem eigenen Verhalten unwohl zu fühlen, waren weg und ich begann, wieder ich selbst zu werden.

Jetzt, mit etwas Abstand, verstand ich, wie schlecht es mir in den letzten Wochen bei WS gegangen war.

Ich hatte falsche Entscheidungen getroffen, die mir geschadet hatten. Wahrscheinlich war es ein Riesenglück, dass meine Affäre mit Cole aufgeflogen war, sonst hätte ich vielleicht doch nachgegeben und wieder mit James gevögelt.

Jetzt war ich auf dem richtigen Weg und keine ätzende unzufriedene und zickige Version von mir. Stattdessen war ich entspannt und fröhlich. So gefiel ich mir viel besser.

Heute war Freitag. Dean kam um sechs am Flughafen an, ich hatte ihm versprochen, ihn abzuholen. Ich freute mich darauf.

Midge hatte versprochen, Kay das Wochenende über bei sich unterzubringen und vor Pavel hatte ich längst keine Hemmungen mehr.

Erst letztes Wochenende hatte ich ihn und einen anderen Mann im Wohnzimmer überrascht. Ich hatte nur darum gebeten, dass sie hinterher aufräumten, dann war ich in mein Zimmer gegangen. Ich wusste, dass Pavel sich genau so verhalten würde.

Mein Herz klopfte, als ich am Flughafen auf Dean wartete. Wir hatten uns drei Monate lang nicht gesehen und ich fragte mich, was diese Zeit mit uns gemacht hatte. Dass er von meinen Affären mit unserem Boss und seinem Bruder wusste, machte die Sache nicht leichter.

Was, wenn er es mir doch übelnahm? Oder machte es ihm wirklich nichts aus, so wie er gesagt hatte?

Ich hatte Angst davor, dass wir uns sahen und feststellten, dass die Chemie weg war und wir uns nichts mehr zu sagen hatten. Das würde mir das Herz brechen.

Endlich kamen die ersten Leute durch die Schiebetüren. Dean war einer von ihnen.

Sofort verzog sich mein Mund zu einem breiten Grinsen, als ich sein verwuscheltes Haar und die blitzenden Augen sah. Er kam auf mich zu, zog mich an sich und küsste mich, als wären wir zusammen.

Mein Herz flatterte. Die Chemie war eindeutig noch da. Unverändert. Wenn nicht sogar noch stärker.

»Ich merke gerade, dass ich dich ziemlich doll vermisst habe, Lil«, sagte er an meinen Lippen. »Videocalls ersetzen keinen echten Kuss.«

»Von Sex wollen wir gar nicht anfangen«, flüsterte ich.

Er rückte von mir ab und sah mich prüfend an. »Hast du Lust auf ein Date? Ein richtiges? Mit Essengehen, einem Drink und einem romantischen Kuss?« Ich sah ihn überrascht an. Damit hatte ich nicht gerechnet.

»Ich bin nicht nur zum Vögeln hier«, sagte er mit blitzenden Augen. »Ich möchte Zeit mit dir verbringen.«

Wieder brauchte ich ein paar Sekunden, weil das so unerwartet kam. »Okay«, murmelte ich.

Er nahm meine Hand und zog mich mit sich. »Ich habe einen Tisch reserviert und ich bin ziemlich hungrig. Bist du dabei?«

»Natürlich«, sagte ich endlich, doch ich merkte, dass mich die Situation überforderte.

Dean lächelte und ging mit mir zum Taxistand. Er hatte ein Restaurant in der Nähe meiner Wohnung ausgesucht, an dem ich schon oft vorbeigelaufen war.

Wir kamen an und saßen kurze Zeit später in einer kleinen runden Nische nebeneinander. Ich musste über die Kerze auf dem Tisch schmunzeln. »Sehr romantisch.«

»Ich glaube, ich muss dir ein bisschen Kontext geben, damit du wieder an Bord bist. Ich hab schon gemerkt, dass ich dich vorhin etwas überfordert habe«, sagte er.

»Dann los. Ich bin sehr gespannt.«

»Ich brauchte nach unserem Telefonat neulich ein bisschen, um das alles sacken zu lassen. Dein Bericht hat mich echt umgehauen. Und dann ging mein Kopfkino los. Ich habe mich gefragt, wie die Dinge abgelaufen wären, wenn ich nicht nach England zurückgegangen wäre.«

»Ich denke, dann wäre ich nie auch nur in die Nähe der beiden gekommen«, erwiderte ich sofort, denn das war die reine Wahrheit.

Dean nickte. »Das glaube ich auch. Und der Gedanke hat mir ziemlich gut gefallen, muss ich zugeben.«

»Ich wäre auch lieber bei dir gewesen«, flüsterte ich.

Dean nahm meine Hand. »Ich hab drüber nachgedacht. Über diese Fernbeziehungsgeschichte. Ich weiß, wir beide finden das zum Kotzen. Aber Lilian, ich musste auch einsehen, dass ich unbedingt bei dir sein möchte. Das kam zwar ungeplant, aber du bist mir wichtig.« Er holte Luft und verdrehte die Augen. »Wie das klingt. Noch ein bisschen länger und ich verkacke es. Gib dem britischen Jungen noch einen Moment Zeit, damit er den Mut zusammenrafft, um dir zu sagen, dass er in dich verliebt ist.«

Ich schluckte. Mein Herz flatterte wie ein gefangener Vogel. »Den Moment gebe ich ihm gern«, sagte ich mit belegter Stimme.

»Danke.« Dean atmete noch einmal durch, dann sah er mich an. »Ich habe mich in dich verliebt, Lilian. Und ich war leider etwas zu langsam und etwas zu dumm, um das zu verstehen.«

»Und ich habe mich schon die ganze Zeit gefragt, warum ich dich so unnormal vermisst habe«, erwiderte ich. »Jetzt weiß ich's: Mir gehts genauso.«

Ich musste breit lächeln und spürte, wie sich ein warmes Gefühl in meiner Brust ausbreitete. Plötzlich ergab alles so viel mehr Sinn. Auch mein Verhalten und die ganzen Gedanken. Die Vergleiche, die ich immer wieder gezogen hatte. Und das Gefühl, dass jemand fehlte. Jetzt konnte ich zugeben, dass es Dean gewesen war, den ich vermisst hatte. Ich hatte mir selbst so energisch verboten, mich zu verlieben, dass ich meine Gefühle fehlinterpretiert und mich wie eine Idiotin verhalten hatte. Es wäre tausendmal einfacher gewesen, ehrlich zu mir zu sein und den Tatsachen ins Auge zu sehen. Selbst wenn das hier anders gelaufen wäre und Dean mir nicht gerade gesagt hätte, dass es ihm auch so ging, wäre ich mehr mit mir im Reinen gewesen und hätte mich klüger verhalten.

Dean lächelte noch breiter und nahm meine Hand. Mir ging das nicht weit genug. Mein Herz war weit offen und ich fühlte mich leicht wie eine Feder, weil ich endlich wieder ehrlich zu mir selbst war.

Ich zog ihn zu mir heran und küsste ihn.

So hatten wir uns noch nie zuvor geküsst. So viel Zeit hatten wir uns noch nie zugestanden, damit es nicht zu intim wurde.

Jetzt taten wir es.

Wir holten unseren allerersten Kuss nach – er hatte nichts zu tun mit schnellem unverbindlichem Sex auf dem Tisch im Pausenraum.

Das hier war voller Emotionen. Voller Gefühle.

Mein Herz füllte sich mit Freude und floss dann über.

Als wir uns schließlich voneinander lösten, atmeten wir beide heftig.

»Das wird hier aber kein erstes Date ohne Anfassen, oder?«, fragte ich atemlos.

»Sweetie, das hast du längst hinter dir gelassen«, feixte er. »Wir werden uns nachher die Seele aus dem Leib vögeln, das verspreche ich dir.«

»Ein Glück.« Ich lächelte ihn wieder an, dann wurde es etwas schmaler. »Bleibt nur noch das Problem, dass wir beide Fernbeziehungen scheiße finden.«

»Ja, das ist natürlich ein Problem«, meinte er bedächtig. »Gut, dass ich das berücksichtigt und mich um meine Rückversetzung nach Hamburg gekümmert habe.«

Ich starrte ihn an und wusste nicht, was ich dazu sagen sollte. »Aber ...«, stammelte ich. »Du wusstest doch gar nicht, ob ...«

»Ich hab gebetet, dass du es genauso siehst, wie ich.«

»Volles Risiko«, sagte ich mit großen Augen.

»Hat sich gelohnt, oder?«

»Ja.« Ich lehnte mich vor und küsste ihn erneut. Dieses Mal noch länger und intensiver. »Dann lass uns daten. Und vögeln. Und wenn es sich weiter so gut entwickelt, bin ich mir sicher, dass sich die Versetzung lohnt.«

Seine Finger glitten über meinen Oberschenkel und hoch zu meiner Taille und schlüpften unter den Saum meines Shirts. Ich bekam Gänsehaut, als er meinen Rippenbogen kurz unter meinem BH streichelte.

Der Kellner brachte unser Essen und wir lösten uns voneinander. Ich ließ ihn ungern los und rutschte so nah zu ihm, dass sich unsere Beine berührten.

»Ich hab gar keinen Hunger mehr«, raunte ich.

»Ich auch nicht, aber machen wir uns doch einen Spaß und tun so, als ob das Essen Teil des Vorspiels ist«, sagte er und schob sich lasziv eine Nudel in den Mund. Ich musste grinsen.

»Das können wir gern tun«, erwiderte ich und widmete mich meinem Essen.

Die Vorspielgeschichte hielten wir nicht lange durch, weil wir lachen mussten. Sexy zu essen lag keinem von uns. Stattdessen prusteten wir in unseren Wein.

»Ich kann es kaum erwarten, dich wieder zu spüren«, flüsterte ich schließlich in sein Ohr, als wir uns beruhigt hatten. »Ich habe mir neue Unterwäsche für heute Abend besorgt, die dir sicher gefallen wird.«

Er lächelte mich schelmisch an, seine Augen funkelten. »Keine Wäsche wäre auch okay gewesen«, flüsterte er und küsste mich hinter dem Ohr. »Aber ich bin gespannt, was ich nachher auspacke.«

»Freu dich drauf«, erwiderte ich. »Es ist nicht viel.«

»Das freut mich umso mehr.«

Wir schlangen unser Essen hinunter, zahlten hastig und liefen dann zu meiner Wohnung, weil wir nicht auf ein Taxi warten wollten. Schon auf dem Weg konnten wir die Finger nicht voneinander lassen.

Ich zog ihn in einen Hauseingang und küsste ihn, dabei schob ich meine Hand in seine Jeans. Dean stöhnte auf, als meine Finger seinen Schwanz erreichten. Er drückte mich gegen die Wand und tastete sich unter meinem Shirt zu meinem BH. Er stöhnte erneut, als er feststellte, dass er nur ein Hauch von Spitze war, durch den sich meine Nippel abzeichneten.

»Am liebsten würde ich dich gleich hier vögeln«, sagte er an meinen Lippen. »Im Stehen. Hart und tief.«

»Das haben wir noch nie gemacht«, seufzte ich. »Und draußen auch noch nicht.«

»Das holen wir nach«, sagte er und zog mich mit sich, weiter die Straße entlang. »Eins davon in wenigen Minuten, das andere an einem schöneren Ort als einem Hauseingang mitten in Wandsbek.«

»Einverstanden.« Wir erreichten mein Wohnhaus und quälten uns die Treppen hinauf. Ich schloss auf und ließ ihn hinein. Wir warfen japsend unsere Jacken über die Garderobe und kickten die Schuhe daneben.

»Schön hast du's hier«, keuchte Dean, da zerrte ich ihn schon den Flur hinunter zu meinem Zimmer.

»Danke«, sagte ich und küsste ihn wieder.

»Warte mal kurz«, sagte er und griff nach meinen Handgelenken. »So gern ich über dich herfallen will, ich habe mich so lange auf diesen Moment gefreut, dass ich ihn ein bisschen mehr genießen möchte.« Er zog mir das Shirt über den Kopf und öffnete dann meine Hose. »Ich bin so gespannt auf diese Wäsche.«

Er trat einen Schritt zurück und betrachtete mich mit leuchtenden Augen. Ich warf mich für ihn in Pose, damit er das weiße Wäscheset betrachten konnte. String und BH waren aus transparentem Stoff und nur hin und wieder mit kleinen Rüschen verziert, die ein paar Zentimeter Haut verdeckten.

Dean trat heran und strich mit dem Daumen über meinen Nippel. »Du hast nicht zu viel versprochen. Ich bin begeistert.« Er beugte sich vor und zwickte meinen linken Nippel durch den dünnen Stoff mit seinen Zähnen.

Ich stöhnte und wollte meine Hände auf seine Schultern legen, doch er ließ mich nicht. Stattdessen schob er mich zu meinem Kleiderschrank. Weil mein Zeug nicht reinpasste, hatte ich eine Kleiderstange an die Wand daneben geschraubt, an der Accessoires hingen. Dean griff danach und warf sie zu Boden, dann führte er meine Hände an die Stange. Sie war in Nackenhöhe und ich konnte mich daran festhalten.

»Ich habe dir doch versprochen, dass wir es im Stehen treiben werden«, sagte er und ging langsam in die Knie. »Schön festhalten, Lil.«

Ich holte Luft, als er sich wieder meinen Nippeln zuwandte und daran arbeitete, sie so hart wie nie zuvor zu bekommen. Seine Zähne und seine Zunge verlangten mir einiges ab. Ich wand mich und spürte, wie sich die lustvollen Funken in meinem Unterleib verdichteten.

Deans Hände wanderten zu meinen Hüften und bewegten sie, als würde ich langsam tanzen.

Ich wollte mit den Fingern durch seine Haare fahren, doch er führte meine Hand wieder an die Stange. »Halt dich lieber fest«, flüsterte er in mein Ohr und fuhr die Kontur mit der Zunge nach. »Ich habe vor, deine Beine sehr weich zu machen. Wie feucht bist du, meine Süße?«

»So feucht, dass du mich sofort vögeln könntest«, seufzte ich und bewegte meine Hüften zu dem Takt, den er vorgab.

»Okay, wenn ich mich überzeuge?«, fragte er.

»Tu dir keinen Zwang an.« Ich keuchte laut auf, als er sich hinkniete und mit der Zunge über meinen Slip fuhr.

»Mmmmhhh, noch genau wie damals. Ich habe dich so vermisst«, sagte er leise und leckte erneut über den nassen Stoff.

Ich beobachtete ihn dabei und bekam Gänsehaut, weil es sich so gut anfühlte. Jetzt griff er nach meinen Knien.

Ich riss erschrocken die Augen auf, als er sich so zwischen meine Beine schob, dass ich auf seinen Schultern saß. Sein Mund war direkt an meiner Pussy und drückte dagegen.

»Ist es für dich auch so unbequem wie für mich?«, fragte ich und klammerte mich an der Stange fest.

»Ja. Scheiß drauf, es ist auch megageil«, sagte er und zog meinen Slip beiseite. Atemlos beobachtete ich, wie er seinen Mund gegen meine Pussy presste und begann, mich wild zu lecken.

Ich stieß einen kleinen Schrei aus und verstand jetzt, warum ich mich festhalten musste. Dean vergaß, dass er langsam machen wollte, und trieb mich mit aller Macht auf den Abgrund zu. Seine Hände kneteten meine Pobacken und stimulierten meinen Anus, außerdem drangen zwei Finger in meine Pussy ein.

»Oh Gott, ja, bitte, mach weiter«, flehte ich. »Ich kann nicht mehr. Bitte besorg es mir einfach. Ich ... Dean ... oh Gott, ja!«

Seine raue Zunge fuhr unbarmherzig über meine Klit, jetzt erwischte er genau den richtigen Punkt, der mich rasend machte. Ich wurde immer lauter, eine Mischung aus Schreien und Schluchzen. Meine Arme wurden taub, aber das war mir so egal.

Als ich kam, stieß ich einen Schrei aus, der mir selbst durch Mark und Bein ging.

Dean schob meine Beine von seinen Schultern und richtete sich auf. Ich schluchzte heiser an seinen Lippen, als er mich jetzt auf den Mund küsste. Gleichzeitig warf er den letzten Rest seiner Kleidung hinter mich, schlang meine Beine um seine Taille und versenkte sich in mir.

Ich drehte beinahe durch und meine Hände rutschten um ein Haar von der Stange.

»Festhalten!«, zischte er in mein Ohr und fing an, mich mit harten tiefen Stößen zu vögeln, die ich bis unter die Schädeldecke spürte.

Ich klammerte mich mit letzter Kraft an der Stange fest, mein Orgasmus hatte mich noch fest im Griff. Jeder Stoß trieb mich näher auf eine zweite Klippe zu.

Ich war nur zu gern bereit, zu springen.

Dean besorgte es mir hart und nachdrücklich und ich genoss es. Jeden einzelnen Stoß.

Sein Blick hielt mich gefangen und ich versank darin.

Gleichzeitig floss mein Herz über, weil es sich so gut anfühlte, ihn wieder bei mir zu haben.

Endlich konnte ich mir eingestehen, wie sehr ich ihn vermisst hatte.

Endlich konnte ich zugeben, dass ich mich in ihn verliebt hatte - bei jedem unserer Treffen ein wenig mehr.

Und es machte mir nichts aus, zuzugeben, wie sehr ich seine Gegenwart genoss und dass die Neuigkeit, dass er nach Hamburg zurückkam, die beste des Tages war.

Ich kam erneut mit einem weiteren Schrei und ließ die Stange los. Dean packte mich und warf mich aufs Bett, dann schob er seinen harten Schwanz erneut in mich und schaffte noch ein paar Stöße, bis wir beide kamen.

Ich sah Sterne und kam nicht mehr klar. Jegliche Kontrolle über meinen Körper war verloren und ich bestand nur aus Hitze, Lust und dem Dröhnen in meinem Kopf. Ich fühlte mich so zufrieden wie lange nicht mehr.

Als wir später verschwitzt und eng umschlungen im Bett lagen und mein Herz nicht mehr so hämmerte, atmete ich seinen Geruch ein.

»Scheiß auf Dates, um zu gucken, ob es passt«, flüsterte ich in seine Halsbeuge. »Es passt, das weiß ich genau.«

Er lachte. »Das ist das schönste, was je eine Frau zu mir gesagt hat. Dann sind wir jetzt also zusammen.«

Wir küssten uns erneut und ich fühlte mich unglaublich gut dabei.

Dean schaffte es nicht, sich eine Wohnung zu organisieren, bevor er im November nach Hamburg zurückkam.

Der Wohnungsmarkt war beschissen und wir besichtigten im Oktober und November eine schreckliche Bude nach der anderen. Mittlerweile hatte Dean mehrere Makler verschlissen und das Budget zweimal hochgesetzt, doch es wurde nicht besser. Von einer Wohnung, wie Dean sie vor seinem Rückgang nach England bewohnt hatte, waren wir meilenweit entfernt.

Es war zwar schon Mitte November, aber so groß konnte die Not nicht sein. Übergangsweise wohnte Dean bei mir in der WG.

»Das geht echt gar nicht. Hier würde ich dich nie besuchen«, sagte ich und schauderte. »Weißt du, ich hab nachgedacht, ehrlich gesagt schon nach der zweiten Bruchbude, die wir im Oktober besichtigt hatten, aber ich hatte immer die Hoffnung, dass wir doch etwas gutes finden. Da es jetzt aber nicht danach aussieht: Wie findest du die Idee, einfach bei uns zu wohnen, bis du etwas gefunden hast, das wirklich gut ist? Dann hast du auch nicht den Druck, faule Kompromisse machen zu müssen. Gib es zu, du hast darüber nachgedacht, hier einzuziehen, oder? Ich glaube nicht, dass die Jungs etwas dagegen haben. Kay ist sowieso ständig bei Midge.«

Dean dachte darüber nach. »Ich wollte mich nicht aufdrängen und habe schon ein schlechtes Gewissen, dass ich bei euch untergekommen bin«, gab er zu.

»Das ist nicht nötig. Ich habe dich gern bei mir«, sagte ich und nahm seine Hand. »Es ist intensiv. Und das liegt nicht nur am Sex.«

»Das hoffe ich.« Dean lächelte. »Ich mag deine Mitbewohner. Dass Kay Midge datet, finde ich krass. Und Pavel ist auch krass. Wir werden viel Spaß haben. Danke dir, dass du mir das anbietest«, sagte er und küsste mich.

Ich lächelte ihn an. »Ich kann doch meinen Freund nicht auf der Straße stehen lassen. Oder zulassen, dass du dir alle möglichen Krankheiten beim Duschen in deiner Rattenloch-Wohnung holst.«

»Ich habe so ein Glück mit dir«, sagte er und zog mich an sich. Er meinte es nur halb im Scherz und ich fühlte das gleiche: Dean und ich. Das passte einfach.

Wir kamen an einem Kiosk vorbei und mein Blick fiel auf die Frontpage der Tageszeitung, die dort in einem Aufsteller klemmte: *»Hochzeit des Jahrhunderts! Mega Staraufgebot in Hamburg zur Watson-Hochzeit erwartet!«*, proklamierte das Blatt mit riesigen Buchstaben.

Mein Mund verzog sich bei der Schlagzeile. James und Annes Hochzeit sollte im nächsten März stattfinden. Und zu meiner Überraschung sollte ein Teil der Feier in Hamburg stattfinden - anscheinend, um die Hamburger Belegschaft, viel mehr sicher aber die hiesige Kundschaft und Politik an der Stange zu halten.

Dean hatte bei seiner Rückkehr meinen Platz in unserem alten Projekt eingenommen und obwohl er mir natürlich von der Arbeit erzählte, wusste ich, dass er sich mit Infos über James und die Hochzeit zurückhielt. Gleiches galt für Midge, obwohl das Thema sicher omnipräsent in der Firma war.

James wusste nichts von unserer Beziehung und das sollte auch so bleiben, weil ich Angst hatte, dass er Dean einen Strick draus drehte. Ich hatte nichts mehr von meinem ehemaligen Boss gehört, aber das war auch gut so.

Ganz los wurde ich ihn eh nicht, schließlich wurde ich jeden Tag mit seiner Hochzeit konfrontiert, über die ständig neue Details in der Presse breitgetreten wurden.

Ich ahnte, dass das wohlkalkuliert von der Presseabteilung dosiert und gesteuert wurde. Ich hatte keinen der

Social-Media-Kanäle abonniert, doch auch über Clarissas Posts wurde regelmäßig berichtet, wenn sie mal wieder *aus Versehen* (wer's glaubt) ein Detail über die Feier oder die Zeremonie gespoilert hatte.

Die Familien und Firmen der beiden schlachteten die Hochzeit dermaßen aus, dass mir übel wurde.

Ich wandte mich von dem Aufsteller ab und meinem Freund zu. Wie immer musste ich grinsen, wenn ich ihn ansah.

Meinen Freund.

Es fühlte sich schön an, ihn so zu nennen. Sogar dass wir jetzt quasi zusammenwohnten, war schön, obwohl das nicht geplant hatte, Wir waren gerade einmal einen Monat zusammen. Aber mit ihm fühlte sich einfach alles leicht und selbstverständlich an.

Dean nahm meine Hand. »Komm, wir holen uns etwas zu essen und fahren zu dir.«

»Zu uns«, korrigierte ich ihn lächelnd.

»Aber nur, wenn es für Kay und Pavel okay ist, dass ich bei euch einziehe, bis ich eine eigene Wohnung gefunden habe, die kein Rattenloch ist«, sagte er.

»Lass uns das heute Abend besprechen«, meinte ich. »Und weil Bestechung durch Essen und Bier bei ihnen immer funktioniert, solltest du einen Stopp bei unserem Lieblingsimbiss einplanen.«

»Natürlich kannst du bleiben«, sagte Pavel und schnappte sich eine Fritte aus der riesigen Verpackung. »Das versteht sich von selbst.«

»Midge hat mich gefragt, ob ich die Wochenenden bei ihr verbringen will«, sagte Kay und nahm einen Schluck Bier. »Es läuft echt gut mit uns beiden. Und wir haben auch schon mal übers Zusammenziehen gesprochen. Es ist noch nichts spruchreif, aber vielleicht hilft euch das auch. So hättet ihr mittelfristig mehr Platz.«

»Das geht ja ziemlich schnell«, sagte ich.

Kay lächelte und ich freute mich für meine Freunde.

Pavel warf uns einen langen Blick zu. »Ich wohne nicht gern allein.«

»Ich dachte, das bezieht sich bei dir nur aufs Schlafen«, erwiderte ich. Dean prustete in seine Bierflasche.

Pavel jedoch zuckte mit den Schultern. »Das stimmt, aber Sex ist keine Konstante in meinem Leben. Die Leute, mit denen ich abends Burger esse und Bier trinke, aber schon. Und wenn Kay mich verlässt, nehme ich Dean als Ersatz.«

»Klingt fast wie eine Drohung«, meinte Dean trocken.

Pavel zwinkerte ihm zu. Er hatte mir schon mehrmals gesagt, dass er Deans britischen Akzent sexy fand. Und ich hatte ihm gesagt, dass er die Finger von meinem Freund lassen sollte. Daraufhin hatte er mir angeboten, dass wir es einfach zu dritt machten.

»Wir schauen einfach mal, wie wir zurechtkommen, okay?«, meinte ich und versuchte, vernünftig zu sein. Die anderen nickten. »Wir haben ja keinen Zeitdruck«, fuhr ich fort und sah Dean an. »Und ich möchte, dass du eine Wohnung findest, in der ich mich auch wohlfühle.«

»Wehe, wenn du auch noch ausziehst. Dann werde ich richtig sauer«, sagte Pavel zu ernst, um es einfach wegzulächeln. Es war ihm wirklich wichtig. »Ich kenne Leute, die das verhindern können.«

»Das glaube ich dir, aber beruhige dich, das steht gerade nicht zur Debatte«, antwortete ich.

Das stimmte nicht ganz. Ich mochte die WG und ich fühlte mich wohl mit Pavel und Kay. Aber auf Dauer wäre es mir doch lieber, nur meine eigene Wäsche zu waschen. Oder meine und Deans. Ich hatte nicht einmal ein Problem damit, ein paar Sachen von den Jungs dabei zu haben. Allerdings hatten Pavels Bekanntschaften die Eigenschaft, Kleidungsstücke zu vergessen. Ich könnte beinahe einen Secondhandladen aufmachen mit den Schlüpfern, die ich gefunden hatte.

Pavel wusste das und es amüsierte ihn. Für meinen Geschmack fast etwas zu sehr. Es war aber kein Problem, das ganze noch einige Zeit mitzumachen.

Später, als Dean und ich in meinem Bett lagen, schlang er die Arme um mich. »Steht ein richtiges Zusammenziehen wirklich nicht zur Debatte?«, fragte er.

»Wir sind gerade einmal vier Wochen zusammen«, erwiderte ich. »Lass uns erstmal ein paar Monate schaffen und dann sprechen wir noch mal.«

»Ich habe keinen Zweifel, aber wir können jetzt schon mal üben«, meinte er. »Das ist jetzt ein Zusammenwohnen auf Probe.«

»Mit zwei anderen Männern zusammen«, wandte ich ein. »Klingt fast nach nem Porno.«

»Lass uns das lieber zu zweit machen, so bekomme ich deine ganze Aufmerksamkeit«, sagte er und schlüpfte unter die Decke. Ich musste grinsen, als er meinen Slip verschwinden ließ und meine Schenkel auseinander drückte.

»Gerne. Was steht heute im Drehbuch?«, fragte ich und schlug die Decke beiseite, damit ich ihn sehen konnte. Mein Herzschlag beschleunigte sich vor Vorfreude. Das Blitzen in seinen Augen zeigte mir, dass es heute wieder heiß wurde. Wie immer zwischen uns beiden, seitdem er zurück war. Ich hatte ihn so vermisst.

»Wie ausgefallen hättest du es denn gern?«, fragte er und küsste langsam die Innenseiten meiner Knie. Ich bekam wohlige Gänsehaut und seufzte. Meine Hände wanderten über meine Brüste und ich spürte, wie ich feucht wurde.

»Wie ausgefallen bekommen wir es hin?«, flüsterte ich, als er sich weiter zwischen meinen Schenkeln hocharbeitete. Es fehlten nur noch ein paar Zentimeter. Schon streifte sein Atem meine empfindliche Haut.

Ich holte zitternd Luft und bereitete mich darauf vor, dass er mich leckte, da packte er mich an der Hüfte und schob mich hoch auf die Knie, dann legte er sich zwischen meine Beine. Plötzlich saß ich rittlings auf seinem Gesicht und seine Zunge fuhr zwischen meine Schamlippen.

»Oh Gott, ja!« Ich beobachtete, wie sich sein Kinn bewegte und seine Zungenspitze von unten hochschnellte. Das sah so scharf aus. »Das ist nicht sehr ausgefallen«, wimmerte ich und rieb mich an seinem Mund, der es mir so köstlich besorgte. »Es gefällt mir trotzdem.«

Ich beugte mich vor und befreite seinen harten Schwanz aus seinen Retros. Er sprang mir entgegen, lang und hart. Genüsslich beugte ich mich vor und fuhr mit der Zungenspitze über seine Eichel. Einmal ganz langsam im Kreis.

Dean stöhnte zwischen meinen Schenkeln, also öffnete ich den Mund und saugte seinen Schwanz zwischen meine Lippen. Ich fuhr an seiner glatten Haut entlang und ergötzte mich daran, wie prall er sich anfühlte. Wie hart und bereit er meinetwegen war. Er war genauso scharf wie ich. Wir konnten es beide kaum aushalten.

Ich bewegte meinen Kopf auf und ab und genoss es, ihn langsam zu blasen. Spielerisch intensivierte ich den Unterdruck in meinem Mund, um dann wieder loszulassen. Ich nahm ihn tief in meine Kehle und gab ihn dann wieder frei, um mit meiner Zungenspitze die kleine Vertiefung an seiner Spitze zu necken. Gleichzeitig fuhr ich mit der Hand seinen Schaft hinauf und hinunter und massierte seine Hoden. Dean gab kehlige Geräusche von sich und leckte mich härter. Ich wimmerte und rieb mich an seinem Gesicht, konnte nicht genug von diesem wahnsinnigen Gefühl bekommen.

»Oh bitte, besorg es mir«, stöhnte ich und saugte seinen Schwanz erneut in meinen Mund. Meine Lippen verursachten ein feuchtes Geräusch und ich schmeckte seine Erregung.

»Das mache ich, Liebes«, keuchte er. Ein Finger drang erst in meine Pussy und dann in meinen Anus ein. Ich stieß einen unterdrückten Schrei aus und gab seinen Schwanz kurz frei, weil ich nach Luft schnappen musste, um nicht ohnmächtig zu werden.

»Oh ja! Mmmmh ...« Ich biss mir auf die Unterlippe, aber so leicht wollte ich es ihm nicht machen. Dean mochte es, wenn ich ihn hin und wieder ein bisschen ärgerte. Das gab dem Sex noch einen weiteren Kick und trieb uns immer weiter. »Das ist so gut wie du mich leckst und oh ja, bitte nimm noch einen Finger mehr«, seufzte ich. »Aber nicht sehr ausgefallen.«

»Du bist so frech«, monierte er und packte meine Hüfte. »Wenn du so darauf bestehst, kannst du jetzt ein bisschen turnen, meine Süße.« Er drückte sich hoch ins Sitzen und schob meinen Po dabei immer weiter nach oben, bis ich stand. Meine Hände und meinen Kopf aber drückte er wieder hinunter zu seinem Schwanz. Mir blieb fast die Luft weg und ich musste mich an seinen Leisten abstützen. Langsam bekam ich eine Ahnung, was er sich überlegt hatte.

»Schöne Aussicht, das gefällt mir«, lobte er und pustete auf meine feuchte Pussy direkt vor seinem Gesicht. Ich schauderte und spürte, dass ich so scharf war, dass er nicht mehr viel tun musste, um mich kommen zu lassen. Er machte das einfach verdammt gut. Aber ich wollte nicht, dass der Spaß jetzt schon vorbei war. Es lohnte sich immer, durchzuhalten und mitzumachen.

»Gleichfalls«, keuchte ich. »Du musst mich festhalten, wenn du willst, dass ich mir deinen Schwanz noch einmal vornehme.«

»Mal sehen, ob ich helfen kann. Vielleicht musst du es aber auch allein schaffen«, sagte er entspannt und leckte mich in aller Seelenruhe weiter. Mir blieb nichts anderes übrig, als mich zu stabilisieren und es ihm heimzuzahlen, indem ich seinen Schwanz in meinen Mund nahm. Das war herausfordernd, aber ich hatte es so gewollt.

Dean streichelte meine Brüste und legte eine Hand in meinen Nacken, damit ich seinen Schwanz noch tiefer in den Mund nahm. Ich war bereit, ihm alles zu geben, so lange er nur weitermachte. Ich war so scharf, so unerhört feucht, dass ich wusste, dass wir zukünftig mehr ausgefallene Stellungen ausprobieren würden. Ich mochte das. Und vor Dean kannte ich keine Hemmungen.

Ich streckte den Rücken durch, stellte mich auf die Zehenspitzen und rieb mich an seinem Gesicht, gleichzeitig blies ich seinen harten Schwanz mit einer Hingabe, die mich selbst schwindelig machte.

Funken schlugen in meinem Unterleib und ich spürte, dass es nicht mehr lang dauern würde, bis er mich so weit hatte. Er lehnte sich ein wenig zurück und versenkte mindestens zwei Finger in meiner Pussy. Ich schrie auf, als er es mir jetzt nachdrücklich besorgte.

»Das war es noch nicht, meine Süße«, sagte er mit zusammengebissenen Zähnen. »Glaub nicht, dass ich nicht noch eine Idee habe. Aber jetzt kommst du erstmal für mich!« Er machte noch härter und ich hatte keine Chance mehr gegen ihn.

Ich kam mit einem weiteren Schrei und musste seinen Schwanz freigeben, um ihn nicht versehentlich zu beißen. Meine Beine knickten ein und ich kam nicht mehr klar. In meinem Kopf drehte sich alles und ich verlor die Kontrolle über meinen Körper. Mein Schädel dröhnte und eine Hitzewelle schoss durch mich hindurch, die mich schwindelig machte.

Dean gab mir einen Schubs, sodass ich auf die Seite fiel. Ich drehte mich auf den Rücken und rutschte dabei über die Bettkante. Das wir mir so egal. So scheißegal.

Er hielt mich an der Hüfte fest und legte meine Knöchel über seine Schultern.

Ich hing mit dem Kopf vom Bett und kam nicht mehr klar. Vor allem nicht, weil er jetzt in die Hocke kam, um sich mit einem kräftigen Stoß in mir zu versenken.

»Oh Gott!«, schrie ich los und krallte mich an der Bettdecke fest, die mit über die Kante gerutscht war. Er hielt meine Hüften umklammert und vögelte mich mit einer Intensität, die ich von ihm noch nicht kannte. Diese Stellung war perfekt. Er konnte mich härter nehmen als sonst. Und ich genoss es in vollen Zügen.

»Oh Dean, oh ja!«, schluchzte ich und wand mich. »Bitte, mach weiter!«

»Das werde ich, Sweetie, versprochen«, sagte er mit zusammengebissenen Zähnen.

Ich kam erneut und erzitterte am ganzen Körper.

Dean schaffte noch ein paar tiefe Stöße, dann zog er seinen Schwanz aus mir und ergoss sich auf meinen Bauch und meine Brüste. Ein paar Spritzer trafen auch meinen Hals und mein Gesicht. Ich wäre beinahe noch einmal deswegen gekommen.

Mein ganzer Körper krampfte und zuckte, ich schnappte nach Luft und klammerte mich irgendwo fest, um nicht zu fallen. Und selbst wenn, wäre es auch egal gewesen. Tränen liefen über meine Wangen, um den Druck aus meinem Inneren herauszulassen.

»Oh Gott«, schluchzte ich.

Langsam ließ er mich auf den Boden gleiten und kletterte hinterher, um mich fest in den Arm zu nehmen. Wir hielten uns aneinander fest, bis ich wieder einigermaßen klar wurde.

»Was für eine Sauerei«, murmelte ich matt und rieb mich an ihm, sodass sich sein Sperma auf uns beiden verteilte. Es lief in Schlieren über meinen Körper.

»Ich stehe auf Sauereien«, antwortete er und rieb mit dem nassen Finger über meinen harten Nippel. »Und auf Sex in der Dusche gleich im Anschluss, wenn ich dich noch einmal richtig sauber mache, damit wir es dann umso schmutziger machen.«

»Kannst du haben, Darling«, lächelte ich und küsste ihn, während ich mit den Fingern über seinen verschwitzten Körper glitt.

»Ich bin so froh, dass du hier bist«, murmelte ich an seinen Lippen. »Ich kann mir gar nicht mehr vorstellen, ohne dich zu sein.«

»Es gibt keinen Ort, wo ich lieber wäre«, erwiderte er.

KAPITEL 14

Der November verging wie im Flug und plötzlich war Dezember und Weihnachten stand vor der Tür.

Dean begleitete mich an Heiligabend nach Peine und lernte Florian und meine Eltern kennen. Sie mochten sich auf Anhieb, wie ich es vermutet hatte. Jetzt waren meine Eltern sogar mit Hamburg als meinem Wohnort einverstanden.

Am Ersten Weihnachtstag flogen wir von Hannover aus nach London, um weiter nach Worcester zu seiner Familie zu fahren. Es war Liebe auf den ersten Blick, vor allem mit seiner Mutter.

Als wir am siebenundzwanzigsten Dezember nach London zurückfuhren, um dort Silvester zu feiern, war ich mehr denn je überzeugt, dass Dean der Mann war, auf den ich gewartet hatte. Der richtige Partner für mich.

Ich kam mir beinahe dumm vor, als ich ihm das nach unserem Neujahrskuss sagte. Wir waren in unserem Hotelzimmer und kamen gerade aus dem Whirlpool mit Sekt und Pralinen. Jetzt hatten wir uns im Bademantel ans Fenster gesetzt. Draußen war der Himmel voll Feuerwerk, doch wir hatten nur Augen füreinander.

»Mir geht es genauso wie dir«, sagte er und küsste mich erneut. »Schön, dass du es auch so siehst, Lil.«

»Wir können in den nächsten Wochen intensiver nach Wohnungen schauen«, meinte ich. »Zusammen.«

»Von mir aus sehr gern. Ich schlafe gern neben dir ein und wache morgens mit dir auf. Eine eigene Wohnung wäre wunderbar, aber das wird Pavel gar nicht gefallen«, feixte er und schob meinen Bademantel von meinen Schultern. »Lust auf eine ungewöhnliche Stellung?«

»Immer, wie du weißt. Darauf warte ich schon den ganzen Abend. Leg los«, sagte ich lächelnd und warf den Bademantel hinter mich. Bloß weg mit dem hinderlichen Teil.

Das mit den ungewöhnlichen Stellungen war unser Ding geworden. Ich liebte es, dass er sich immer wieder etwas neues ausdachte, und machte bereitwillig bei allem mit. Er beanspruchte das für sich und ich ließ ihn nur zu gern machen. Ich kümmerte mich inzwischen mit Yoga und Kraftsport um Flexibilität und Körperspannung. Die brauchte ich, denn Dean liebte es, mich zu challengen.

Er zog mich auf seinen Schoß und lehnte sich auf dem Sessel zurück, dann legte er meine Hände hinter mir auf seine Knie. Ohne mich aus den Augen zu lassen, hob er erst mein linkes und dann mein rechtes Bein über seine Schultern.

Ich hielt die Luft an und konzentrierte mich darauf, das Gleichgewicht zu behalten. Das wurde noch schwerer, als er jetzt mit dem Daumen über meine Pussy rieb.

»Das ist nicht sehr bequem«, keuchte ich.

»Soll es auch nicht sein. Wir wollen ja nicht schlafen«, sagte er seelenruhig und streichelte meine Klit. Ich biss mir auf die Unterlippe und wimmerte. In dieser Position war ich ihm vollkommen ausgeliefert. Und ich sah ihm an, wie scharf er das fand.

Handfesseln und Augenbinden hatten wir schon durch, das war nett, aber es gefiel uns besser, wenn wir uns frei bewegen und die Stellung jederzeit wechseln konnten. Das gab uns beiden mehr.

Ich keuchte auf, als ein Sirren ertönte. Dean hatte einen Vibrator in der Hand, kaum länger und dicker als ein Finger. Das kleine Ding vibrierte so stark, dass ich einen Schrei ausstieß, als er ihn an meine Klit legte. Um ein Haar hätte ich den Halt verloren.

»Schön stabil bleiben«, feixte er.

»Ich versuch's«, zischte ich.

Es war gemein. Der Vibrator machte mich dermaßen feucht und scharf, dass es immer schwerer wurde, die Kontrolle über meinen Körper zu behalten. Ich hielt den Blickkontakt mit Dean und versuchte, an irgendwas anderes zu denken, doch das war fast nicht möglich.

Dazu kam, dass ich mich kaum bewegen konnte.

»Wenn du kommst, werde ich dich vögeln«, informierte er mich freundlich, als würden wir über das Wetter reden. Das war auch so ein Ding. Er versuchte es immer wieder, doch schon verdunkelten sich seine Augen und seine Stimme wurde tiefer. Auch sein Atem ging bereits schneller. »Wenn du eine Hand freihättest, könntest du jetzt fühlen, wie hart ich deinetwegen bin.« Er tauchte den Vibrator in meine Pussy. Ich kam nicht mehr klar. »Das gefällt mir richtig gut.«

»Schön, dass du so viele Ideen hast!«, stieß ich hervor.

»Ich habe ein Kartenspiel mit Kamasutra-Stellungen«, sagte er so vergnügt, dass ich ihm glauben musste, und rieb den Vibrator wieder über meine Klit.

Erste Zuckungen gingen durch meinen Körper. Ich war so feucht, dass ich spürte, wie die Nässe sich zwischen meinen Schenkeln sammelte. Es war nur noch eine Frage von Sekunden, bis er mich so weit hatte.

»Ich Glückspilz«, zischte ich noch, dann kam ich.

Meine Finger krallten sich in seine Hosenbeine und ich sah Sterne. Meine Beine und mein Becken machten sich selbstständig. Ich explodierte in heißer wilder Lust und verlor mich in diesem wahnsinnigen Gefühl. Mein Kopf dröhnte und meine Arme und Beine wurden taub.

Da nahm er plötzlich den Vibrator weg und versenkte sich tief in mir. Ich hatte nicht mal bemerkt, dass er sich dafür bereit machte.

Ich schrie wie von Sinnen auf, als er seine Arme um meine Oberschenkel schlang und mich vögelte. Er hatte nicht viel Bewegungsraum, aber der reichte. Ich war so dabei, dass es egal war.

Wieder legte er den Vibrator an meine Klit. Meine Scheidenmuskeln pulsierten um Deans Schwanz und kontrahierten erneut. Ich geriet gefährlich in Schieflage, meine Hände verloren den Halt. Dean fing mich auf. Vorsichtig legte er meinen Kopf auf den Teppich, legte meine Füße auf die Sitzfläche des Stuhls und drang hart von oben in mich ein.

Ich schrie und stemmte mich gegen seine Stöße. Es war fantastisch. Ich bekam nicht genug davon.

Dean kam mit einem Schrei und ging in die Knie. Noch in mir beugte er sich zu mir herunter und küsste mich auf den Mund. »Frohes neues, Lil.«

»Frohes neues, du Verrückter«, erwiderte ich lächelnd und küsste ihn.

Wir blieben bis zum dritten Januar in London und kamen erst abends in Hamburg an. Nach Hause nahmen wir ein Taxi und kamen erschöpft, aber glücklich in der WG an. Dort saßen Pavel, Kay und Midge am Esstisch und warteten mit Pizza auf uns.

»Schön, dass ihr zurück seid«, sagte Kay strahlend. »Ihr seht aus, als hättet ihr eine gute Zeit gehabt.«

»Hatten wir auch. Danke für das Essen«, sagte ich und nahm die Bierflasche, die Midge mir hinhielt. Dann umarmte ich meine Freunde der Reihe nach. »Was gibt es hier neues?«

»Was willst du wissen?«, fragte Midge und lehnte sich mit ihrer Flasche zurück.

»Wenn du so fragst, habe ich das Gefühl, dass ich etwas wissen sollte, das mir nicht gefallen wird«, meinte Dean.

Midge zog die perfekt gezupfte Augenbraue hoch. »Leider ja, aber ich dachte, ich lasse dir bis nach dem Essen Zeit. Aber da du fragst: Die Kacke ist am Dampfen. John Watson kommt in zwei Wochen und will die Ergebnisse aus dem K+R-Projekt sehen. James dreht gerade durch. Ich bin heute geflohen, als ich zwölf Stunden voll hatte. Gestern auch. Ich kann sogar verstehen, dass der Senior kommt. Der Bericht ist vernichtend, soweit ich mit der Analyse durch bin. Ich meine, wir bekommen ja nur einen Ausschnitt der Daten, aber anscheinend verliert das Hamburger Büro ständig Geld. Und das, obwohl James sich ja selbst als der Überflieger feiert.« Sie spitzte die Lippen. »Ich denke, wir haben bald jemanden aus Liverpool am Hals, der James auf die Finger schaut.«

»Er hat wohl zu viel mit der Hochzeit zu tun, um sich ums Unternehmen zu kümmern«, meinte Pavel trocken. Er interessierte sich null für Klatschnachrichten, aber dieses Event war sogar bis zu ihm durchgedrungen. Und es nervte ihn, wenn auch nicht mal im Ansatz so stark wie mich. Ich konnte diesen Mist nicht mehr ertragen.

Trotzdem hatte dieser Bericht auch Einfluss auf mich. Die Finanzanalyse von K+R bei *Watson Shipping* war unglaublich wichtig für meine neue Firma. Es war omnipräsent auf der Arbeit und ich hatte jeden Tag damit zu tun, obwohl ich nicht aktiv am Projekt mitarbeitete.

Ich wollte unbedingt vermeiden, je wieder einen Fuß in das Gebäude am Hafen zu setzen.

»Das mit der Hochzeit kann sein«, sagte Midge schulterzuckend. »Fällt ihm jetzt aber ziemlich auf die Füße. Mal sehen, was noch daraus wird. Tran, Tina und ich haben letzte Woche ganz schön rotiert.«

»Ab morgen bin ich ja wieder da«, sagte Dean locker. »Ich rette euch.«

»Viel Glück«, sagte Midge trocken. »Wir werden es brauchen.«

»Lilian, hast du einen Moment Zeit für mich?« Ich sah auf und erblickte Brina im Türrahmen. Sie war besorgt, das erkannte ich sofort.

»Natürlich«, sagte ich. Als könnte ich ihr etwas abschlagen. Sobald sie mich anlächelte, war ich Wachs in ihren Händen und machte alles, was sie wollte. Zum Glück hatte sie das noch nie ausgenutzt.

Sie kam herein und setzte sich auf Ems Stuhl. Meine Kollegin war gerade auf einem Kundentermin und ich war allein. So ernst, wie Brina dreinschaute, bekam ich es ein bisschen mit der Angst zu tun.

»Was ist los?«, fragte ich.

»Lucia ist krank, sie hat eine richtig fiese Magen-Darm-Grippe und kann das Haus nicht verlassen. Sie dreht gerade durch, morgen ist der Termin bei WS. Ich brauche jemanden, der da mit mir hingeht. Und außer dir habe ich niemanden, der mir helfen kann.«

Ich schüttelte den Kopf. »Das geht nicht.«

»Ich weiß, es unangenehm für dich, weil du dort gearbeitet hast. Darum wird Edie sich kümmern. Mach dir keine Sorgen«, sagte sie sanft. Heute funktionierte das bei mir nicht so gut wie sonst, denn ich bekam Panik.

»Nein, ich kann da nicht hin«, sagte ich erschrocken. »Tut mir echt leid, ich weiß, wie blöd das ist. Kann nicht eine der Kolleginnen mitkommen? Es haben doch so viele Leute an dem Projekt gearbeitet.«

»Das stimmt, aber ich habe niemanden, der den Termin mit mir machen kann«, sagte Brina frustriert. »Alle anderen, die viel damit zu tun hatten, haben entweder keine Erfahrung bei Kundenterminen auf Englisch, sind krank oder im Urlaub.« Sie legte ihre Hand auf meine. Die Berührung durchzuckte mich wie ein elektrischer Schlag und ich bekam Herzklopfen.

Was machte diese Frau bloß mit mir?

»Bist du Magierin, oder so?«, fragte ich heiser.

Sie schüttelte den Kopf. »Warum willst du nicht mit zu WS? Rede mit mir, dann kann ich dir helfen.«

Meine Unterlippe zitterte und ich musste schlucken, weil ich einen Kloß im Hals hatte. »Bitte, ich möchte es einfach nicht tun.«

»Aber du bist gut darin«, bohrte sie weiter. »Du kennst die Materie und ich weiß, dass du dich schnell in die Sache reindenken kannst. Wenn du mich begleitest, kannst du helfen, ein paar Dinge klar zu rücken. Du hast einen einzigartigen Einblick in *Watson Shipping*. Morgen ist der Geschäftsführer des ganzen Unternehmens dabei. Er wird sicher viele kritische Fragen stellen. Du kannst helfen, sie zu beantworten. Das würde mir enorm helfen, Lilian. Bitte.«

»Ich habe gehört, dass John Watson kommt«, sagte ich gepresst. »Midge hat es mir erzählt. Und ... mein Freund arbeitet auch auf dem Projekt. Dean.«

Brinas blaue Augen weiteten sich. »Das hast du noch nie erzählt, aber das ist natürlich deine Sache. Auch für Midge und Dean hängt viel von diesem Termin ab. Wir machen uns seit einem Dreivierteljahr krumm dafür, das weißt du. Du hilfst uns allen, auch deinen Leuten bei WS. Komm, lass uns das zusammen machen.«

»Ich kann nicht, tut mir so leid. Wenn ich da auftauche, gibt es mehr Ärger, als dass es nützt«, sagte ich erstickt.

»Aber warum? Das verstehe ich nicht. Ich denke, es gab keinen Stress mit Tran«, sagte sie verwundert.

Von meinem Gespräch mit ihm hatte ich erzählt. Von dem mit James natürlich nicht.

»Gab es auch nicht«, sagte ich. Sie fixierte mich mit diesem Blick, der in mir ein Chaos auslöste. Plötzlich hatte ich das Gefühl, ihr alles sagen zu wollen. Absolut alles. In allen Details.

»Wie machst du das?«, fragte ich schwach.

»Wenn ich es dir sage, erzählst du mir dann, was das Problem ist?«, konterte sie.

Ich zögerte. Dann wurde der Drang zu stark, es ihr recht zu machen. Ich wollte wissen, wie sie es machte.

»Okay.«

»Okay.« Brina verzog keine Miene. »Ich habe einige Zeit als Domina gearbeitet und weiß, wie ich Menschen gefügig mache. Ist meine Gabe. Sehr nützlich. Jetzt du.«

»Was? Warte ... was?« Ich starrte sie an.

»Ich hab's dir erzählt. Jetzt bist du dran.«

»Ich habe Fragen.«

»*Du bist dran.*« Sie setzte mich diesem Blick gnadenlos aus. Ich konnte mir lebhaft vorstellen, dass sie so alles bekam, was sie wollte. Von mir auch.

»Ich hatte Sex mit James Watson.«

Brina riss die Augen auf und pfiff durch die Zähne.

»Scheiße.«

»Scheiße wie in *›Scheiße, Lilian, wie dumm kann man sein‹*?«, fragte ich dünn.

»Nein, scheiße wie in *›Scheiße, ich schulde Edie fünfzig Euro und eine Flasche Champagner‹*.«

Jetzt riss ich die Augen auf. »Ihr habt es vermutet?«

»Ja, aber das ist egal. Du machst einen tollen Job hier bei uns, genau wie vorher bei WS.« Brina sah mir in die Augen. »Weißt du was, Lilian? Wenn sich eine Powerfrau wie du eins nicht gefallen lassen sollte, dann dass ihr ein reicher Wichtigtuer bei dem im Weg steht, was sie gut kann. Du kannst übermorgen zu dem Termin gehen, dem Daddy des kleinen Schlappschwanzes erzählen, was sein Sprössling alles verkackt und dann erhobenes Hauptes da rausgehen.« Sie lehnte sich zurück und atmete durch. »Ich verbringe zu viel Zeit mit Edie«, murmelte sie dann.

Ich hörte nur mit halbem Ohr hin.

Sie hatte recht. Ich musste mich nicht verstecken. Ich hatte nichts falsch gemacht. Im Gegensatz zu James war ich weder untreu gewesen, noch hatte ich es mit jemandem getrieben, der mir unterstellt war. Ich hatte nur freiwillig Sex mit einem Mann. Und seinem Bruder.

»Da ist noch was, das du wissen solltest, wenn wir gerade dabei sind«, sagte ich zaghaft, weil ich das nicht unerwähnt lassen wollte, mir aber sicher war, dass sie das nicht so cool aufnehmen würde, wie die Sache mit James.

Brina zog eine blonde Augenbraue hoch. »Lass hören.«

»Ich hatte auch Sex mit James' Bruder und er hat es rausgefunden«, flüsterte ich.

Sie starrte mich an. Etwa eine Minute. Dann lachte sie schallend und so laut, dass ich zusammenzuckte. Brina schüttelte den Kopf und wischte sich eine Lachträne aus dem Augenwinkel. »Wow, damit habe ich nicht gerechnet. Umso mehr solltest du ihm übermorgen noch einmal in den Arsch treten.«

Zwei Tage später stand ich mit klopfendem Herzen vor dem Firmengebäude von *Watson Shipping*. Neben mir Brina und Edina.

»Bereit für die Schlacht, kleine Nixe?«, fragte Edie.

Wir waren jetzt eng. Brina hatte sie dazugeholt und ich hatte ihr die ganze Geschichte erzählt. Das hatte zur Folge, dass Edie mir erst ein High-Five gab, dann Gin Tonic mixte und mich ziemlich hart dafür abfeierte, dass ich Cole und James gevögelt hatte. Und dass ich James abserviert hatte.

Dabei erfuhr ich, dass Brina vor knapp drei Jahren etwas Ähnliches gemacht hatte, zwar nicht mit Brüdern, aber mit zwei Geschäftspartnern. Sie war mittlerweile Geschäftsführerin bei K+R.

Mit dieser Reaktion hatte ich nicht gerechnet, aber es machte alles etwas leichter.

Jetzt stand ich hier im Hafen vor dem großen Eingang und war auf den Termin vorbereitet, an dem ich auf keinen Fall teilnehmen wollte. Es fühlte sich an wie die schlimmste Prüfung meines Lebens.

»Wird schon«, meinte ich.

Edie nickte, also gingen wir rein.

Den Weg zum Besprechungsraum fand ich von selbst, obwohl ich schon fast so lange weg war, wie ich hier gearbeitet hatte. Waren es wirklich schon vier Monate, seitdem ich gegangen war?

Dann stand ich plötzlich vor Pam, die mich mit großen Augen ansah. »Lilian, wie schön, dich zu sehen«, sagte sie langsam. »Das ist ja krass.«

Ich wusste nicht, welchen Teil der Sache sie meinte, aber ich war mir sicher, dass sie von James und mir wusste. Sie war zu nah an ihm dran, um so etwas zu übersehen.

Ich schenkte ihr ein mattes Grinsen. »Ich weiß. Ich kann's selbst nicht glauben.«

Sie holte Luft, dann lächelte sie mich ehrlich an. »Wird schon, Lilian. Du machst das.«

Damit war alles gesagt, aber Pam war auch nie mein Problem. Mein Problem trug einen teuren Maßanzug und kam gerade mit meinem Freund, meiner besten Freundin und seinem Vater den Flur herunter.

Unsere Blicke trafen sich.

Es war wie ein Schock.

Dean zog die Augenbrauen hoch.

Dean zog die Augenbrauen hoch. Natürlich wusste er, dass ich heute hier war. Natürlich hatten wir darüber gesprochen und uns einen Plan zurechtgelegt, damit es nicht noch mehr Probleme gab. Und natürlich hatte er ein dummes Gefühl dabei, das ich gestern und vorgestern durch besonders versauten Sex beschwichtigt hatte.

Das war jetzt egal.

James entgleisten kurz die Gesichtszüge.

Sie erreichten uns.

Edie trat vor und begrüßte die beiden Watsons, dann Midge und Dean. Hinter ihnen kam Tran. Als er mich sah, riss er die Augen auf. Ich wünschte, Midge und Dean hätten ihn vorbereitet, denn für Tran tat es mir leid.

Folgerichtig warf er den beiden einen fassungslosen Blick zu. Er war einer der wenigen, die von Dean und mir wussten.

Mein Gott, wie schlimm konnte es noch werden?

»Danke, dass Sie hier sind, Miss Kellermann«, sagte John Watson auf Englisch zu Edie. »Ich bin schon sehr gespannt auf Ihren vollständigen Bericht. Die Zusammenfassung las sich ja bereits sehr *aufregend*« Dabei warf er James einen Blick zu und James machte ein Gesicht, das ich nur deuten konnte, weil ich ihn so gut kannte. Ich wusste, was dieses Muskelzucken an seinem linken Kiefergelenk bedeutete: James stand so stark unter Druck, dass er beinahe explodierte.

Ich verstand, warum, doch er konnte mir nicht leid tun, denn unser Gespräch in meiner Wohnung hatte ich nicht vergessen. Auch nicht, wie er mich behandelt hatte.

James, sein Vater, Tran und Edina liefen mit Pam los. Brina und ich folgten ihnen nach Dean und Midge. Beide warfen mir lange Blicke über die Schulter zu.

»Freakshow«, murmelte Brina neben mir und sah mich an. »Ich war ja auf einiges gefasst, aber das ...«

»Ich weiß. Glaubst du immer noch, dass das eine gute Idee war?«, fragte ich leise.

Brina zuckte mit den Achseln. »Das wissen wir in etwa drei Stunden.«

In diesen drei Stunden zeigte sich, wie recht Brina mit ›Freakshow‹ hatte.

James starrte mich an, als wäre ich ein Marsmensch. Ich performte, als hinge mein Leben davon ab. Edina, Brina und ich zerlegten unseren Bericht in so kleine Häppchen, dass wir alle Fragen von John Watson beantworteten.

Ich wusste jetzt, woher James seine Strenge, Clarissa ihre scharfe Zunge und Cole seinen Charme hatten. Sogar etwas von Jeannettes analytischem Denken fand ich bei ihrem Vater wieder.

Es war beinahe unheimlich, wie sehr dieser Mann in der Lage war, sich in die Zahlen hineinzudenken. Und noch unheimlicher waren die kurzen Blicke, immer nur ein paar Millisekunden, die er seinem Sohn zwischenzeitlich zuwarf. James hatte Mist gebaut. Nicht überall, aber an ein paar Stellen, an denen es teuer wurde. Es war schwer zu sagen, ob das absichtlich oder aus Unwissenheit geschehen war. Wir machten aber auch deutlich, dass das Prozessfehler waren, die sich beheben ließen.

Edina legte unsere Kalkulation vor, aus der die Summe hervorging, die WS sparen konnte, wenn sie diese Prozesse anpassten. Sie war achtstellig.

»Danke Miss Kellermann, Miss Glaser und Miss Meyers«, sagte John Watson, als wir geendet hatten. Ich fand es bemerkenswert, dass er sich unsere Namen gemerkt hatte. »Ich sehe, dass Sie Ihren Job beherrschen, und ich danke Ihnen, dass Sie uns diese Potenziale aufgezeigt haben.«

»Nun, dafür bezahlen Sie uns immerhin«, sagte Edina.

Ich bewunderte ihre Chuzpe. Sie ließ sich von keinem Managertypen der Welt unterkriegen, auch nicht von einem wie John Watson.

Sein Mundwinkel zuckte. »Da haben Sie natürlich recht. Und verdient noch dazu.«

»Das wissen wir«, antwortete Edie kühn. »Deswegen holt man uns.«

»Wohl wahr. Wann können wir mit Ihrem Abschlussbericht rechnen?«

»Etwa zwei Wochen, nachdem Sie uns die letzten fehlenden Dokumente zur Verfügung gestellt haben.«

»Sie bekommen sie Mitte nächster Woche«, erwiderte John Watson und sah Tran an. Mein ehemaliger Teamleiter nickte sofort. Midge und Dean tauschten einen Blick. Das bedeutete noch mindestens eine Nachtschicht.

Ich hatte mich während der Präsentation auf John Watson konzentriert und hin und wieder zu Dean gesehen, um bei ihm Halt zu suchen.

Blickkontakt mit James hatte ich vermieden.

Jetzt huschte mein Blick wie von selbst zu ihm.

Er wusste es. Er wusste, dass ich vor ihm mit Dean ge-vögelt hatte. Wahrscheinlich hatte er erraten, dass wir zu-sammen waren.

Und es störte ihn. *So sehr.*

Sein Blick brannte sich in meine Netzhaut. Ich hatte das Gefühl, dass mir die Luft wegblieb. Ich musste hier schnellstmöglich weg.

Neben mir erhoben sich Edie und Brina, also beeilte ich mich, auch auf die Füße zu kommen. Ich schüttelte allen die Hände - auch Midge, die mich aufmunternd anlächel-te und mir so zeigte, dass ich es geschafft hatte.

Auch Dean, der mich forschend ansah, als wolle er sich vergewissern, dass ich noch halbwegs klar war.

Und dann James.

Ich machte es kurz, dann war ich froh, aus dem Konfe-renzraum zu entkommen.

Bis wir draußen waren, sagte keine von uns ein Wort.

Vor der Tür stieß Edina langsam Luft aus. »Wer braucht noch einen Drink?«

»Ich«, sagten Brina und ich gleichzeitig.

»Wie gehts dir? Alles okay?«, fragte Dean, als er nachts endlich nach Hause kam.

Ich lag schon im Bett, ziemlich fertig von den Drinks mit Brina und Edie. Trotzdem hatte ich auf ihn gewartet.

»Ganz okay«, nuschelte ich. »Und dir?«

»Abgesehen davon, dass mein Boss mich jetzt ziemlich offensichtlich hasst, auch okay.«

Ich setzte mich erschrocken auf. Dean lächelte gelassen und setzte sich auf die Bettkante.

»Es ist wirklich alles okay. Vermutlich weiß er, dass wir zusammen sind. Vermutlich stört es ihn. Ganz sicher scheiße ich darauf.«

»Aber wenn er etwas gegen dich hat ...«, stammelte ich.

»Mir passiert nichts«, unterbrach er mich. »Wir Briten sind Ehrenmänner, das weißt du doch.« Er wiegte nachdenklich den Kopf. »Er könnte mich allerdings zum Duell fordern.« Er grinste, als er mein erschrockenes Gesicht sah. »Das war nur ein Scherz.« Sein Lächeln verschwand. »Nicht so witzig war, wie er dich angestarrt hat.«

»Ich habe dir doch erzählt, dass er noch mal hier war«, meinte ich. »Das war für uns alle ein beschissenes Meeting. Ich wünschte, ich hätte so lange nein zu Edina gesagt, bis sie es akzeptiert.«

»Ach weißt du, so beschissen war es nicht«, sagte er. »Ich fand dich ziemlich sexy, als du über die Einkaufsprozesse referiert hast. Ich bin ein bisschen scharf deinetwegen geworden.« Er küsste mich.

»Du bist nicht sauer?«, fragte ich vorsichtshalber.

»Weswegen? Weil dein Verflossener mein millionenschwerer Boss ist, dem einer abgeht, wenn er dich ansieht? Er hat dich mit seinen Blicken förmlich aufgefressen. Ich habe gesehen, was es mit ihm gemacht hat, dich zu sehen. Aber Darling, du liegst in meinem Bett, nicht in seinem. Und du bist nackt, wenn ich das richtig sehe. Das macht die Nachtschicht doch gleich wieder wett. Ich hatte gehofft, dass du so auf mich wartest. Und das weiß er auch. Ich denke, er ist viel saurer als ich«, sagte Dean und warf seine Klamotten hinter sich.

»Wie scharf bist du jetzt?«, fragte ich, während ich mich langsam aufsetzte und mit den Fingern an den

Innenseiten seiner Schenkel hinauffuhr. Dean bekam Gänsehaut und holte zischend Luft.

»Finde es heraus«, sagte er und zeigte mir seinen harten Schwanz, den ich nur zu gern tief in meinen Mund nahm. Wenn es das brauchte, um auch noch die letzten Zweifel bei ihm auszuräumen, war ich mehr als bereit, es ihm immer wieder zu beweisen.

Drei Wochen nach meinem Termin bei *Watson Shipping* klingelte mein Handy. Es war Freitagabend und ich war allein zu Hause. Kay übernachtete bei Midge und Pavel trieb sich wer weiß wo herum. Dean war für zwei Wochen auf Dienstreise und ich rechnete mit seinem Anruf, deswegen nahm ich das Gespräch an, ohne auf das Display zu sehen.

»Hallo?«

»Lilian? Hier ist James.«

Mein Herz blieb beinahe stehen. Dafür flatterte mein Magen, als wäre ich in einer Achterbahn.

»Hallo ...«, wiederholte ich. Mir wurde schwindelig und ich musste mich auf mein Bett setzen. Hatte ich wirklich James am Telefon?

»Können wir reden?«, fragte er.

»Wir sind am Telefon, oder nicht?«, sagte ich zerstreut.

»Nicht am Telefon. Persönlich.«

»Ich ... Also ...«, stammelte ich.

»Ich weiß, dass dein Freund nicht da ist.« Er machte eine kurze Pause. »Ich habe ihn selbst weggeschickt.«

Der Mann war der Teufel im Maßanzug.

»Das ist ja ein toller Plan«, murmelte ich matt.

»Ich würde wirklich gern mit dir sprechen. In einem Restaurant. Ohne Hintergedanken. Versprochen.«

»Ich glaube dir kein Wort.«

»Ist wohl auch besser so. Ich warte auf dich in einer Stunde im *Stephanies* am Hafen. Kommst du?«

Ich zögerte.

Ich wollte ihn nicht sehen. Aber ich wusste, dass ich mich ewig fragen würde, was er von mir wollte, wenn ich nicht hinging.

»Ja.«

Eine Stunde später trat ich durch die Tür des Sternerestaurants und fühlte mich unwohl. Ich gehörte hier nicht hierher. Nicht in einen Laden, in dem ein Glas Wasser fünfzehn Euro kostete.

Ich trug ein Kleid, das mir immer gefallen hatte, aber in diesem Ambiente erschien es mir billig. Wie eine Verkleidung. Ein Kostüm, das vorgab, dass ich hierhergehörte, obwohl ich das nicht tat.

Ich hasste es, mich so zu fühlen.

James war schon da. Er erhob sich von dem Tisch in der Nische, als ich dem beflissenen Kellner gerade sagte, mit wem ich verabredet war.

Dann stand ich vor ihm und nahm umständlich auf dem Stuhl platz, den mir der Kellner hinrückte. Ich hasste auch das.

»Danke, dass du hergekommen bist«, sagte James steif.

Die Nische, in der er saß, war schwer einzusehen und wahrscheinlich konnte auch niemand hören, was wir besprachen. In diesen Kreisen war man diskret. Wenn man dafür bezahlt wurde.

»Ja ...«, begann ich. »Aber warum bin ich hier?«

»Ich muss dir etwas sagen. Etwas Wichtiges, bevor du einen Fehler machst, den du ewig bereust.«

Ich starrte ihn stumm an, weil ich nicht wusste, was ich dazu sagen sollte.

»Ich werde nicht heiraten«, sagte er abrupt. »Anne und ich haben die Verlobung aufgelöst.«

Ich wusste immer noch nicht, was ich sagen sollte, doch er sah mich erwartungsvoll an.

»Das tut mir leid«, rang ich mir schließlich ab.

James beugte sich vor, seine Augen funkelten. »Das muss es nicht«, sagte er mit einer Leichtigkeit in der Stimme, die ich von ihm nicht kannte. »Ich bin endlich frei. Ich habe meinem Vater gesagt, dass ich keine Zweckehe eingehen werde, damit die Firma besser dasteht. Ich habe Fehler gemacht, aus denen ich jetzt gelernt habe - im Beruf und privat. Ich habe gelernt, dass ich auf mein Bauchgefühl vertrauen muss, wenn gut werden soll, was ich mache. Das werde ich jetzt tun, Lilian. Und ich fange bei dir an.«

Ich schluckte. Mein Mund fühlte sich wie ausgetrocknet an und mein Herz schlug mir bis zum Hals.

»Ich will dich«, sagte er so eindringlich, dass mein Brustkorb vibrierte. »So sehr. Ich habe dich in den letzten Monaten so sehr vermisst, dass ich fast durchgedreht wäre. Du bist der einzige Mensch, der nie etwas von mir erwartet hat. Du hast mich einfach so akzeptiert, wie ich bin. Und du bist wahrscheinlich auch der erste Mensch, der mich nicht verurteilt hat, wenn es nicht rund lief.« Er strich sein dichtes schwarzes Haar zurück und richtete seine funkelnden Augen auf mich. »Ich habe gebraucht, bis ich den Mut gefunden habe, mich zu entscheiden. Das tut mir leid. Ich weiß, dass du enttäuscht deswegen bist. Ich weiß, dass ich dich verletzt habe. Ich bitte dich jetzt trotzdem um eine zweite Chance. Nicht als eine Mitarbeiterin, mit der ich Sex habe. Nicht als heimliche Geliebte. Ich will dich. Sichtbar für alle Welt. Sie können sehen, dass ich keine reiche Erbin will, wenn es sie interessiert. Es ist mir egal. Ich will nur dich, Lilian.«

Ich war wie vom Donner gerührt.

Gefühle brachen über mich herein und es war, als würde ich darin ertrinken.

Ich war hoffnungslos überfordert.

Ich starrte in James' Gesicht.

Dieses Gesicht, das ich zu lesen gelernt hatte.

Dieses Gesicht, das mich so enttäuscht hatte und mich dazu gebracht hatte, mich mies zu fühlen.

Dieses Gesicht, das etwas in mir auslöste, das mir Angst machte.

»Scheiße«, flüsterte ich. »Das ist nicht dein Ernst.«

»Doch. Mein vollkommener Ernst. Ich verspreche dir«, fuhr er fort. »Dass es kein Versteckspiel mehr geben wird. Was zwischen dir und Cole war, interessiert mich nicht. Und was Clarissa angeht, interessiert sich niemand für ihre Meinung. Sie hat andere Dinge, um die sie sich kümmern muss. Ich habe Fehler gemacht. Ich habe dich nicht gut behandelt. Das tut mir leid und das wird mir nie wieder passieren. Auch das verspreche ich dir.«

Mein Mund fühlte sich wie gelähmt an. Ich betrachtete ihn. Mein Gehirn war langsamer als sonst.

In meinen Eingeweiden flatterte es.

Da war er.

Der Moment, den ich mir einige Male ausgemalt hatte.

Die Worte, von denen ich geträumt, aber nie damit gerechnet hatte, sie jemals wirklich zu hören.

Jetzt war alles da. Inklusive einem Geständnis, wie viel ich ihm bedeutete.

Tränen traten in meine Augen und ich spürte, wie sich in meiner Kehle ein leises Schluchzen sammelte.

Die Worte waren da, doch sie blieben mir im Halse stecken.

Ich kämpfte mit mir.

Ich musste mich überwinden und sie aussprechen.

Klare Verhältnisse schaffen.

James sagen, was ich fühlte.

Aus tiefstem Herzen.

Und dann musste ich mich um die Scherben kümmern, um die Konsequenzen, die diese Worte bedeuteten.

»Ich nicht.«

Es war, als würde die Welt für einen Moment aufhören, sich zu drehen.

James starrte mich an.

Mein Herz setzte mindestens einen Schlag aus.

»Ich fühle das nicht«, sagte ich.

Er schüttelte langsam den Kopf. »Das ist unmöglich.«

»Nein«, sagte ich und meine Stimme wurde dünn vor Schmerz. »Es ist die Wahrheit.«

»Nein«, versetzte er. »Ich habe deine Blicke bei der Präsentation gesehen. Und ich weiß, was du denkst. Ich verstehe dich ja. Ich weiß, dass ich dich verletzt habe. Du willst keine Geliebte sein. Das hast du auch nicht verdient. Du bist eine Frau, die unterstützt. Sichtbar. Du bist ehrlich. Loyal. Du machst dir nichts aus Status und Geld. Du fühlst dich hier unwohl, weil du glaubst, du würdest hier nicht hergehören. Du irrst dich. Du gehörst hierher. An meine Seite. Als meine Vertraute. Meine Beraterin. Jemand, der mir ehrlich sagt, was ich nicht hören will. Ich habe gebraucht, um das zu verstehen, aber jetzt erkenne ich den Wert. Deinen Wert, wenn es so was gibt.« Er griff über den Tisch nach meiner Hand.

In meiner Brust zersprang etwas. Es war schmerzhaft und die Splitter bohrten sich in meinen Brustkorb.

Gleichzeitig breitete sich Wärme in mir aus, weil mir eine Erkenntnis kam. Eine Einsicht, die mich endlich von allen Zweifeln befreite.

James sagte die Wahrheit.

Er meinte jedes einzelne Wort todernst.

Ich glaubte ihm.

Aus ganzem Herzen.

Und doch war er nicht die Antwort auf die Frage in meinem Herzen.

»Es tut mir leid«, sagte ich und entzog ihm meine Hand. »Ich kann dir nicht geben, was du brauchst. Ich bin es vielleicht für dich, aber du nicht für mich. Das, was ich für dich empfunden habe, ist vergangen. Ich habe jemanden gefunden, der im gleichen Takt schwingt wie ich.« Ich sah mich um. »Das hier ist nicht meine Welt. Und James, vielleicht solltest du darüber nachdenken, ob sie deine ist. Ich glaube, dass du als Allererstes nach dir selbst suchen solltest, bevor du jemandem an deinem Glück teilhaben lässt.« Ich nahm meinen Mut zusammen und stand auf. »Ich wünsche dir dabei von Herzen alles Gute. Ich glaube fest daran, dass du dich selbst findest. Und wenn es soweit ist, wirst du jemanden sehr glücklich machen können. Aber ich kann dieses Vakuum nicht füllen. Das kannst nur du selbst. Mach's gut, James.«

Ich verließ den Tisch und ignorierte das Vakuum in meiner Brust. Nicht nur er fühlte es, ich tat es in diesem Moment auch.

Nur dass ich wusste, wie ich es reparieren konnte.

Ich verließ das Restaurant und ging mit weichen Knien zur U-Bahn. Auf dem Weg rief ich Dean an.

»Hey, Lil. Ist alles okay bei dir?«, fragte er.

Mein Herz klopfte bis zum Hals. »Ja, ich bin okay«, sagte ich. »Ich wollte dir sagen, dass ich dich liebe.«

Mein Herzklopfen wurde noch stärker.

Jetzt hatte ich es gesagt. Zum ersten Mal. Und zu dem Mann, der der richtige für mich war.

»Ich liebe dich auch«, sagte er. »Eigentlich wollte ich es dir zuerst sagen. Aber weißt du was? Ich bin gerade auf vier Meter gewachsen, weil ich mich so freue, dass es dir geht wie mir.«

Ich lächelte. »Ich wünschte, du wärst hier.«

»Ich komme morgen zurück, meine Süße«, versprach er. »Und dann sage ich es dir noch einmal ins Gesicht.«

»Ich freu mich auf dich«, sagte ich. Tränen liefen über meine Wange und mein Brustkorb fühlte sich eng an.

»Ich sehe, ob ich einen früheren Flug bekommen kann«, sagte Dean nach ein paar Sekunden. »Ich habe das Gefühl, dass wir jetzt zusammen sein sollten.«

»Ja, ich auch«, flüsterte ich. »Am liebsten für immer.«

»Möchte ich wissen, was passiert ist?«, fragte er.

»Ja. Aber das erzähle ich dir, wenn du bei mir bist.«

»Ich kümmere mich sofort um einen Rückflug«, versprach er. »Ich melde mich.«

»Tu das«, sagte ich leise. Er legte auf und ich ließ das Telefon langsam sinken.

Ich blieb stehen und drehte mich zum Hamburger Hafen um. Mein Herz floss über. Es war voller Liebe und gleichzeitig war da auch dieser Stich des Bedauerns.

Das ging vorbei.

Am Ende würde übrigbleiben, was wichtig war: Aufrichtige Gefühle und das Wissen, dass ich ganz ich selbst sein konnte.

Ich hatte mich vor der Liebe versteckt, doch sie hatte mich gefunden. Dean war der fehlende Teil meines Herzens. Ich hatte nur ein wenig gebraucht, um das zu verstehen. Ich könnte nicht dankbarer dafür sein, dass er Teil meines Lebens war.

Und ich hoffte von Herzen, dass James irgendwann das gleiche erlebte wie ich.

Ende

NACHWORT UND DANKSAGUNG

Das war sie nun also, die Geschichte von Lilian. Ursprünglich sollte es ein ganz anderes Buch werden, ich hatte vor langer Zeit einmal mit dem Gedanken gespielt, einen historischen Roman zu schreiben, in dem Lilian Hausmädchen bei der Familie Watson gewesen wäre.

Ich habe einige Zeit mit dieser Variante herumgespielt, musste dann aber einsehen, dass sie einfach nicht zu mir und meinem Schreibstil passte. Mein Ansatz, meine Protagonistinnen selbstbestimmt und stark zu machen, ließ sich nicht so umsetzen, wie ich es mir vorgestellt hatte.

Nachdem ich nun wusste, dass der Roman in der heutigen Zeit spielen musste, stand ich vor der Herausforderung, einen Plot zu schreiben, der in sich schlüssig war.

Ich gebe zu, dass ich bei diesen Überlegungen sehr lange ein Happy End für Lilian und James vorgesehen hatte, doch die Geschichte fühlte sich nie rund an. Vor allem James als Charakter hat mir lange Kopfzerbrechen bereitet, denn seine Persönlichkeit ist schwierig.

Der Wendepunkt kam mit meinem vorherigen Roman "Revealed", in dem es Edina und Brina gelang, Watson Shipping als Kunden zu gewinnen. Das war nur eine kleine Idee, doch plötzlich lief es wie von selbst.

Es gibt viele Romane, die den "Catch-the-CEO"-Ansatz verfolgen und in denen es am Ende trotz der immensen Unterschiede zwischen den Protagonisten ein Happy End gibt. Das brachte mich nur zu dem Dilemma, dass es wieder meinem Credo der eigenständigen Frau widersprach. Wie sollte Lilian sie selbst bleiben als James' Freundin, am besten noch als Angestellte der Firma. Ich war ratlos, bis ich verstand, dass die beiden nicht für einander geschaffen sind.

Dean als Charakter habe ich sofort in mein Herz geschlossen, ebenso wie die "Marvellous" Midge (falls jemand die Parallelen entdeckt hat), er war jedoch in der Plotfassung, mit der ich angefangen habe, noch gar nicht vorgesehen, sondern tauchte plötzlich fröhlich auf und hat mein Herz gewonnen. Da wurde mir klar: er ist der richtige Mann für Lilian und ich muss sie zusammenbringen.

Was James angeht … seine Geschichte ist noch nicht zu Ende erzählt. Im nächsten Band "Escape from Lust" ist Clarissa die Hauptfigur und natürlich wird auch er als ihr älterer Bruder eine Rolle spielen, ebenso wie Cole, zu dem Clarissa ein enges Verhältnis hat. Und wenn du jetzt denkst »Oh Gott, wie kannst du nur? Dieses Biest?«, dann habe ich bisher alles richtig gemacht. Ich verspreche, es wird im nächsten Band genauso turbulent wie in diesem.

Langsam aber sicher muss ich doch Abschied von meinen heißgeliebten Charakteren nehmen (obwohl ich es sehr genossen habe, Em aus "Deeper. Darker. Devoted" noch einmal kurz auftreten zu lassen) und mich neuen Ufern zuwenden. Mal sehen. Das entscheide ich noch. Ich bin nicht gut in Trennungen.

Ich möchte an dieser Stelle noch einmal die Gelegenheit nutzen, um mich bei allen zu bedanken, die mich unterstützt haben, dieses Buch zu schreiben: meinen Mann, der sich sogar zu Feedback hat hinreißen lassen (juhuu) und zu meiner lieben Emilia, die vor lauter Aufregung beinahe das Feedback vergessen hätte. Außerdem danke an alle, die sich meinen Gedankensalat immer so geduldig anhören, wenn ich laut darüber nachdenke, was ich meinen Charakteren als nächstes antun kann.

Und ich danke meiner Chefin, dass sie eine Edie und kein James ist (das musste einfach mal raus).

Danke auch an dich, dass du dieses Buch gelesen hast. Ich hoffe, es hat dir gefallen und wir sehen uns in einem meiner anderen Romane wieder.

Alles Liebe

Deine K.I.M.